Lisa Benning
Verkaufe Brautkleid ungetragen

PIPER

Zu diesem Buch

Antonia ist mit ihren siebenundzwanzig Jahren rational, klar strukturiert und hat einen festen Lebensplan, der sich mit dem ihres Verlobten hundertprozentig deckt. Wäre da nicht ihre Chaos-Schwester Charlotte, würde ihre emotionale Seite wohl ziemlich verkümmern. Als Charlotte erfährt, dass Antonia sogar ihr Hochzeitskleid im Internet bestellen will, schreitet sie ein. Die beiden entdecken ein Kleid in einem Secondhand-Laden mit dem Etikett: »Verkaufe Brautkleid ungetragen!« Es passt perfekt, und Antonia kauft es tatsächlich. Was sie nicht weiß ist, dass dieses Kleid ihren sauber durchgearbeiteten Plan gehörig durcheinanderwirbeln wird. Aber nicht nur Charlotte schafft es, Antonia endlich aus der Reserve zu locken, auch ein ersteigerter Kuss auf ihrem Junggesellinnenabschied und Axel, der Bruder ihres Verlobten, aktivieren endlich wieder ihre fünf Sinne ... Witzig und rasant erzählt Lisa Benning von zwei völlig unterschiedlichen Schwestern und dem manchmal etwas längeren Weg zum Glück.

Lisa Benning, geboren 1974, packte nach dem Abi das Fernweh. Sie nahm ihren Rucksack und zog in die Welt hinaus. Doch ausgerechnet in ihrem ersten Reiseziel – New York – verliebte sich die gebürtige Kölnerin und blieb hängen. Um ihren Aufenthalt in den USA zu finanzieren, arbeitete sie als Kellnerin, Fahrradkurier und lebendiges Pizzastück. Kurze Zeit später hängte sie das Pizzakostüm in den Fundus einer Schauspielschule, an der sie eine Ausbildung absolvierte. Heute lebt sie mit Mann, zweijährigen Zwillingen und Hund in Montecito, Kalifornien. »Verkaufe Brautkleid ungetragen« ist ihr erster Roman.

Lisa Benning

Verkaufe Brautkleid ungetragen

Roman

Piper München Zürich

Mehr über unsere Autoren und Bücher:
www.piper.de

Für meine Schwester

Originalausgabe
November 2009

Umschlaggestaltung: Cornelia Niere, München
Umschlagfoto: Martin Savva / Camera Press / Picture Press
Satz: Filmsatz Schröter, München
Papier: Munken Print von Arctic Paper Munkedals AB, Schweden
Druck und Bindung: CPI – Clausen & Bosse, Leck
Printed in Germany ISBN 978-3-492-26325-2

INHALT

Hormonelle Dysregulation

»Was halten Sie von einem Cosmopolitan als Aperitif?«, frage ich den Sommelier des *Savoir Vivre* resigniert und trommle ungehalten mit den Fingern auf dem Schreibtisch herum. Im Laufe unseres viertelstündigen Telefonats hat er bereits drei meiner Vorschläge bemäkelt, und jetzt holt er schon wieder tief Luft, um auch diese Idee zu sezieren.

Langsam werde ich nervös, schließlich habe ich so kurz vor meiner Hochzeit noch schrecklich viel zu tun und kann mich nicht stundenlang mit der Weinauswahl fürs Hochzeitsmenü beschäftigen. »Keine Ahnung, wie es mit Ihrem Zeitfenster aussieht, Monsieur Chabrel, aber mein Kontingent ist bald erschöpft.«

»Wie wäre es mit einem Kir Breton?!« Sein Vorschlag klingt eher wie ein Befehl.

»Kir Breton?«, runzle ich die Stirn, ich habe keinen blassen Schimmer, was das nun schon wieder ist.

»Das Rezept ist die bretonische Variante des Kir, seine Hauptzutaten sind Cidre und Cassis.«

Das ist doch mal eine prägnante Aussage. Kurz und bündig, wie ich es liebe und wie es eigentlich sonst gar nicht so seine Art ist, aber wahrscheinlich ist die Beschwerde wegen meines knapp bemessenen Zeitkontingents doch zu ihm durchgedrungen.

»In Burgund, wo der eigentliche Kir herkommt, wird er mit Aligoté, also trockenem Weißwein, zubereitet. Der Kir Royal ist übrigens …«

Zu früh gefreut.

»Ich will ja nicht unhöflich sein …!«, setze ich erneut an, doch er hört mich gar nicht, der Maître doziert einfach weiter.

Gut, dann nutze ich jetzt einfach die Gelegenheit, den Abschlussbericht für das Hotel in Kalifornien fertigzustellen, das ich dort im letzten Monat für meine Firma eröffnet habe. Vor meiner Hochzeit möchte ich unbedingt alles erledigt haben, denn ich übergebe ungern ein angefangenes Projekt an einen Kollegen. Wie gut, dass Multitasking eine meiner leichtesten Übungen ist, klopfe ich mir in Gedanken auf die Schulter, als ich mir den Hörer zwischen Ohr und Schulter klemme und den Laptop einschalte.

»Wie sieht's mit den *horsd'œuvres froids* aus? Haben Sie sich inzwischen entschieden?«, will er ungehalten wissen.

Hastig presse ich die Hände auf die Lautsprecher, um die Startmelodie zu ersticken, die soeben beim Hochfahren des Computers erklingt. Mein Gesprächspartner muss ja nicht unbedingt mitbekommen, dass ich Zahlen in eine Excel-Tabelle eintippe, während ich mit ihm telefoniere.

»Ja, ähem, also, es soll dann doch die Langusten-Avocado-Crème sein!«, informiere ich ihn etwas unkonzentriert, weil versehentlich eine Zahl in die falsche Spalte gerutscht ist.

»Langusten-Avocado-*Mousse*«, berichtigt er mich. »Eine sehr gute Wahl übrigens, Mademoiselle!«

Vor lauter Freude darüber, etwas richtig gemacht zu haben, werde ich ein wenig leichtsinnig, denn ich wage es, ihn zu verbessern: »Madame!«

»*Noch* sind Sie eine Mademoiselle«, korrigiert er mich seinerseits, »da legt man in Frankreich großen Wert drauf. Schließlich haben Sie noch keinen Ring am Finger!«

Klugscheißer! Müde massiere ich mir die Schläfen, wann hat das endlich ein Ende?

»Zur Mousse servieren wir Ihnen einen exzellenten Sauvignon blanc«, offeriert er mir stolz seine Auswahl. »Um genau zu sein, einen Pouilly-Fumé! Der hat diese feine Feuersteinnote, ist würzig und saftig, einfach i-de-al zu Meeresfrüchten!«, kommt er jetzt richtig in Fahrt.

»Klingt gut!«, nicke ich matt und öffne das Skype-Programm für die Videokonferenz mit meinem Chef, der zurzeit in Miami weilt. Melcher hat mir heute Nacht eine E-Mail mit hoher Dringlichkeitsstufe geschickt, darin bat er um umgehenden Rückruf. Apropos Amerika, ich habe doch in Napa Valley mit Jobst zur Hoteleinweihung diesen irrsinnig tollen Chardonnay verkostet, wie hieß der noch, zupfe ich nachdenklich an meiner Unterlippe. Ha, jetzt fällt's mir wieder ein. »Was halten Sie von einem Beringer, Jahrgang 2005, zum Entree?«, hoffe ich, doch noch bei ihm zu punkten. Doch weit gefehlt.

Als Antwort erhalte ich nur einen verzweifelten Seufzer. »Weine? Aus Kalifornien? Sie brechen mir das Herz!«

Dieser Franzose gibt mir das deutliche Gefühl, in Sachen Sinnesfreuden minderbemittelt zu sein. Ich ziehe die Luft scharf durch die Zähne und bemerke noch nicht mal, dass meine Schwester Charlotte soeben ihre Nase zur Tür reinsteckt. »Sag mal, bist du taub?«, will sie leicht gereizt wissen.

Fragend zucke ich mit den Schultern. Was hat sie denn?

»Irgendein Idiot ruft *ständig* auf deinem Handy an.«

Normalweise liegt mein Handy immer in Reichweite, doch ich habe vorhin erst mein neues Gerät bei der Telefongesellschaft abgeholt und in der Küche zum Aufladen angeschlossen.

»Du hast doch sonst immer schon Speichelfluss, bevor das Handy klingelt!«

Das stimmt! Auf den akustischen Stimulus bin ich konditioniert wie Pawlows Hund. Deshalb ist mir auch völlig schleierhaft, wie mir das Klingeln entgehen konnte. Dann fällt mir ein, dass ich den Klingelton noch gar nicht kenne, daran wird es liegen.

»Kannst du mal drangehen?«, bitte ich sie mit leiser Stimme und zeige auf den eingeklemmten Hörer. »Telefoniere«, bewege ich lautlos die Lippen.

»Klar, kein Problem.« Charlie macht auf dem Absatz kehrt.

»Mademoiselle?«, dröhnt es derweil ungeduldig aus dem Hörer. »Sind Sie noch dran?!«

»Ich bin ganz Ohr!«, säusele ich übertrieben freundlich, um mich selbst zu motivieren.

»Vielleicht ist der Herr Gemahl etwas versierter?!«, fragt er hoffnungsvoll.

»Ja, ja, bestimmt. Ich werde ihn bitten, Sie anzurufen!« Was für eine glänzende Idee.

»*Bon. D'accord.* Was halten Sie davon, an unserem Weinseminar für Damen teilzunehmen?«, schlägt Monsieur Chabrel mir jovial vor, »da Sie ja sowieso gerade am Computer sitzen, können Sie ja gleich die Gelegenheit nutzen und auf unserer Homepage auf den Link *Activité* gehen.«

Ich habe ihn unterschätzt. Wahrscheinlich hat er die ganze Zeit mein Tippen gehört. Wie unangenehm. Sein Vorschlag mit dem Weinseminar, das er mir offensichtlich wegen meines Unvermögens andrehen will, ist vielleicht gar keine so schlechte Idee. So kann ich bei Geschäftsessen auch mal mit Fachwissen brillieren. Außerdem bin ich gerne in allen Disziplinen perfekt, und dass in Sachen Weinkunde Defizite bestehen, liegt ja ziemlich klar auf der Hand. Höflich bedanke ich mich für den Tipp und beende das Telefonat erleichtert. *»Au revoir!«*

»*Au revoir*, Mademoiselle Scheller!«

Das Telefon klemmt mir wie Pattex zwischen Schulter und Ohr, dieser Chabrel hat mich richtig ins Schwitzen gebracht. Ich lasse mir das Telefon in den Schoß plumpsen, lasse ihn dort liegen und wähle in Sekundenschnelle Melchers Skype-Nummer. In Miami ist es gerade Mittagszeit. Wahrscheinlich ist Melcher beim Lunch, denn er ist nicht eingeloggt. Ich versuche es später noch mal, beschließe ich. Doch bevor ich den Computer wieder runterfahre, surfe ich noch schnell auf die *Savoir Vivre*-Homepage und melde mich kurz entschlossen für das Weinseminar an. Da ertönt erneut mein Handy in der Küche, ha, dieses Mal habe ich es sofort gehört, mein Radarsystem funktioniert also wieder, poche ich mir erfreut auf den Kopf. Doch dann kommt mir ein grausamer Gedanke: Was ist, wenn Charlotte mein nigelnagelneues iPhone nicht sachgerecht bedienen kann? Pfeilschnell schieße ich hoch, das Telefon, das auf meinem Schoß lag, schlägt mit einem lauten Knall auf den Boden. Hoffentlich ist das Telefon nicht Schrott, schnell überprüfe ich das Display. Alles okay, mit einem Handgriff verfrachte ich es auf die Ladestation, und dann muss ich für einen kurzen Moment die Augen schließen und mich an der Tischkante festhalten, denn mir wird augenblicklich etwas schwindelig.

Gerade als ich aus dem Flur in die Küche abbiegen will, höre ich die Stimme meiner Schwester.

»Hi Jobst, Charlie hier! Toni kann grad nicht!«, begrüßt sie meinen Zukünftigen uncharmant.

Vielleicht wäre es einem besseren Verhältnis zwischen den beiden förderlich, wenn ich sie noch ein bisschen miteinander plaudern lasse, überlege ich. Unbemerkt werfe ich einen Blick um die Ecke und bleibe neben dem Türrahmen stehen. Von hier aus beobachte ich, wie Charlie mehrere Stellen auf dem Touchscreen berührt und damit unabsichtlich den Lautsprecher des iPhone aktiviert.

»Wieso haben euch eure Eltern eigentlich Jungennamen gegeben?«, versucht Jobst am anderen Ende der Leitung einen Witz und lacht als Einziger.

Auch mir bleibt das Grinsen im Halse stecken, als ich sehe, wie sich meine liebe Schwester den Zeigefinger in den Schlund steckt und einen Brechreiz simuliert. Dann hat sie relativ schnell wieder ihre Fassung zurückgewonnen und säuselt zuckersüß: »Stimmt, deine Eltern waren *echt* kreativer bei eurer Namenswahl. Jooooobst!«, entgegnet sie ironisch und zieht dabei den einzigen Vokal in seinem Namen gnadenlos in die Länge. »Das klingt wie ... Joghurt mit Obst«, freut sie sich diebisch über ihr Wortspiel.

Wie kindisch, denke ich kopfschüttelnd.

»Nur in der Kombination mit dem Namen deines Bruders klingt das fast schon unappetitlich«, fährt sie fort. »Jooobst und Axel!« Dabei hebt sie ihre Arme, begutachtet ihre frisch rasierten Achseln. »Huah«, schüttelt sie sich und verzieht angewidert das Gesicht.

»Mal ehrlich, findest du das weiblich: *Charlie* und *Toni*? Das klingt ungefähr so erotisch wie Tünnes und Schäl!«, reagiert Jobst für seine Verhältnisse ziemlich schlagfertig.

Dennoch bin ich verwundert, dass er sich überhaupt zu diesen albernen Spielchen herablässt – und wenn man ehrlich ist, sogar damit angefangen hat. Plötzlich sehe ich, wie sich meine Schwester mit ihrem Spiegelbild im Kühlschrank unterhält. »Sei freundlich, gaaanz freundlich, Charlotte, der Vollidiot gehört schließlich bald zur Familie«, wiederholt sie die Worte wie ein Mantra. Dann beugt sie sich wieder über das Handy: »Komm auf den Punkt, Bräutigam, ich hab grad keine Zeit!?«

»Siehst du, *das* ist übrigens dein größtes Problem. Du hast *nie* Zeit, Charlotte. Also Zeitplanung hat etwas mit Diszi...«

Während Jobst ihr einen Vortrag über sein letztes Zeit-Energie-Management-Seminar hält, legt Charlotte das Handy auf die Arbeitsplatte, öffnet in aller Seelenruhe den Kühlschrank und untersucht einige Lebensmittel nach ihrem Verfallsdatum. Das scheint eindeutig interessanter zu sein, als sich Jobsts Monologe anzuhören. Zwischendurch beugt sie sich immer wieder gelangweilt über das Handy, um ein paar kurze Statements als Beweis für ihr Pseudo-Interesse zu heucheln: *Aha*, *ach so* oder ein *Nein, ehrlich*?

Multitasking scheint in der Familie zu liegen, und auf einmal bin ich nicht mehr stolz auf diese Eigenschaft, sondern eher entsetzt.

Nachdem sie die Marmeladengläser akribisch sortiert hat, hält sie inne. Das Handy schweigt. Jobst scheint auf eine Reaktion zu warten. Ehrlich gesagt, habe ich mittlerweile auch den Faden verloren.

»Oh«, grinst Charlotte mit gespielt schlechtem Gewissen, »ich habe wohl meinen Einsatz verpasst. Hoffentlich hat der Vortrag jetzt nicht *deinen* heutigen Zeitplan gesprengt!«, stellt sie ironisch fest.

»Ja, ähem, nein«, verbessert er sich sofort. »Aber ich hoffe doch sehr, dass etwas davon bei dir hängen bleibt und, ähem, alsbald von dir internalisiert wird«, stammelt der sonst so souveräne Wirtschaftsprüfer und Steuerberater Jobst leicht verunsichert.

Vermutlich irritieren ihn Frauen wie Charlie, weil sie nicht so klar strukturiert sind wie ich. Grübelnd überlege ich, ob es mir schon jemals gelungen ist, Jobst zu verwirren. Doch soweit ich mich erinnern kann, ist das noch nie vorgekommen, denn meistens denken wir zwei sowieso das Gleiche, wir sind eben *Soulmates* ...

»Eigentlich wollte ich dich nur bitten, Antonia auszurichten, dass der Ehevertrag aufgesetzt ist. Dr. Wollbau benötigt nur noch unsere Unterschriften.«

»Sag das doch gleich«, verdreht sie die Augen, würgt ihn mit einem »Tschüss Joooobst!« unfreundlich ab und hängt einfach ein.

Bevor ich die Küche betrete, um mich als Lauscher zu outen, läutet mein Handy erneut. Genervt schüttelt Charlie den Kopf. »Wer ist das denn schon wieder! Poaaah«, drückt sie laut aufstöhnend den Annahmeknopf.

»Netter Versuch, Schwägerin!«, hallt es ihr entgegen.

Tja, Jobst ist eben hartnäckig, der lässt sich nicht einfach abhängen, grinse ich süffisant in mich hinein.

Ungeduldig tritt Charlie von einem Bein auf das andere »Was?«, bellt sie.

»Sag ihr doch bitte noch, dass ich das bestmögliche Steuermodell der Ehegatten-Splitting-Tabelle eruiert habe! Stell dir vor, ich habe heute …«

Charlotte nimmt ein Stück Kreide in die Hand und zeichnet in Sekundenschnelle Jobst mit stolzgeschwellter Brust auf meine Schiefertafel, die mir sonst als Einkaufsliste dient. Noch sieht's ganz okay aus, doch dann malt sie ein Epiliergerät dazu, das offensichtlich Jobsts Brusthaare einzeln skalpiert. Wenn das nicht so traurig wäre, würde ich hier gleich einen Schreikrampf kriegen, sie karikiert ihn eins zu eins. Mir entfährt ein Gluckser, schnell schlage ich die Hand vor den Mund. Alarmiert dreht Charlotte sich zur Tür herum. Ich weiche blitzschnell zurück, doch ein paar Sekunden später wage ich mich erneut vor und kann beobachten, wie sie ihre Zeichnung hektisch mit der Handkante abwischt. Laut aufseufzend öffnet sie wieder den Kühlschrank. Diesmal zieht sie die italienische Fenchelsalami, die ich heute früh für teures Geld im Delikatessenladen erstanden habe, aus dem obersten Fach. Herzhaft beißt sie hinein, während sie Jobst verlogen schmeichelt: »Dasch ischt ja genial!«

»*Ich* bin genial!«, stellt er richtig.

»Ja, Jobst, das hast du gaaanz, gaaanz toll gemacht«, spricht sie mit ihm wie mit einem ihrer Neuzugänge im Kindergarten. »Vielleicht solltest du mal …«

»Wart' mal, ein Mandant klopft grad«, unterbricht er sie. »Guten Tag, Herr Stein, kommen Sie doch bitte herein. Nein, nein, kein Problem *ich war eh schon fertig mit Telefonieren …*«, verhallt Jobsts Stimme im Nirvana.

»Aber jetzt war ich noch nicht fertig, du Blödian!«, schnauzt Charlie das abrupt verstummte Handy an.

Wahnsinn. Wie paralysiert verharre ich immer noch hinter der halb geöffneten Tür und zupfe mir unkontrolliert an der Unterlippe herum. Dass sie Jobst so ablehnt, hätte ich nie gedacht. Dass sie ihn nicht leiden kann, war mir bewusst, die beiden sind aber auch wie Feuer und Wasser. Ich bin viel zu schockiert, um sie jetzt damit zu konfrontieren, vor allem hätten wir dann womöglich den dicksten Streit. Bevor ich ihr entgegentreten kann, atme ich dreimal tief durch und zähle langsam bis zehn. Besser ist besser.

»Was Wichtiges?«, frage ich betont nebenbei und nicke Richtung iPhone, als ich in die Küche komme.

Wenn ich das Telefonat nämlich jetzt komplett ignorieren würde, wäre ihr prompt klar, dass ich sie bespitzelt habe. Charlie ist da mir gegenüber echt misstrauisch, obwohl schon fast fünfzehn Jahre vergangen sind, seit ich die Gegensprechanlage in ihrem Kinderzimmer heimlich einschaltete, um sie und ihre beste Freundin Claudi zu belauschen. Blöd, dass ich dabei zufällig mitbekam, dass sie nachts heimlich aus dem Haus schleichen wollte, um auf eine Party zu gehen. Brühwarm verpetzte ich sie bei unseren Eltern. Charlie war mir ewig böse, dabei hatte ich nur Angst um sie gehabt.

»Nö, nur Jobst!«, sagt Charlotte genervt.

Spielerisch drohe ich ihr mit der Faust, dabei ist mir eigentlich gar nicht zum Lachen zumute: »Ihr seid bald verwandt, vergiss das nicht!«

»Dein Held hat das bestmögliche Steuermodell in der Ehegatten-Splitting-Tabelle ermittelt«, resümiert sie abfällig. »Und außerdem ist der Ehevertrag aufgesetzt.«

»Yap!« Um meinen Jobst tatsächlich als Helden dastehen zu lassen, reiße ich ein wenig übertrieben die Siegesfäuste in die Luft. »Das ist ja su-per!«

Ungläubig beobachtet sie meine Verzückung und stellt eine rhetorische Frage: »Eure Hochzeitsplanung läuft gut?«

Selbstgefällig zücke ich den Magneten vom Kühlschrank,

unter dem meine To-do-Liste klemmt: »Seitenkapelle Kölner Dom wurde für den Achtzehnten geblockt, Koch und Sommelier vom *Savoir Vivre* sind gebrieft, die vierstöckige Torte ist bestellt, die Honeymoon-Suite auf Bali gebucht, die Eheringe liegen abholbereit beim Juwelier, E-Mail für Blumenbestellung wurde verschickt, und auch beim Brautkleid habe ich nichts dem Zufall überlassen. Somit sind alle Punkte auf der Agenda ordnungsgemäß abgearbeitet«, liefere ich ihr einen detaillierten Zwischenbericht.

»So wie du das sagst, klingt das eher wie 'ne Jahresbilanz!«, rügt sie meine Ausführung. »Nur den Punkt mit dem Brautkleid, den habe ich noch nicht ganz *internalisiert*«, benutzt sie Jobsts Lieblingswort, und ich weiß genau, dass das wieder eine geringschätzige Anspielung auf seine Art ist. »Wir zwei wollten doch zusammen losziehen – und jetzt hast du schon eins?«, zieht sie enttäuscht die Mundwinkel nach unten. »Das finde ich …«

»Warte mal kurz!«, bremse ich sie mit einem Handzeichen, sprinte zurück in mein Büro, schnappe mir meinen Laptop und platziere ihn mitten auf der Küchentheke. »Tatatataaaaaaaaaaa, Tatatataaaaaaaa!«, trällere ich aufgekratzt die ersten Töne des Hochzeitsmarsches, während Charlotte mich erwartungsvoll anblickt.

»Gleich wirst du *es* sehen …!« Ich drücke sie auf einen Barhocker, und meine Finger fliegen blitzschnell über die Tastatur. Ein paar Sekunden später öffnet sich das Fenster eines Brautmodengeschäfts in Barcelona. Und noch ein paar Sekunden später erkennt man ein Kleid.

»Mein Hochzeitskleid!«, mache ich eine ausschweifende Handbewegung.

»Wie jetzt?«, fragt Charlotte begriffsstutzig.

»Na das hier!«, tippe ich auf den Bildschirm.

»Du hast dein Kleid im Internet bestellt?«, drückt Charlotte sich entsetzt mit den Händen von der Küchentheke ab, sodass ihr Hocker nach hinten zu fallen droht.

Zufrieden verschränke ich die Arme vor der Brust: »Ist es nicht toll?«

»Ich fasse es nicht!« Missbilligend tippt Charlotte jetzt ihrerseits mit dem Zeigefinger auf den Bildschirm: »Aber ich hoffe doch, dass du es wenigstens schon mal irgendwo in natura gesehen hast?«, stammelt sie ungläubig.

»Nein, wieso? Ich habe denen meine Maße rübergemailt. Weißt du, das ist ganz genial«, erkläre ich ihr eifrig, »du schickst einfach ein Foto von dir, und dann scannen sie dich ins Kleid. Perfekte Anprobe! Geht fix, und du musst dich nicht durch die Läden schleppen. Und irgendwie ist das doch auch ganz spannend«, lasse ich sie aufgeregt wissen.

Charlotte lässt sich wieder auf ihren Hocker fallen und schließt für ein paar Sekunden die Augen. Als wieder Leben in sie kommt, spricht sie leise und unnatürlich akzentuiert: »Die Suche nach dem Brautkleid sollte doch eigentlich das Geheimnisvollste, Aufregendste und Romantischste bei einer Hochzeit sein.« Sie hebt ihre Stimme: »Es im Internet zu ordern, ist doch fast so, als würde man im *Adlon* Chicken McNuggets bestellen.«

»Der Vergleich hinkt kolossal«, beschwere ich mich beleidigt und hauche ehrfürchtig: »Das hier ist ein *Rosa Clará*!!! Und ... es ist perfekt!«

»Ja, ja ... perfekt«, murmelt Charlotte geringschätzig.

»Beste Qualität, edles Design!«, verteidige ich vehement meine Wahl.

»Beste Qualität, edles Design???? Sprichst du von einem Flachbildschirm oder von einem Hoch-zeits-kleid? Mensch, Toni, das sucht man doch nicht nach Stiftung-Warentest-Kriterien aus!« Ungläubig reibt sie sich die Augen. »Ehrlicherweise bin ich über deine kühle und rationale Herangehensweise an deine Ehe samt Hochzeitskleidsuche ziemlich entsetzt.«

Ach ja, und ich bin entsetzt über dein Verhalten meinem

Bräutigam gegenüber, möchte ich am liebsten erwidern. Aber ich schluck's besser runter. Aus Erfahrung weiß ich, dass eine Versöhnung mit Charlie Jahre dauern kann, so viel Zeit habe ich aber nicht, und außerdem ist sie meine Trauzeugin …

»Für so ein Kleid fliegt man nach Paris«, macht sie eine allumfassende Geste, »London oder New York … ich hätte mich sogar breitschlagen lassen, mit dir nach Düsseldorf zu fahren«, ereifert sie sich.

Jetzt muss ich doch grinsen. Schließlich ist Düsseldorf für die meisten Kölner Feindesland. Ich sage ihr besser nicht, dass ich mit Jobst häufig über die Düsseldorfer Kö promeniere.

»Ruf an und cancel den Auftrag!«, fordert sie und drückt mir kurzerhand das Handy in die Hand.

Ich zeige ihr einen Vogel. »Du glaubst doch wohl nicht im Ernst, dass ich meine Zeit in so einem plüschigen Brautmodenladen mit kitschigen Tütü-Kleidchen verplempere. Mir gefällt *das* hier«, deute ich auf den Laptop-Bildschirm, »und der Preis ist auch okay. Findet Jobst übrigens auch!«

»Wieso Jobst?«

»Na, der hat es doch im Internet entdeckt!«, verdrehe ich die Augen, weil sie wieder einmal so schwer von Kapee ist.

»Der hat's schon gesehen?«, stemmt Charlotte die Hände in die Hüften und entrüstet sich jetzt vollends.

»Na klar, wir haben uns beide auf die Suche gemacht. Zeittechnisch gesehen war das die ökonomischste Variante!«

»Ich fasse es nicht!«, murmelt Charlotte, den Blick flehentlich gen Himmel gerichtet. »Warum musst du immer so rational und strukturiert sein?«

»Na, der Platz der Chaos-Queen war in unserer Familie ja schon besetzt, große Schwester!«

»Neurowissenschaftler haben übrigens herausgefunden,

dass rationale Menschen im Alltag oft zielsicher die falschen Entscheidungen treffen«, kontert sie.

»Wo hast du das denn her?«

»Aus der *Psychologie für große und kleine Leute*, die haben wir im Kindergarten abonniert!«

»Aha! Habe noch nie was von dieser Theorie gehört. Außerdem kann ich jetzt auch nichts mehr dran ändern. Ich habe jetzt ein Kleid!«

»Und wenn's nicht passt?«

»Ich bin hier zur Schneiderin gegangen, die hat meine Maße genommen, dann nach Barcelona gefaxt, und heute oder morgen kommt es per DHL in die Firma.« Eifrig knete ich meine Ohrläppchen, ich habe mal gelesen, dass so die Müdigkeit vertrieben werden kann. »Damit auch nichts schiefgeht, lasse ich es lieber in mein Büro liefern. Da verbringe ich ja eh mehr Zeit als zu Hause.«

»Auch noch auf den letzten Drücker!«, schüttelt sie verständnislos den Kopf. Bevor sie sich unaufgefordert eine Milchtüte aus dem Kühlschrank nimmt, glotzt sie mich noch einmal an und sagt: »Für jemanden, der nie zu Hause ist, ist dein Kühlschrank übrigens ganz schön prall gefüllt!«

Just in dem Moment, da sie die Milch ungeniert an den Mund setzen will, rupfe ich sie ihr aus der Hand. Schwungvoll öffne ich den Vitrinenschrank und nehme ein Glas mit dem Aufdruck *Milch* heraus, das ich ihr vor die Nase stelle. »Ich dachte, wir trinken nicht mehr aus der Flasche, seit wir drei sind!«, kritisiere ich sie schulmeisterlich.

Manchmal hat Charlotte wirklich keine Manieren, komisch, dabei haben wir doch dieselbe Erziehung genossen.

Das Glas ignorierend, murmelt sie: »Immer schön p.c., was, Toni?« Trotzig setzt sie die Tüte erneut an und trinkt ein paar Schlucke.

Warum muss sie mich eigentlich immer provozieren?

Verständnislos stoße ich ihr den Ellenbogen in die Rippen. Als Charlotte sich daraufhin verschluckt, müssen wir beide dann doch lachen.

»Sag mal, wie meintest du das eigentlich vorhin, dass ich bei allem nach Stiftung-Warentest-Kriterien vorgehe?«, hake ich halbwegs besänftigt noch einmal nach und versuche dabei die verletzte Tonlage auszuschalten.

»Ach«, hüstelt Charlotte, »nur so!«

»*Nur so!* – So'n Quatsch. Los, sag schon!«, lasse ich nicht locker und trete unruhig von einem Bein auf das andere. »Merk dir die Antwort, ich muss mal eben aufs Klo!«, bitte ich sie im Hinausgehen.

Charlotte formt die Hände zu einer Flüstertüte: »Mein Qualitätsurteil für Jobst hätte in jeder Disziplin übrigens *ungenügend* gelautet!«

»Das hab ich gehört!«, brülle ich aus dem Badezimmer zurück. »Ich weiß gar nicht, was du immer gegen Jobst hast. Ich finde, er passt perfekt zu mir!«

»Dein Perfektionismus-Wahn macht mich wahnsinnig!«, sagt Charlotte, die mir ins Badezimmer gefolgt ist. »Übersetzt heißt perfekt übrigens: superelendigsaulangweilig!«

»Du bist ja nur sauer!«, unterstelle ich ihr und schlage mit der flachen Hand auf die Klospülung.

»Wieso sauer?«, wundert sich Charlotte.

»Weil deine kleine Schwester *vor* dir heiratet«, stelle ich mich vor den Spiegel und ziehe eine Grimasse.

»In welchem Märchen lebst du denn?«, fragt Charlotte perplex. »Ich finde einfach, ihr passt nicht zueinander, basta!«

»Das Timing für eine emotionale Gehirnwäsche ist ziemlich ungünstig«, knurre ich und verbrühe mir fast die Finger beim Händewaschen, weil ich vor lauter Erregung den Hebel der Armatur in die falsche Richtung gedrückt habe.

»Gegensätze ziehen sich an! Das trifft auf euch beide ja wohl kaum zu, ihr zwei seid doch geklont.«

»Ach papperlapapp, Gegensätze ziehen sich an, diese These ist doch völlig überholt. Sozusagen ob-so-let, verstehst du! *Gemeinsamkeiten* sind die beste Basis für eine gut funktionierende Ehe. Guck dir Charles und Camilla an, oder ... oder, na die anderen tollen Ehepaare eben ...«, trockne ich mir die Hände gründlich am Handtuch ab.

»Charles und Camilla. Tolles Ehepaar. Mhm, nee, ist klar!«, nickt Charlotte mit gespitzten Lippen.

Nach weiteren Beispielen suchend, schlackere ich wild mit den Armen herum und schleudere dabei das Handtuch durch die Luft. »Dann eben wie Jennifer Aniston und Brad Pitt.«

»Die sind seit Jahren geschieden!«, hebt sie das Handtuch für mich auf und hängt es über die Stange neben dem Waschbecken. Staunend über meine geringe Allgemeinbildung in Sachen Promis und High Society wirft sie mir vor: »Wenn du nicht nur das *Handelsblatt* und die *Financial Times* lesen würdest, wüsstest du das!«

Dass ihr das mal ganz gut tun würde, anspruchsvolle Magazine zu lesen, verkneife ich mir jetzt lieber. Dann hält sie mich wieder für snobbyistsich ... meine liebe Trauzeugin. »Wie dem auch sei, Jobst und ich sind einfach wie füreinander geschaffen«, lasse ich mich, zumindest nach außen hin, nicht aus der Ruhe bringen. An der rechten Hand zähle ich die Gemeinsamkeiten ab: »Wir treiben gerne Sport, lesen dieselben Bücher, lieben Fernreisen, haben gemeinsame Ziele – ja, und dass er auch keine Kinder haben will, kommt mir sehr gelegen.«

»Erst dachte ich, das mit der Hochzeit sei eine hormonelle Dysregulation, aber so langsam glaube ich, du hast eine Wahrnehmungsstörung. Echt komplett!«

»Fremd- oder Selbstwahrnehmung?«, frage ich ehrlich interessiert, weil ich nicht verstehe, was sie mir jetzt wieder sagen will. Mein Gott, warum sind wir nur so grundverschieden? Und warum hasse und liebe ich sie nur so? Schwesternliebe ist wahrhaftig etwas Diffiziles.

»Beides!« Missbilligend verzieht Charlotte den Mund. »Gut, lassen wir mal außer Acht, dass du von uns beiden diejenige warst, die unbedingt fünf Kinder haben wolltest. Das ist eine andere Baustelle. Konzentrieren wir uns mal aufs Kleid. Also, wenn du wirklich willst, dass ich deine Trauzeugin werde, dann machen wir zwei uns gefälligst auf die Suche nach einem Modell, das erstens wirklich zu dir passt und zweitens in Echtzeit von dir anprobiert wird! Oder …!« Jetzt wird es ernst.

»Oder?«

»Du suchst dir eine andere Trauzeugin!«, stemmt Charlotte die Hände fest in die Hüften.

Ich glaube, ich spinne, sie droht mir tatsächlich, sie … sie erpresst mich sogar regelrecht. Das ist jetzt wirklich nicht okay. Es ist verletzend, mich so unter Druck zu setzen, nur wegen eines Brautkleides, wegen … eines Stückes Stoff. »Ich finde es völlig legitim, sich in Zeiten der Computerisierung sein Brautkleid im Internet zu bestellen. Ich meine, hallo, andere bestellen sich sogar ihre Männer dort.«

Charlie überhört meinen Einwand. »*Meine* Schwester trägt auf *ihrer* Hochzeit kein Kleid, das der Bräutigam schon kennt. Das … bringt … Unglück!«

»Ich bin aber überhaupt nicht abergläubisch, und außerdem finde ich es einfach …!«

»Perfekt!«, beendet Charlotte ironisch den Satz für mich. »Los, komm schon!«, treibt sie mich plötzlich an und will mich zur Tür hinausbugsieren.

»Hey, mir wird ja ganz schwindelig!«, halte ich mich taumelnd am Rahmen fest, »und außerdem bin ich total müde!«

»Los, los, wir haben noch volle drei Stunden zum Shoppen. Also keine Ausreden, wir gehen!«, kommandiert sie.

»Das ist keine Ausrede. Ehrlich. In letzter Zeit bin ich immer total k.o.!«, protestiere ich und schleiche an ihr vorbei in den Flur.

Besorgt dreht sie mich zu sich herum und hält mich eine Armlänge von sich entfernt: »Du siehst wirklich ganz schön fertig aus«, bestätigt sie. »Okay, dann aber morgen!«

»In zehn Tagen ist die Hochzeit, ich bin eh schon am Limit«, setze ich erneut an und hoffe doch noch auf ein Quäntchen Mitgefühl.

»Ich hole dich um neun Uhr ab!«

»Meinetwegen!«, gebe ich mich geschlagen. Warum kriegt sie nur immer ihren Willen? Das macht mich rasend.

Als sie sich vorbeugen will, um mir einen Abschiedskuss zu geben, wische ich ihr kurz mit dem Finger über ihre Nase. »Du hast da was!«, kann ich mir dann doch nicht verkneifen.

»Ja?!«, wischt sie unsicher mit der Handfläche darüber. »Was denn?«

»Kreide!«

Das schlechte Gewissen steht ihr ins Gesicht geschrieben. Ha! Eins zu eins.

»Du hast nichts von Marathon gesagt«, beschwere ich mich am nächsten Abend bei Charlie, die mich schon den ganzen Tag quer durch alle Geschäfte schleift.

»Bewegung tut dir gut. Dann hängst du nicht den ganzen Tag im Büro ab!«, würgt sie meine Beschwerde ab.

»Das ist Folter! Wir haben jetzt von früh bis spät ganz Köln abgeklappert!«

»Ich weiß genau, dass *es* auf dich zukommt«, sagt Charlotte immer noch zuversichtlich, obwohl wir soeben ergebnislos aus dem x-ten Brautmodenladen heraustreten. Energisch zieht sie sich ihre Schirmmütze tiefer ins Gesicht. »Es hängt irgendwo und wartet auf dich«, murmelt sie mit konspirativer Stimme.

»Du bist echt eine hoffnungslose Romantikerin«, stöhne ich laut auf, bevor ich mich ächzend auf einem Schaufenstervorsprung niederlasse. Mit schmerzverzerrtem Gesicht öffne ich eine Riemchen-Sandalette und streife sie mir vom Fuß, um meine schmerzenden Zehen zu massieren. Dabei fällt mein Blick auf die Scheibe der gegenüberliegenden Bushaltestelle. Entsetzt stelle ich fest, dass meine Augenringe sogar aus zwei Metern Entfernung erkennbar sind. Aber wen wundert's, schließlich schlafe ich seit ein paar Wochen irrsinnig schlecht. So, und jetzt brauche ich dringend eine Pause.

»Da vorne ist mein Lieblingscafé«, deute ich auf den schnuckeligen Coffeeshop auf der anderen Straßenseite.

»Keine Zeit!«

»Bitte, bitte, nur einen Latte macchiato«, bettele ich sie hemmungslos an.

Als Antwort schlägt Charlotte erbarmungslos mit der Hand auf das Zifferblatt ihrer Uhr.

»Oder von mir aus auch nur einen schnellen Espresso«, sacke ich fix und fertig in mich zusammen.

Charlie schüttelt erbarmungslos den Kopf.

»Einen Instantkaffee?«, wimmere ich und hoffe, sie lässt sich erweichen.

Endlich hat Charlie Erbarmen.

»Okay«, lacht sie. »Aber –« Plötzlich bricht sie mitten im Satz ab und schlägt sich die Hand vor den weit aufgerissenen Mund. Dahinter murmelt sie dumpf: »Da ... da ... da!«, wobei sie ihr Kinn mehrfach zu dem Schaufenster hinter mir reckt.

Noch bevor ich mich überhaupt umdrehen kann, zieht Charlie mich bereits von der Fensterbank hoch, um mich in das Geschäft zu zerren.

»Hey«, protestiere ich humpelnd, »ich muss mir noch meinen Schuh anziehen.«

Zielsicher steuert Charlie bereits auf eine Schaufensterpuppe zu und bleibt bewundernd davor stehen. »Das ist es, *das ist dein Brautkleid*!«, ruft sie begeistert aus.

Ohne das ausgestellte Kleid eines Blickes zu würdigen, lasse ich mich ermattet auf einem Hocker nieder und ziehe mir jetzt auch noch die andere Sandalette vom Fuß.

»Perfekter als mein *Rosa Clará* kann es eh nicht sein!«, knete ich meine geschundenen Zehen.

»Kann ich Ihnen helfen?«, taucht die Verkäuferin auf.

»Das ist doch bestimmt kein Label«, murmle ich kaum hörbar in Charlies Richtung, nachdem ich einen halbherzigen Blick auf den Fetzen geworfen habe. Nicht, dass ich Label-Fetischistin wäre, aber Qualität ist mir sehr wichtig.

Charlie lässt sich nicht irritieren: »Wo kann meine Schwester das anprobieren?«, erkundigt sie sich, während sie der Schaufensterpuppe auch schon das Kleid über den Kopf zieht.

Die Frau öffnet den Vorhang einer provisorischen Kabine und bedeutet mir mit geöffneter Hand, hineinzugehen. »Bitte schön!«

»Ich kann nicht mehr!«, bocke ich komplett überfordert. »Anziehen-Ausziehen, mir reicht's langsam. Ehrlich!«, beschwere ich mich bei meiner selbstzufrieden lächelnden Schwester. »Wenn ich hier raus bin, gehe ich keinen Schritt weiter. Und ich probiere jetzt auch nichts mehr an. *Ich … habe … nämlich … schon … ein … Kleid!*«

»Okay, dann kannst du ja deinen zukünftigen Schwager Axel fragen, ob er dein Trauzeuge wird!«, droht sie, und ich ahne, nein, ich weiß, dass sie es ernst meint. Charlotte macht keine halben Sachen. So wie damals, als sie schwor, mir alle Hosenbeine zuzunähen, sollte ich noch ein einziges Mal ihre 501 aus dem Schrank klauen.

»Das ist Erpressung, Charlie, und absolut unfair!«, ergebe ich mich und schleiche im Zeitlupentempo in die Kabine.

»Ich weiß!«, grinst sie breit und drückt mir das Kleid in die Hand.

In der Kabine reiße ich theatralisch die Arme in die Luft, bevor ich die Robe gleichgültig an einen Haken hänge. »Wart's nur ab, Schwesterherz, wenn du eines Tages so weit bist, kriegst du alles zurück!«, zische ich durch den verschlossenen Vorhang.

Durch das Herumwedeln ist ein Zettel vom Kragen des Kleides abgefallen, den ich jetzt achtlos mit dem großen Zeh beiseiteschiebe. Plötzlich stutze ich. Was steht da? Interessiert kneife ich die Augen zusammen, um das Geschriebene besser erkennen zu können. Ungläubig hebe ich das Stück Papier auf und lese den Text erneut. Danach öffne ich den Vorhang und winke so wild mit dem Zettel, dass ich *Puck der Stubenfliege*, die unglaubliche Ähnlichkeit mit meiner Schwester Charlie hat, beinahe ihre monströse Sonnenbrille von der Nase fege.

»Hier, hör dir das an: *Verkaufe Brautkleid, ungetragen. Vierhundert Euro.*« Irritiert lasse ich meinen Blick durch den Laden schweifen. »Das ist 'n Secondhand-Laden«, äußere ich meinen Verdacht.

»Logisch! Was denn sonst«, schüttelt Charlie den Kopf über mein Unwissen. »Tsss, ich wette, du warst noch nie in einem!«, legt sie die Brille zurück ins Regal.

»Das hat schon mal jemandem gehört!«, zuppele ich unwillig an dem Kleid herum: »Wetten, *das* bringt Unglück!«

»Vorhin hast du noch gesagt, du bist nicht abergläubisch«, erinnert Charlie mich an meine Worte.

»Vierhundert Euro ist doch wohl ein unverschämter Preis für so ein Secondhand-Leibchen«, ereifere ich mich.

Bis auf ihre 501er Jeans habe ich noch nie was Gebrauchtes getragen.

»Mensch, Toni, siehst du es denn nicht? Das ist *dein* Kleid, es ist ein Traum, und es hat schon eine Geschichte, eine geheimnisvolle noch dazu. Das ist romantisch und hat einen Hauch von Mystery!« Widerspruchslos schiebt sie mich zurück in die Kabine. »So, und jetzt entspann dich mal.«

»Der Schnitt ist wieder hochaktuell! Und der Rock aus Seidenchiffon verleiht dem Kleid etwas unglaublich Romantisches«, schwärmt die Verkäufern, die sich anscheinend berufen fühlt, jetzt auch noch ihren Senf dazuzugeben.

»Romantisch!«, ziehe ich meine Mundwinkel nach unten. »Dann ist es ja wie für mich gemacht!«

»Der Empire-Stil ist seit den Jane-Austen-Verfilmungen sehr gefragt«, fährt die Frau fort.

Das ist doch mal ein Argument. Ich liebe Jane Austen.

»Ich kann ja mal reinschlüpfen«, füge ich mich.

»Also, ich möchte ja nicht drängen, aber ich schließe in ein paar Minuten«, informiert sie uns mit einem Blick auf die Uhr.

»Geht ganz fix«, verspreche ich mit wegwerfender Handbewegung und hoffe, dass Charlie endlich Ruhe gibt, wenn sie sieht, wie deplatziert ich in einem romantischen Kleid aussehe. Dann ringe ich meiner Schwester noch ein Versprechen ab: »Aber danach gehen wir nach Hause, und du lässt mich endgültig in Ruhe, okay?«

»Okay!«, grinst sie siegesgewiss.

Murrend ziehe ich den Vorhang zu und steige laut schnaufend in das Kleid. In dem Augenblick, als ich es umständlich hinten schließen will, sehe ich mich eher versehentlich im Spiegel an. Was ich dort erblicke, verschlägt mir fast die Sprache. Minutenlang starre ich die Frau in dem altmodischen, romantischen Kleid an. Das bin ich nicht, definitiv. Mir stehen schlichte Kostüme, ich bin die klassische Jil-Sander-Kundin, mein Teint sieht in Ecrü fahl aus, um nicht zu sagen langweilig. Ich bin der Wintertyp, mir stehen Rot, Blaugrün, Blautürkis, Royalblau, Indigo,

Violett, Pink, Magenta, Rosa, Hellblau, Flieder, Zitronengelb, kaltes Grau, Schwarz und Weiß. Schließlich habe ich eine Menge Geld für eine Farb- und Stilberatung ausgegeben. Das hier kann also eigentlich gar nicht gehen. Es ist vielmehr eine Vision, ein Trugbild. Die Frau, die mir im Spiegel gegenübersteht, ist mir unglaublich fremd, aber die Augen des längst vergessenen Mädchens, das mir dahinter entgegenblickt, werden mir immer vertrauter. Es ist zehn Jahre alt und behauptet: *Ich heirate in Weiß, kriege mindestens fünf Kinder, habe einen Hund und ein Haus auf dem Land.* Als der Vorhang unvermittelt zur Seite geschoben wird, werde ich abrupt aus meinem Tagtraum gerissen.

»Alles okay bei dir? Soll ich dir helfen?«, will Charlie wissen. Dann stockt sie, hält mich eine Armlänge von sich entfernt und starrt mich wie hypnotisiert an. »Ich wusste es!«

Unsicher zupfe ich an meiner Unterlippe.

»Darf ich?« Mit einem Handgriff löst Charlie die Spange aus meinem streng hochgesteckten Haar, das mir jetzt dunkel und schwer über die Schultern fällt. »Das ist wie für dich gemacht! Darin steckst DU. Endlich sehe ich mal wieder dein wahres Ich!«, sagt sie richtig bewegt.

»Ich bin immer ich!«, protestiere ich und stelle erschrocken fest, dass sie anscheinend dasselbe sieht wie ich. Trotzig fühle ich mich plötzlich verpflichtet, noch hinzuzufügen: »Und außerdem: Ich liebe Jobst, ich werde ihn heiraten, er ist *der* Mann für mich, und wenn ich mir einmal etwas vorgenommen habe, dann ziehe ich es durch.«

Die Verkäuferin, die jetzt hinter Charlie auftaucht, tritt ungeduldig von einem Bein auf das andere, bis sie sich räuspert: »Ähem, entschuldigen Sie bitte, aber ich muss jetzt wirklich schließen, ich habe noch einen wichtigen Termin.«

In dem Moment tritt Charlie zur Seite, damit sie mich

ebenfalls bewundern kann. »Ist das nicht wie für meine Schwester gemacht?!«

Der Frau entfährt ein begeistertes »Hui! Dieses Ecrü steht Ihnen ausgesprochen gut. Unglaublich! Wirklich! Und der ausgestellte Ausschnitt hebt Ihre eher etwas kleine Brust an und betont sie dezent!«

Das hätte sie nicht sagen sollen.

Doch dann überzeugt sie mich mit einem einzigen Satz: »Sie sehen aus wie Keira Knightley in *Sinn und Sinnlichkeit*!«

Okay, das war's. Das ist *mein Film*. Das ist *meine Schauspielerin*, das ist ... wahrscheinlich tatsächlich *mein Kleid*. Spontan zücke ich die Kreditkarte. Jetzt oder nie. »Überredet«, sage ich mit fester Stimme. »Ich werde einmal in meinem Leben etwas Verrücktes tun. Aber dann bist du auch auf jeden Fall meine Trauzeugin!«, tippe ich Charlotte mehrfach mit dem Zeigefinger auf die Brust.

»Auf jeden Fall!«

»Gekauft!«, drücke ich der Verkäuferin meine Kreditkarte in die Hand.

Doch anstatt die Karte entgegenzunehmen, macht sie schulterzuckend auf ein Schild neben der Kasse aufmerksam: *Wir nehmen keine Kreditkarten!*

»Kein normaler Mensch läuft doch noch mit Bargeld rum«, beschwere ich mich und klappe demonstrativ die Kreditkarten-Lasche meines Portemonnaies hoch, bevor ich laut aufseufzend mit den Augen rolle: »Charlie, wie viel hast du dabei?«

»Deine Schwester, diese abnorm altmodische Person, schleppt circa fünfzig Euro mit sich rum!«, kontert Charlotte ironisch.

Eigenmächtig lupfe ich den Fünfzigeuroschein aus ihrem Portemonnaie und wende mich wieder an die Verkäuferin: »Reichen die als Anzahlung?«

Zustimmendes Nicken.

»Morgen früh gehe ich direkt zur Bank, und dann bringe ich Ihnen das restliche Geld sofort vorbei«, verspreche ich ihr.

Draußen vor der Tür erwischt mich ein kalter Lufthauch, aber er lässt mich nicht frösteln, sondern freudig erschauern. Charlie, die sich soeben bei mir unterhakt, spürt mein Bibbern und besänftigt mich: »Das Kleid wird dir Glück bringen, Toni. Ganz bestimmt!«

»Vielleicht doch ganz gut, dass Jobst nicht weiß, was ich tragen werde«, räume ich nachdenklich ein.

»Manchmal ist es gar nicht so schlecht, etwas Verrücktes zu tun, oder?«, rammt Charlie mir ihren Ellenbogen neckend in die Rippen.

Der Perfekte Kuss

»Jetzt noch die Party. Das halte ich nicht aus!«, jammere ich, als ich nach der Mammut-Shopping-Tour wieder meine Wohnung betrete und von Charlie zum Umstylen ins Badezimmer geschoben werde.

Um zwanzig Uhr feiere ich mit ein paar Frauen, die Charlie ein paar Tage zuvor zusammengetrommelt hat, meinen Junggesellinnen-Abschied. Liebend gerne hätte ich auf diese alberne Tradition verzichtet, aber meine liebe Schwester hat darauf bestanden.

»Wie lange brauchst du noch?«, ruft sie gefühlte zwei Minuten später ungeduldig ins Bad, wo ich soeben meinen eigenen Rekord in Schnellduschen und -schminken breche.

»Bin gleich so weit!«

Haare waschen fällt aus, denn bis ich die Mähne geföhnt habe, kommen wir garantiert zu spät. Rasch werfe ich mich in mein neues Kostüm und steige in meine flachsten Schuhe, denn die Riemchen-Sandaletten haben meine Füße heute definitiv überstrapaziert.

Auf meine Frage hin, ob sich Charlie nicht auch noch etwas Frisches anziehen möchte, winkt sie nur kurz ab. »Ich bleibe in Jeans und T-Shirt!«

Spätestens da hätte ich stutzig werden müssen.

Zu Recht, denn die leicht angeranzte Tapas-Bar, die sie mir als Seventies-touchy beschrieben hat, entpuppt sich als bessere Pommesbude. Um ehrlich zu sein, ist es mir vor meinen Gästen sogar ein bisschen peinlich, hier gelandet zu sein.

Verwundert mustere ich die Runde, siebzig Prozent der Frauen sind Arbeitskolleginnen von mir, dann ist da noch meine alte Studienfreundin Christina, die ich seit Jahren nicht mehr gesehen habe, und die restlichen zwanzig Prozent bestehen aus Charlie und mir. Na ja, der Termin war schließlich recht kurzfristig anberaumt, rechtfertige ich das dürftige Erscheinen, dennoch lässt sich nicht verhehlen, dass sich die Anzahl meiner Freundinnen in den letzten Jahren drastisch reduziert hat. Kein Wunder, schließlich bin ich die Einzige von ihnen, die rund um die Uhr arbeitet und daher kaum Freizeit hat, erkläre ich mir die Regression.

Irritiert beobachte ich, dass sich, im Gegensatz zu mir, alle blendend zu amüsieren scheinen. Gedankenverloren schiebe ich mir eine Thunfischkrokette in den Mund und finde nach weiteren Verkostungen diverser Tapas erstaunlicherweise doch noch einen Pluspunkt für den Laden hier. Das Essen ist irrsinnig gut, irgendwie erdverbunden. Dennoch bin ich erleichtert, dass Charlie nicht – wie es zuerst geplant war – das Restaurant für die Hochzeitsfeier ausgesucht hat, das hätte sicherlich einen Eklat zwischen Jobst und ihr gegeben. Bevor ich mir eine Dattel im Speckmantel angeln kann, ruft bereits irgendjemand zur ominösen Kussversteigerung auf, und ehe ich michs versehe, hebt mich meine wahnsinnige Schwester gemeinsam mit meiner Sekretärin Andrea auf einen Tisch.

»Jeder männliche Gast darf mitsteigern«, verkündet Charlie zu meinem Befremden die Spielregeln.

Wie kommt sie auf so eine verrückte Idee? Ich versuche die Beherrschung zu wahren, als die Kandidaten, die niemals zu irgendwelchen Rankings auftauchen würden, bereits engagiert ihre Gebote abgeben.

»Dreißig«, brüllt einer lautstark.

»Zweiundvierzig!« der Nächste.

Oje.

»Habt ihr euch die Gestalten hier mal genauer angesehen?«, zische ich den Frauen bestürzt zu.

»Die Jungs wittern gerade ihre Chance, auch mal etwas

vom großen Kuchen abzubekommen«, entgegnet Charlie ungerührt.

»Nur dummerweise bin ich die Torte«, beschwere ich mich schmallippig und will soeben vom Tisch steigen.

»Spielverderber ... Spielverderber ... Spielverderber!«, johlt meine Belegschaft. Es scheint, als hätten sich alle gegen mich verschworen.

»Ich befürchte, Jobst kriegt ’ne Krise, wenn er davon erfährt.«

Das war ein Fehler. Dieses Argument hätte ich definitiv nicht anführen sollen, jetzt fühlt sich Charlie erst recht animiert, das Spiel weiter voranzutreiben.

»Wer bietet einhundert Euro?«, ruft sie bereits lauthals in den Raum und heizt die Versteigerung weiter an.

Soeben ist der größte Unsympath bei einhundertundvierzig Euro angekommen. Danach bietet niemand mehr. *Spielverderberin ... Spielverderberin ...* hallt es mir in den Ohren nach. Okay, ich mach’s. Augen zu und durch. Meine Beine sind schwer wie Blei, als ich vom Tisch hinuntersteige und auf ihn zugehen will.

Da erbarmt sich plötzlich José, der Besitzer des Restaurants und schreitet rettend ein. »So eine schöne Frau, und er bietet nur lächerliche einhundertundvierzig Euro. Das ist eine Beleidigung. Peinlich ist das, meine Herren. Bietet niemand mehr?«, moderiert er die Auktion eigenmächtig weiter und bedeutet mir, erneut aufs Podest zu steigen.

»Einhundertfünfzig«, ruft ein völlig ungepflegter Kerl lallend vom Tresen herüber, und ich kriege auf der Stelle einen Herpes Zoster.

Dann herrscht eine längere Stille. Bitte, bitte, bitte, bete ich kaum hörbar und presse die Hände so fest zusammen, dass sie kurz darauf völlig blutleer sind.

»Gut, also, einhundertfünfzig zum Ersten, zum Zweiten, zum Drit...«

Mir klappt der Unterkiefer nach unten. Das werde ich

meiner Schwester nicht vergessen, schwöre ich mir heimlich. Die soll sich jetzt schon mal schön auf ihren Junggesellinnen-Abschied freuen, es wird die Hölle werden!

»Zweihundert«, ruft da plötzlich ein junger Mann, der soeben mit seinem bestellten Essen in der Hand zur Tür hinauseilen wollte. Spontan stellt er die Tüten auf den Boden, gibt ein kurzes Handzeichen nach draußen und kommt mit großen Schritten auf mich zu. Bevor ich etwas sagen kann, reicht er mir galant die Hand, um mir vom Tisch hinunterzuhelfen.

»Junge, Junge. Herzlichen Glückwunsch, du hast soeben den Kuss einer Junggesellin ersteigert«, gratuliert ihm José begeistert.

Somit habe ich eine Zehntelsekunde, um mich wieder zu fangen und um mir meinen Helden genauer anzusehen. Wow, der sieht ja richtig gut aus, zudem ist er spontan, und vor allem weiß er, was ich wert bin. Das Letzte, was ich von ihm sehe, sind seine unglaublichen Mandelaugen, dann habe ich auch schon meine Arme um seinen Hals geschlungen und küsse ihn vor lauter Dankbarkeit heftiger als ich wollte und, okay, vielleicht auch leidenschaftlicher als ich sollte. Aber ich bin so irrsinnig froh, dass ich keinen von den anderen küssen muss. Verwirrt erwidert er den Kuss. Die Gäste klatschen so lange begeistert Beifall, bis sich unsere Lippen wieder voneinander lösen. Benommen lasse ich mich auf den nächsten Stuhl fallen, unsere Blicke treffen sich und bleiben aneinander haften.

»Cash oder in Raten?«, klopft José ihm auf die Schulter und nimmt der Situation damit schlagartig den Zauber.

»Sind Schecks auch okay?« Mit Wangen, die mindestens ebenso gerötet sind wie meine, zückt er ein Scheckheft aus der Innentasche seines dunkelbraunen Cordsakkos.

»So was Altmodisches gibt's wohl nur noch bei echten Prinzen! Hahahaha«, lacht José und hält den Scheck demonstrativ in die Luft.

Umringt von allen Anwesenden füllt Mandelauge ihn aus und überreicht ihn mir. Als ein ungeduldiges Hupen von draußen ertönt, wirft er nervös einen Blick aus dem Fenster. Sicher seine Freundin, jemand wie er ist bestimmt kein Single. Wenn er sich an der Tür noch einmal umdreht, dann ... dann hätte es was werden können mit ihm und mit mir, denke ich völlig übergeschnappt. Gespannt beobachte ich, was passiert. Er greift nach den Tüten, öffnet die Tür, stößt sie mit der Schuhspitze ein Stück weiter auf und dreht sich noch einmal zu mir herum.

»Ein männliches Aschenputtel«, flüstere ich ihm aus dem Wachkoma hinterher.

»Ich denke, du glaubst nicht an Märchen!«, grinst Charlotte breit.

Exakt, ich bin nicht abergläubisch und glaube auch nicht an Märchen. Doch was war das dann gerade???

Nachts sitzen Charlie und ich völlig berauscht von diversen *Hierbas* und einem wirklich gelungenen Abend im Taxi. Glücklich bemerke ich, wie perfekt mein Leben doch ist, und liste die einzelnen Faktoren auf: »Das Kleid, der Junggesellinnenabschied, meine Freunde.« Versöhnt lege ich den Arm um meine Schwester: »Du!« Kaum hörbar nuschle ich dann noch: »Und dieser Kuss eben!«

»Deinen Bräutigam hast du bei deiner Aufzählung vergessen«, erinnert sie mich breit grinsend, bevor sie mit dem Scheck vor meinem Gesicht herumwedelt. »Was machen wir eigentlich hiermit?«

»Wieso *wir*? Das ist meiner!«, versuche ich vergeblich, ihn ihr zu entreißen.

»Hey«, erhebt sie wissend ihren Zeigefinger, und es scheint, als habe sie plötzlich eine Eingebung, »den hauen wir heute Nacht noch auf den Kopf!« Mit der Zunge schnalzend beugt sie sich zum Taxifahrer vor: »Ins *Savoir Vivre*, bitte!«

Ach du Schreck. Ich sehe mich plötzlich Arm in Arm mit Monsieur Chabrel das Kellergewölbe der Vinothek abschreiten. Land? Anbaugebiet? Jahrgang? Hanglage?, brüllt er und deutet auf ein verfaulendes Weinfass.

Mit einer Handbewegung verscheuche ich das Bild des Grauens wie eine lästige Fliege vor meinem inneren Auge. »Nein, ich will nach Hause!« Ich beuge mich nach vorne und kommandiere: »In die Brüsseler Straße bitte!«

Der Taxifahrer grummelt leicht genervt.

Charlie öffnet das Fenster, und ich nutze den kurzen Moment ihrer Unaufmerksamkeit, um ihr den Scheck aus der Hand zu rupfen. »Und außerdem, liebe Charlie«, säusele ich pathetisch, »dieser Kuss eben ... war unbezahlbar!«

Ehe sie sichs versieht, zerreiße ich den Scheck in viele kleine Einzelteile und werfe die Schnipsel aus dem geöffneten Fenster. Im selben Moment bereue ich mein Handeln und starre den vom Sog des Fahrtwindes auf die Straße gewehten Papierfetzchen konsterniert hinterher.

Charlotte mustert mich skeptisch von der Seite: »Ich glaube, du hattest heute eine Erscheinung, kann das sein?!«

Jetzt werde ich nie erfahren, wie er heißt, denke ich voller Bedauern.

Am nächsten Morgen gehe ich zur Bank, hebe das Geld für mein Kleid ab und die fünfzig Euro, die ich Charlie schulde. Auf dem schnellsten Weg eile ich zum Secondhand-Laden in die Innenstadt, doch als ich zehn Minuten später dort eintreffe, muss ich feststellen, dass er noch geschlossen hat. Mit Blick auf die Öffnungszeiten beschließe ich, mir in meinem Lieblingscafé gegenüber den *Coffee to go* zu gönnen, den Charlie mir gestern verwehrt hat. Heute bin ich deutlich entspannter, auch wenn sich meine Augenringe von gestern auf heute noch verdoppelt haben, wie mir mein Spiegelbild hinterm Tresen gnadenlos beweist. Beim

Hinausgehen halte ich die Nase über den Becher und sauge den Kaffeeduft tief in mich hinein. Seit ich mit Jobst zusammen bin, verkneife ich mir normalerweise meine tägliche Ration, oder trinke sie heimlich, weil ich seine fürsorglichen Vorhaltungen über meinen unkontrollierten Kaffee-Konsum vermeiden möchte.

»Ahhhh, Mist, ist das heiß«, verbrühe ich mich. Meine Fingerspitzen fahren leicht über den brennenden Schmerz auf meinem Mund und auf einmal fühle ich den Druck der Lippen dieses fremden Mannes von gestern Abend darauf. Schnell schüttle ich die verwirrenden Gedanken ab, löse den Plastikdeckel, puste in den Becher und trinke Schluck für Schluck. Wartend patrouilliere ich vor dem Secondhand-Laden auf und ab. So langsam werde ich unruhig, Warten ist nicht unbedingt meine Stärke. Da kommt mir eine Idee, ich könnte mir doch noch in der Parfümerie nebenan einen Abdeckstift gegen die Augenringe besorgen, denn ich möchte nicht unbedingt als Zombie auf meiner eigenen Hochzeit erscheinen.

Eine halbe Stunde später verlasse ich als stolze Besitzerin eines Abdeckstiftes mit Garantie auf hundertprozentige Deckkraft, wie die Verkäuferin mir versichert hat, und als Besitzerin eines Secondhand-Brautkleides die Innenstadt.

»So, jetzt kann nichts mehr schiefgehen!«, rufe ich Charlie per Handy an.

»Schade!«

»Wieso schade?«, frage ich im ersten Moment naiv, dann erinnere ich mich an ihr Telefonat mit Jobst vorgestern und verstehe, was sie mir damit sagen will.

»So langsam finde ich dein Verhalten unangemessen!«

»Sprich nicht so gestelzt. Du findest mich blöd, saublöd, und ich soll gefälligst meinen neuen Schwager genauso phantastisch finden wie du. Nee, Toni, sorry, aber den Gefallen kann ich dir beim besten Willen nicht tun.«

»Du sollst ihn ja nicht lieben ... du sollst ihn nur akzeptieren«, fordere ich. »Das ist doch wohl nicht zu viel verlangt, und außerdem ist mir das sehr wichtig!«

Charlie und ich waren uns immer schon sehr nah, auch wenn wir komplett unterschiedlich sind. Ich will einfach, dass sie Jobst wenigstens akzeptiert.

»Toni. Bin ich scheinheilig?«

Was soll das denn jetzt schon wieder?

»Nein!«, antworte ich ehrlich.

»Willst du, dass ich es werde?«

»Nein, natürlich nicht«, entrüste ich mich.

»Dann lass mich Jobst weiter hassen!«

Jetzt muss ich doch schlucken. »Du hasst ihn sogar?«

»Na ja!«, mildert sie ihre Äußerung dann doch etwas ab, »ich finde – und ich weiß, ich wiederhole mich – ich finde einfach, dass er nicht der Richtige für dich ist.«

So langsam reißt mir der Geduldsfaden. »Ich weiß nicht, ob ich eine Trauzeugin haben will, die meinen zukünftigen Mann *hasst. Das* muss doch *wirklich* Unglück bringen!«

»Wenn du meinst!«, kommt es spröde zurück, und ich ahne, dass sie es jetzt wieder einmal drauf ankommen lässt. Sie würde mich in der Kirche sitzen lassen. Das ist Charlie.

»Dann auch noch die Sache mit der Erpressung!«, denke ich laut.

»Entweder du akzeptierst, dass ich Jobst auf den Tod nicht ausstehen kann, oder du lässt es.«

»Ich lasse es!« Enttäuscht und wütend hänge ich ein.

Charlie schafft es doch immer wieder. Sie ist der einzige Mensch, der mich wirklich aus der Fassung bringen kann, wahrscheinlich liegt es daran, dass sie meine Seele an den Stellen berührt, die für andere tabu sind.

Mit dem Kleidersack stehe ich eine Viertelstunde später in Jobsts Büro. Der Haken des Bügels brennt wie Feuer in meiner Hand, und ich kann es kaum abwarten, ihm von dem neuen Kleid zu berichten. Zu blöd, dass ich einfach nichts für mich behalten kann. Aber zeigen werde ich es ihm nicht, auf keinen Fall. Spontan entschließe ich mich, doch besser gar nichts zu sagen und stopfe es schnell zurück in die große Plastiktüte, als er aus der Teeküche tritt.

»Hier, bitte!« Auffordernd hält er mir eine dampfende Tasse mit einem übel riechenden grünen Gebräu vor die Nase. Dabei beugt er sich etwas zu mir vor und hält plötzlich naserümpfend inne: »Sag mal, hast du Kaffee getrunken?«

Ich ignoriere die Frage und sage Begeisterung vortäuschend: »Mhm, Sencha!« Schnell nehme ich ihm die Teetasse aus der Hand. Ich weiß, er meint es nur gut. Seit ich ihn kenne, sorgt er sich um meine Gesundheit, aber auf Diskussionen habe ich jetzt wirklich keine Lust.

»Du siehst abgespannt aus, Liebling!«

»Junggesellinnen-Abschied«, schlürfe ich mit spitzen Lippen etwas Tee.

»Wie war's denn?«, fragt er mit abfälligem Unterton. Natürlich hat Jobst es geschafft, diese lächerliche Aktion, wie er es nennt, zu umgehen, deshalb sieht er auch aus wie der junge Morgen und hat bestimmt schon sein Fitness-Programm hinter sich. »Hat sich Charlie alberne Kindergartenspielchen ausgedacht?«

»Nö!«, sage ich knapp, weil ich merke, dass mir die Röte in die Wangen steigt, als ich wieder an den Kuss erinnert werde. »Das wundert mich aber!«, legt er den Kopf schief und mustert mich eindringlich.

»Der Countdown läuft«, verkünde ich schnell, um ihn auf ein anderes Thema zu lenken.

»Ja, nur noch acht Tage!«, beugt er sich augenzwinkernd zu mir vor und küsst mich zärtlich und weich – sehr weich, finde ich plötzlich.

Komisch, dass ich das noch nie bemerkt habe. Jobst küsst nicht wirklich gut, als Perfektionistin hätte mir das eigentlich schon viel früher auffallen müssen. Ich stutze einen Moment. Konsterniert frage ich mich: Seit wann hat Jobst so weiche Lippen? Die hat er doch noch nie gehabt. Und der Kuss war auch irgendwie einfach nur dahingehaucht. So ... so ganz ohne Druck.

»Kannst du mich noch mal küssen?«, bitte ich ihn.

»Aber sehr gerne!«

Jobst küsst mich erneut, doch es wird nicht besser, gestehe ich mir die Wahrheit ein. Dann schüttle ich die negativen Gedanken ab – Küssen wird sowieso total überbewertet. Ganz bestimmt, schließlich hat Jobst tausend andere Qualitäten, und die sind einfach viel elementarer. Gut, der Typ mit den Mandelaugen von gestern Abend, der hat richtig toll geküsst.

»Honig?!«

»Nee danke«, schüttele ich gedankenverloren den Kopf und sinniere weiter über den gestrigen Kuss. Verglichen mit Jobsts war der richtig fest, leidenschaftlich und authentisch. Komisch, wie komme ich denn jetzt gerade darauf, was hat ein Kuss mit Authentizität zu tun? Mit der flachen Hand schlage ich gegen meine rationale Gehirnhälfte und schaffe es, meine geistigen Verirrungen als vorhochzeitlichen Stress abzutun.

»Aber sonst nimmst du doch immer Honig«, stellt Jobst überrascht fest. »Ist alles in Ordnung?«

»Ja, ja, klar, alles in bester Ordnung. Wirklich!«

»Nervös?«

»Nein. Doch.« Dann zucke ich mit den Schultern. »Weiß nicht!«

»Trink deinen Tee in Ruhe, ich muss wieder«, nickt er Richtung Wartezimmer, »die Mandanten warten.«

Plötzlich bin ich richtig froh, dass ich ihm nichts von dem neuen Kleid gesagt habe, Charlie hat recht, eine Überraschung birgt auch eine gewisse Spannung, und ich freue mich schon auf sein verblüfftes Gesicht. Auf dem Weg zum Fahrstuhl stoppe ich in der Teeküche und schütte den Rest aus meiner Tasse in den Ausguss. Ertappt zucke ich zusammen, als Jobsts Stimme plötzlich hinter mir erklingt.

»Sag noch mal eben, ist mit der Tischordnung alles klar? Und dann fiel mir gerade noch ein, vielleicht solltest du noch einmal beim Floristen vorbeischauen, damit auch alles hundertprozentig klappt.«

Liebevoll betrachte ich mein perfektionistisches Gegenstück, dann sehe ich ein Zucken an seinem Auge und vermute, dass er doch auch ein wenig nervös ist.

»Die Tischordnung habe ich im Büro auf meinen Clipboard festgelegt, und dem Floristen habe ich gestern eine E-Mail mit dem Foto geschickt, wie die Blumen aussehen sollen«, beruhige ich ihn und knipse meine Haarspange wieder fest, weil sich ein paar Strähnen gelöst haben.

»Wenn zwei Perfektionisten heiraten, spart man einen Wedding-Planner!«, freut sich Jobst diebisch.

Wenn zwei Perfektionisten heiraten ... mhm, dieser Gedanke und Charlottes Vorwurf, dass es ja wohl superelendigsaulangweilig wäre, ein geklontes Gegenstück zu heiraten, schwirren durch meine Gehirnwindungen, als ich in den Fahrstuhl steige. Doch bevor meine Synapsen sich verschalten, kommt auf einmal alles ganz anders ...

Mein Handy klingelt, der Empfang im Aufzug ist schlecht und die Stimme des Anrufers abgehackt. »Hochzeit ... Fotos ... Auftrag ...«, dann folgt ein Rauschen. »Ja, Liebling, ich hab dran gedacht, der Fotograf kommt um elf!«, beruhige ich Jobst.

Er scheint aufgeregter, als ich dachte. Verwundert stelle ich fest, dass ich im Gegensatz zu ihm immer noch die Ruhe selbst bin, schließlich sind wir doch meistens auf demselben Status quo.

»Können Sie mich jetzt endlich verstehen?«, brüllt mir

jemand aufgebracht ins Ohr, als sich die Fahrstuhltür öffnet. »Frau Scheller! Hallo, Frau Scheller!« Jetzt ist die Verbindung klar und deutlich, Augenblicklich kann ich den Teilnehmer identifizieren.

»Oh, Herr Melcher!«

Wie peinlich. Schnell beiße ich mir auf die Unterlippe, dann muss ich doch amüsiert grinsen, schließlich habe ich meinen Chef gerade Liebling genannt.

»Das mit Ihrer Hochzeit ..., tut mir leid, aber Sie verstehen das bestimmt. Ich kann nur Sie schicken.«

Verständnislos stiere ich das Handy an. Was hatten die Wortfetzen im Fahrstuhl zu bedeuten? Angestrengt versuche ich eins und eins zusammenzuzählen.

»Sie sind die Einzige, die den Auftrag noch retten kann, Sie verstehen das sicher, schließlich sind Sie Profi«, schmeichelt er mir, »und außerdem sind Sie die Einzige aus der Firma, der ich voll und ganz vertraue. Schmitti hat Ihnen für morgen einen Flug gebucht.«

Was faselt er denn da?

»Aber ... aber!« Leise stammele ich: »Ich heirate in acht Tagen, Herr Melcher, und stecke mitten in den Vorbereitungen.«

Wie stellt der sich das vor? Das soll doch wohl ein Scherz sein, oder?

»Ach, liebe Frau Scheller, ich würde Sie bestimmt nicht bitten, wenn ich nicht müsste. Meine Frau hat gedroht sich scheiden zu lassen, wenn ich wieder einen Urlaub sprenge!«

Das hat ihn doch sonst nie interessiert, wundere ich mich.

»Diesmal meint sie es ernst. Es tut mir leid, dass ich Ihre Pläne durchkreuze, aber ich schätze Sie wegen Ihrer Flexibilität und ihrer enormen Professionalität«, verpasst er meinem Ego gezielt ein paar Streicheleinheiten, um mich weichzuklopfen, »und natürlich auch besonders wegen

Ihres Perfektionismus! Außerdem sind es ja noch acht Tage. In ein bis maximal zwei Tagen werden Sie, so wie ich Sie kenne, das Geschäft unter Dach und Fach haben. Ich verlasse mich auf Sie, Antonia«, benutzt er raffiniert meinen Vornamen, um auf vertraut zu machen. Dann lacht er laut auf: »Ich schätze, Sie haben für die Hochzeit sowieso schon alles en détail organisiert.«

»Ähem, ja schon, aber das Problem ist …!«, den Rest schlucke ich schnell hinunter.

Blöderweise habe ich den Satz ausgerechnet mit den zwei Wörtern begonnen, die man seinem Chef gegenüber am besten nicht verwenden sollte: *Aber* und *Problem*.

»Also, wenn das ein Problem für Sie ist, dann …«, lässt er jetzt gereizt seinen Unmut durchklingen, »dann vergessen Sie's. Ich dachte nur, Ihnen läge viel daran, in unserem Geschäft voranzukommen und die nächsthöhere Stufe auf der Karriereleiter zu erklimmen«, bekommt nun seine Stimme diesen unangenehmen harten Geschäftston. »Tja, dann habe ich mich wohl getäuscht. Gut, dann muss ich eben Merwald schicken«, schießt er eine verbale Droh-Rakete ab.

Melcher scherzt nicht! Ich hätte es wissen müssen. Jetzt folgt die Erpressungsschiene. Merwald!!! Ächzend puste ich eine Strähne aus meinem Gesicht. Er will tatsächlich meinen größten Kontrahenten schicken. Augerechnet Merwald, der sich sowieso schon insgeheim ausrechnet, meinen Job zu übernehmen, weil er hofft, dass ich in der Hochzeitsnacht geschwängert werde und nie wieder im Büro auftauche. Merwald, der Schuft, der heimlich meine Unterlagen kopiert. Merwald, der Streber, der abends im Büro seine Lampe brennen lässt, damit man meint, er säße noch am Schreibtisch, Merwald, der Blindgänger, der … Ich schnaube, ich blähe die Nasenflügel auf, ich fechte einen inneren Kampf mit mir aus, bis meine rationale Hirnhälfte siegt.

»Geben Sie mir eine Stunde«, bitte ich Melcher.

Zufrieden teilt mir Melcher noch ein paar Informationen mit, die ich für die Abwicklung des Geschäfts benötige, alles Weitere schickt er per E-Mail.

Bevor ich auf dem Absatz kehrtmache und in den Fahrstuhl steige, um zurück zu Jobsts Büro in die fünfte Etage zu fahren, lege ich mir die Hand auf die Brust. Durchatmen, Antonia, tief durchatmen. Plötzlich macht mich die Enge des Raumes ganz beklommen, und kurzerhand verlasse ich den Fahrstuhl wieder und gehe zu Fuß in die fünfte Etage.

»Sorry«, platze ich in Jobsts Meeting, »aber ich muss unbedingt mit dir reden!«, sage ich hechelnd. Bevor ich ihn regelrecht zur Tür zerre, nicke ich kurz in die Richtung des Mandanten: »'Tschuldigung!«

»Hat das nicht Zeit bis heute Abend, Liebling?«, flüstert Jobst leicht gereizt, er kann es nicht leiden, wenn man ihn im Mandantengespräch stört. »Sie entschuldigen bitte, Herr Wörner, ich bin sofort wieder für Sie da«, wendet er sich an den älteren Herrn im Nadelstreifenanzug. Als er an mir vorbei den Raum verlässt und leise die Tür hinter uns schließt, fragt er mich vorwurfsvoll: »Wieso platzt du denn hier so rein?«

»Melcher will mich nach Avignon schicken. Wir sind heute Morgen durch einen weiteren Konkurrenten aus dem Rennen geworfen worden, das Hotel soll an eine andere Kette verkauft werden. Melcher sitzt in Miami fest, seine Frau droht mit der Scheidung, für den Fall, dass er selbst fliegt und den Urlaub ins Wasser fallen lässt«, platze ich mit der Neuigkeit heraus.

»Wann musst du los?«, fragt Jobst in seiner typisch pragmatischen Manier.

»Am besten sofort. Aber ich weiß nicht, ob ich das in acht Tagen alles stemmen kann. Um genau zu sein, sind es ja eigentlich nur noch sieben Tage bis zur Hochzeit, wenn ich morgen fliege!« Verstört nage ich an meinem Daumennagel. »Oder soll er doch Merwald schicken?«

»Mensch, Antonia, das ist *dein* Sprungbrett, auf die Chance hast du seit Jahren hingearbeitet. Merwald, der alte Aasgeier, ist doch schon im Anflug, der wartet doch nur auf so eine Gelegenheit.«

»Und die Hochzeit?«

»Es ist doch alles vorbereitet. Dank unserer ausgezeichneten Planung!«

»Na ja, du müsstest noch mal mit dem Sommelier vom *Savoir Vivre* telefonieren ...«

»Das habe ich bereits«, küsst er mich sanft auf die Nasenspitze. »Jetzt mach dir keine Sorgen, du musst den Kopf in den nächsten Tagen freihaben. Das ist ein Riesending, und, Liebling«, er hält mich mit beiden Händen an den Schultern fest: »Deine Karriere geht vor! Nichts ist wichtiger, okay!«

Als ich bei diesen Worten zusammenzucke, fügt er noch an: »Ich hätte genauso gehandelt, Antonia, ganz bestimmt, also mach dir keine unnötigen Sorgen. Alles ist gut!«

»Du meinst also, ich sollte wirklich ...?«

»Hol dir den Hauptgewinn, Antonia!«, legt er mir seine Hände auf die Schultern.

»Okay!« Etwas geknickt lasse ich den Kopf hängen. Nimmt er es nicht zu locker? Was ist, wenn ich das nicht in ein paar Tagen stemme? Was passiert dann mit der Hochzeit? Wir können sie doch nicht einfach verschieben. Außerdem möchte ich eine einigermaßen erholte Braut sein, schließlich waren die letzten Wochen turbulent genug. Ist Jobsts gut gemeinter Ratschlag nicht ein Fehler? Sind wir nicht vielleicht doch ein bisschen zu karrieregeil, wie Charlie immer behauptet? Doch dann sehe ich das stolze Lächeln, das seinen Mund umspielt und weiß, dass er sich für mich mitfreut, er hat ja recht, auf diesen Moment warte ich seit Jahren.

»Kannst du mich morgen früh zum Flughafen fahren?«, nehme ich seine Hände von meinen Schultern, weil ihre Last mich fast erdrückt. Entschuldigend erklärt er: »Um acht kommt Müller-Degenhart. Das geht wirklich nicht. Frag doch Charlotte«, schlägt er vor.

»Och, nöö!«, lasse ich den Kopf sinken.

»Stress?«, vermutet er richtig.

Als Antwort zucke ich nur mit den Schultern.

»Dann bestell dir doch ein Taxi, das übernimmt doch sowieso die Firma.«

»Ja, das werde ich machen!«, stimme ich verzagt zu.

»Axel könnte dich doch in Avignon abholen!«, schlägt er helfend vor.

»Nö, lass mal, von Geschwistern habe ich momentan die Nase voll«, lehne ich dankend ab.

»Soll ich uns nachher was vom Thai mitbringen?«

»Ganz lieb, aber ich glaube, es ist besser, wenn du heute bei dir übernachtest, schließlich muss ich morgen ganz früh raus«, sage ich vernünftig und bin irgendwie froh, dass ich heute Abend mal Zeit für mich habe. Dann kann ich in Ruhe die E-Mail von Melcher bearbeiten und die Unterlagen durchgehen, die seine Sekretärin mir später noch vorbeibringen will.

Nachts wälze ich mich schlaflos im Bett herum. Morgen werde ich gerädert sein, was ist nur los mit mir? Ich dachte immer, ich wäre eine Lerche, doch dann fällt mir ein, wie schwer mir früher schon immer das Aufstehen gefallen ist. Kann man sich im Leben von einer Lerche in eine Eule verwandeln? Oder ist das genetisch ein für alle Mal festgelegt? Kann es sein, dass ich mich mittlerweile Jobsts Schlafverhalten angepasst habe? Ich wälze mich unruhig im Bett herum, und irgendwann schlafe ich erschöpft ein.

Am nächsten Morgen nehme ich den ersten Flieger nach Paris. Anscheinend ist der Taxifahrer frühmorgens genauso maulfaul wie ich und verschont mich netterweise mit lästigem Smalltalk. Wahrscheinlich auch eine Eule, vermute ich, während ich stumpf auf seinen Hinterkopf starre. Tief in den Sitz des Taxis gedrückt, fühle ich mich auf einmal so klein und zerbrechlich. So habe ich mich schon lange nicht mehr gefühlt. Eigentlich liebe ich Geschäftsreisen, sie sind eine Herausforderung, ein Abenteuer. Ich lasse meinen Blick aus dem Fenster schweifen, die Landschaft, die an mir vorbeizieht, kenne ich in- und auswendig, so oft bin ich schon die Strecke zum Flughafen gefahren. Dennoch scheint heute Morgen alles fremd und irgendwie nebulös. Meine Haarspange öffnet sich ständig von selbst, sie scheint kaputt zu sein. Nervös zupfe ich an meiner Unterlippe: *Ach Charlie*, wende ich mich in Gedanken an meine Schwester, *zum ersten Mal in meinem Leben bin ich unstrukturiert, und mir wird alles zu viel.* Ich muss sie nachher unbedingt anrufen, um ihr zu sagen, dass ich dringend beruflich nach Frankreich musste und die Hochzeit eventuell verschoben wird.

Lavendula Angustifolia

Von Paris aus nehme ich den ersten Flieger nach Avignon. Wie eine Spirale winden sich die Gedanken immer tiefer in meinen Kopf, wie soll ich, bitteschön, das alles, was in den letzten Tagen und Stunden passiert ist, auf die Schnelle kompensieren? Ich bin eine Braut, die in Zeitnöte geraten ist! Habe eine Schwester, die den Bräutigam ablehnt und sogar hasst! Einen Vierundzwanzig-Stunden-Job, der wichtiger ist als meine Hochzeit! Und bekomme ausgerechnet bei meinem Junggesellinnenabschied einen Kuss, der mich mehr beschäftigt, als er sollte! Plötzlich wird mir kurzfristig schwarz vor den Augen. Kein Wunder, ich habe immer noch keinen Bissen gegessen. Fest presse ich meine Hände gegen die Schläfen, doch die Gedanken bohren sich immer weiter in meinen Schädel hinein.

Um aus dieser emotionalen Schieflage wieder herauszukommen, strecke ich jetzt erst einmal meinen Rücken gerade durch und betrachte das Gefühlschaos aus der Vogelperspektive. Ignorieren! Genau, das ist die beste Lösung, ich tue einfach so, als würde mich das alles gar nicht betreffen, beschließe ich rational. Normalerweise funktioniert das ganz gut. Doch nach kurzer Zeit schwirren meine Gedanken wieder ungeordnet drauflos wie ein wild gewordener Bienenschwarm. Um mich abzulenken, suche ich eilig nach den Notarunterlagen für den Hotelkauf. Auch wenn ich sie fast schon auswendig kenne: wenn ich arbeite, bekomme ich am ehesten wieder einen klaren Kopf, das funktioniert bei mir garantiert.

Melcher hat mir geraten, unbedingt den Notar auf unsere Seite zu ziehen, dieser Monsieur Brémant scheint einen großen Einfluss auf die Verkäuferin zu haben, deshalb hat er mir eingebläut, meine ganze Überzeugungskraft bereits bei unserem Vorgespräch aufzubieten.

Bei dem Hotel, das unsere Firma kaufen will, handelt es sich um ein altes Weingut. Die Lage muss, laut Melcher, außergewöhnlich sein. Es liegt eingebettet in die Hügel des Luberon, direkt an einem Fluss und mit Blick auf die berühmten Felsen von Roussillon. Dieses Sahnestück will er unbedingt haben. Und Melcher bekommt immer, was er will. Dieser Mann ist es nicht gewohnt, dass man sich ihm widersetzt. Seit ich für ihn arbeite, bewundere ich ihn dafür, und auch jetzt hege ich keine Zweifel daran, dass wir das Geschäft erfolgreich abschließen werden. Melcher hat recht: Wenn einer das Ruder noch herumreißen kann, dann ich, schließlich bin ich seine berufliche Ziehtochter.

Gut, betrachten wir die Fakten und die vermeintlichen Komplikationen: Wir sind zwar überboten worden, aber Melcher hat mir die Vollmacht erteilt, dass ich noch fünfzigtausend Euro drauflegen kann. Seiner Meinung nach ist das Hotel sowieso so viel wert. Versonnen betrachte ich die Bilder in meinen Unterlagen und muss zugeben, dass es sich hier in der Tat um eine außergewöhnlich schöne Immobilie handelt. Dass ich selber noch nicht da war, liegt daran, dass Melcher die wirklich wichtigen Geschäfte noch immer am liebsten selber regelt. Er hat mich als seine rechte Hand bezeichnet, denke ich stolz. Ich werde alles dafür tun, dass der Deal zu seiner Zufriedenheit ausgeführt wird.

Mit hochroten Wangen schließe ich die Akten, die ich nun doch noch einmal von vorne bis hinten durchgekaut habe. Es dürfte jetzt nichts mehr schiefgehen.

»Fliegen Sie auch nach Avignon?«, will mich mein Sitznachbar in ein langweiliges Gespräch verwickeln, als ich an ihm vorbei aus dem Fenster starre.

Oh Gott, langweiliger Smalltalk, den habe ich beim Taxifahrer so prima umgangen, und jetzt sitze ich hier in der

Falle. *Fliegen Sie auch nach Avignon?*, äffe ich den Mann im Geiste nach. Tsss, wohin soll ich denn bitteschön sonst fliegen? Das ist doch hier kein Wunschkonzert, sondern ein Direktflug. Mann, Antonia, jetzt reiß dich aber mal zusammen, warum bist du denn so gereizt, rufe ich mich zur Ordnung, der will doch nur nett sein.

»Ja, ich fliege auch nach Avignon«, antworte ich, höflich, wie ich bin.

Aus irgendeinem unerklärlichen Grund fühlt sich der Mann auf einmal aufgefordert, mir einen Vortrag über den Papstpalast zu halten. Zur Veranschaulichung öffnet er seinen Reiseführer: »Die Architektur des Papstpalastes ist ja insgesamt eher nüchtern und nur an einigen Stellen von exquisiter Feinheit. Wenn auch die riesigen Räume, wie etwa die sechzehn Meter breite sogenannte Große Kapelle Clemens' VI. im Südflügel, technische Meisterstücke der Wölbkunst sind, so bleiben die Einzelformen der Wandvorlagen und Maßwerkprofile ja doch meist eher stämmig und rundplastisch.«

»Mhm!«, entgegne ich zustimmend.

»Kennen Sie sich in Avignon aus?«, hakt er sofort nach, und ich merke, dass er nur auf eine Gelegenheit gewartet hat, mir sein Gespräch aufzuzwingen.

Am liebsten würde ich sagen: Klar, da steht doch auch die berühmte Mireille-Matthieu-Brücke? – aber natürlich erwidert die Bildungsbürgerin Antonia brav: »Die primär funktionale Architektur sollte in unglaublich kurzer Bauzeit irrsinnig viele Räumlichkeiten zur Verfügung stellen, die für die Entfaltung des päpstlichen Zeremoniells notwendig waren. Hierin liegt meiner Meinung nach die eigentliche Innovationsleistung der Anlage.«

»Kollegin?!«, fragt er begeistert.

»Wie bitte?«, frage ich irritiert.

»Mathe und Geschichte!«, streckt er mir seine durchweichte Hand hin. »Sekundarstufe zwei!«

»Ach ... ach so. Nein, um Gottes willen«, entfährt es mir uncharmant, und ich ziehe meine Hand auf der Stelle wieder zurück. »Ich bin keine Lehrerin. Ich arbeite für eine Hotelkette. Na ja, ich bin Projektleiterin im Bereich Immobilien«, kläre ich ihn auf und kann nicht umhin, dass es irgendwie arrogant klingt.

Unauffällig lasse ich meinen Blick an mir herunterschweifen. Der hält mich für eine Lehrerin. Ich glaube, ich muss tatsächlich mal an meiner Fremdwahrnehmung arbeiten, bis eben hielt ich mich nämlich eher für eine mondäne Kosmopolitin. Gedankenverloren streiche ich mir den Rock meines kaltgrauen Kostüms glatt, und als er wieder aus dem Fenster sieht, zupfe ich umständlich meine Strumpfhose in Position, die vom langen Sitzen an den Oberschenkeln kneift. Aus den Augenwinkeln beäuge ich die ältere Dame zu meiner Rechten. In akzentfreiem Deutsch gab sie der Stewardess ihre Getränkebestellung durch. Momentan liest sie die *New York Times* und ihre legere Eleganz deutet darauf hin, dass sie Französin ist. Ihre Handgelenke sind mit kleinen goldenen und silbernen Armreifen bestückt. Bei einer deutschen älteren Dame würde das billig aussehen, bei ihr sieht es *très chic* aus, sie ist die wahre Kosmopolitin, gestehe ich mir ein.

Kleinmütig greife ich nach meinem Aktenkoffer, stopfe die Unterlagen hinein, schnappe mir die Bordzeitung aus der Tasche im Vordersitz und blättere so lange gelangweilt in dem Heft, bis die Buchstaben vor meinen Augen verschwimmen. Müde lege ich mich im Sitz zurück. In sieben Tagen werde ich voraussichtlich als Braut den Kölner Dom betreten, und jetzt lande ich gleich neben dem Papstpalast in Avignon. Was mache ich nur hier? Mich quälen die wachsenden Skrupel, ob ein Job wichtiger ist als der schönste Tag im Leben.

Als die kleine Maschine stockend ihren Landeanflug auf Avignon beginnt, fahre ich schlagartig hoch. Waren das gerade Turbulenzen? Ich traue mich gar nicht, aus dem Fenster zu sehen. Dann passiert auf einmal etwas Unerklärliches mit mir. Mein Herz klopft mir bis zum Hals, Schweiß tritt auf meine Stirn, und panische Angst schnürt mir die Kehle zu. Hoffentlich hatte der Pilot genug Flugstunden? Klang seine Stimme bei der Durchsage nicht unglaublich jung? Wahrscheinlich ist das sein Jungfernflug? Oh Gott, die Räder sind doch noch gar nicht ausgefahren. Der Motor dröhnt in meinen Ohren, und ich frage mich, ob es jemand hören würde, wenn ich jetzt laut schreien würde. Die Landung ist hart und holprig, und ich umklammere den Gurt so fest, dass er tief in meine Hände schneidet. Ich bin doch schon so oft geflogen, und nie habe ich etwas Ähnliches verspürt, ich scheine tatsächlich total überspannt zu sein.

Der Schreck über meine Angstattacke sitzt tiefer, als ich dachte, denn ich taumle leicht, als ich den Boden Frankreichs betrete.

Nachdem ich meinen Leihwagen in Empfang genommen habe, haben mich die Realität und mein Pragmatismus dann doch bald wieder. »*Merci beaucoup*«, bedanke ich mich mit zusammengepressten Lippen bei dem Autoverleiher, der soeben noch den Hinterreifen an meinem Leihwagen gewechselt hat. »So eine Schrottkarre sollte uns mal einer in Deutschland andrehen«, murmle ich ungläubig und lasse mich schwerfällig auf dem Fahrersitz nieder, atme einmal tief durch, starte den Motor. »Na, wenigstens Automatik, welch Luxus«, führe ich mein Selbstgespräch fort. Ich stelle den Schalter auf R und setze den Wagen rückwärts aus der Parkbox, dabei zücke ich einhändig mein Handy aus der Jackentasche. Ha, Multitasking, die alte Toni funktioniert wieder. Erleichtert trete ich das Gaspedal durch und verlasse rasant die Tiefgarage.

»Andrea, wieso haben Sie mir einen Oldtimer gebucht?«, meckere ich meine Sekretärin ohne Vorwarnung an, als ich endlich eine Verbindung kriege. »Geht's mit der Firma abwärts, oder sollte das ein Sonderbonus sein?«, frage ich ironisch und rase mit einer Wahnsinnsgeschwindigkeit, die ich diesem Blechhaufen überhaupt nicht zugetraut habe, über die Hauptstraße. Zeit ist schließlich Geld.

»Nein, wieso?«, fragt sie pikiert.

»Na ja, Klimaanlage, elektrische Fensterheber, so was ist doch schon seit Jahrzehnten Standard«, echauffiere ich mich heiser. Meine Kehle ist ganz trocken, ich wünschte, ich hätte mir am Flughafen noch eine Flasche Wasser gekauft.

»Wieso haben Sie denn keinen anderen Wagen genommen?«, will Andrea verwundert wissen.

»Weil es keinen anderen gab«, verdrehe ich die Augen, und dann rege ich mich über meine nächste Entdeckung auf: »Was ist *das* denn? Nein, das gibt's doch wohl nicht.«

»Was ist denn?«, hakt sie kleinlaut nach.

»Hier drin gibt's ja nicht mal ein Navi!«, kreische ich hysterisch.

Scheinbar verliere ich gleich die Nerven. Dabei verliere ich nie die Nerven. Niemals. Ich bin die Ruhe in Person. Angestrengt versuche ich mich auf den Straßenverkehr zu konzentrieren. »Ich weiß ja nicht einmal, in welche Richtung ich gerade fahre!«

»Sie haben doch das Tool *Karten* auf Ihrem iPhone«, erinnert mich Andrea mit beruhigender Stimme.

»Ja, klar«, schlage ich mir mit der flachen Hand vor die Stirn.

»Und dank der Satellitendaten von GPS können Sie Ihren Standort orten. Da gibt es noch ein weiteres Tool, das heißt *Ortungsdienst.*«

»Und wie funktioniert das genau, Andrea? ... Andreaaaaa?«

Plötzlich ist die Verbindung abgebrochen, ich halte das Hightech-Handy aus dem Fenster und suche verzweifelt ein Netz, das kann doch nicht sein, dass ich keinen Empfang mehr habe. Es lebe das Computer-Zeitalter, ich ziehe erbost eine Landkarte aus der Seitentasche der Fahrertür. Nachdem ich kurz gecheckt habe, dass wenigstens die Richtung in etwa stimmt, fahre ich einigermaßen beruhigt weiter, bis zur nächsten Krise. Können die Franzosen nicht mal gerade Straßen bauen, was sollen diese ständigen Kreisverkehre? Wieder einer, und wieder, und da vorne schon wieder, stöhne ich innerlich auf. Und da wundere ich mich, dass ich ausflippe: eine alte Schrottkarre, kein Navi und unzählige Kreisverkehre. Seit dem Telefonat mit Monsieur Chabrel ahnte ich ja, dass ich niemals frankophil würde, ab jetzt bin ich mir da ganz sicher.

Nachdem ich schon seit Ewigkeiten über einsame Landstraßen fahre und planlos umherirre, beschließe ich, einen von diesen Obsthändlern am Straßenrand nach dem Weg zu fragen. Umständlich breite ich die Straßenkarte auf dem Lenkrad aus und winke ihn zu mir heran. Mich ignorierend, sortiert er in aller Seelenruhe seine Grapefruits, Orangen, Zitronen, Melonen und was weiß ich noch alles.

»Hallo, Sie …!«, winke ich ihn zu mir heran.

Den Blickkontakt verweigert er und gut zu hören scheint er auch nicht. Ich versuch's mal auf Französisch, die Franzosen sollen ja ziemlich ignorant sein, wenn man sie nicht in ihrer Sprache anspricht.

»Monsieur, avez-vous un instant, s'il vous plaît?«, erhebe ich meine Stimme leicht, lehne mich aus dem Fenster und fächere mir mit einer Hand etwas Luft zu.

Und da: tatsächlich, es funktioniert. Er dreht seinen Kopf in meine Richtung, dennoch macht er nicht die geringsten Anstalten, zu mir herüberzukommen. Es tut sich immer noch nichts. Na gut, na gut, dann komme ich eben. Die Arme ausbreitend, fasse ich die Karte links und rechts an den Außenkanten an. Als ich aus dem Auto steige, weht mir der Mistral die Düfte der Provence in die

Nase, Rosmarin und Thymian, und noch irgendwas ... Was ist das? Ich komme nicht darauf.

So arrogant kann nur ein Franzose gucken, steuere ich voller Vorurteile auf ihn zu, der hätte sich ja ruhig mal zu mir bequemen können, schließlich ist es wahnsinnig heiß. Von wegen Franzosen sind charmant und höflich. Unbewusst streiche ich mir die Haare aus dem Gesicht, dabei stelle ich fest, dass sie etwas verklebt sind. Wahrscheinlich vom Angstschweiß vorhin.

Etwas unbeholfen frage ich nach dem Weg: »*Savez-vous comment je ...?*«

Dann fehlen mir plötzlich die Worte. Was ist nur mit mir los, mein Schulfranzösisch war doch eigentlich immer ganz okay. Aber irgendwie habe ich noch kein Gefühl für dieses Land, das ich zum ersten Mal in meinem Leben bereise. Als Kind war ich nur auf Amrum, weil meine Eltern dort eine Ferienwohnung hatten, und sobald ich alleine reisen durfte, zog es mich weit über die Grenzen Europas hinaus. Jobst und ich bereisten Kanada, die USA, Südamerika, Australien und Asien.

Entgegen meiner Voreingenommenheit ist der Obstverkäufer irrsinnig freundlich und erklärt mir mindestens viermal den Weg auf Französisch. Dabei stelle ich fest, dass sich meine Sprachkenntnisse auf einem rudimentären Niveau befinden, kurz, ich habe mich ziemlich überschätzt. Ich beschließe, gleich nach der Hochzeitsreise einen Auffrischungskurs in Sachen französische Konversation zu starten. Den Kurs könnte man ja eigentlich sogar ganz gut über die Firma buchen, schließlich kommen Fremdsprachen auch meinem Job zugute.

Aber für die Wegbeschreibung nach Apt hat es Gott sei Dank noch gereicht. Jetzt aber los, wenn ich den Termin mit dem Notar noch pünktlich einhalten will, muss ich mich sputen. Eilig falte ich die Karte so zusammen, dass ich die markierten Stellen während der Fahrt schneller vor

Augen habe und nachher nicht wieder suchen muss. Als ich mich bei dem Mann bedanken will, überlege ich, dass es wohl angebracht wäre, ihm für seine Mühe etwas Obst abzukaufen.

»*Celui-ci*«, zeige ich auf eine Wassermelone, die mich anlacht.

In null Komma nichts schneidet er sie mit einer Art Machete in sechs mundgerechte Stücke, verpackt sie in Zellophan, stopft alles in eine Tüte, die er mir dann in die Hand drückt. Als ich ihm die zwei Euro geben will, die auf dem Schild angeschlagen sind, winkt er lächelnd ab: »Bonne route!«

Wie nett! Sehr nett sogar. So was ist mir in Deutschland noch nie passiert, denke ich plötzlich milde gestimmt und schäme mich für meine Intoleranz. Bevor ich wieder in den Wagen steige, lege ich die Karte durch das geöffnete Seitenfenster auf den Beifahrersitz.

Während der Fahrt esse ich die köstlichen Melonenstücke, die irrsinnig saftig sind und wunderbar den Durst löschen. Nach dem dritten Stück wische ich mir mit dem Handrücken den Mund ab. Blöd, sonst habe ich immer Taschentücher dabei, optimistisch öffne ich die Klappe des Handschuhfachs, vielleicht gibt's hier ja so was wie 'ne Kleenex-Box. Natürlich nicht, war ja klar. Als ich an mir heruntersehe, stelle ich entgeistert fest, dass die Bluse nicht nur verknittert ist, sondern ein rotes Rinnsal Melonensaft vom Revers meiner Jacke bis zum Rock hinunterträufelt. So kann ich doch nicht ernsthaft einen wichtigen Geschäftstermin wahrnehmen, das wirkt ja völlig unprofessionell. Hektisch beschließe ich, von der Straße abzufahren, um mich irgendwo im Gebüsch umzuziehen. Die Stadt Apt ist laut letztem Straßenschild immerhin noch fünfzehn Kilometer entfernt, da werde ich es wohl kaum mehr schaffen, vor dem Termin noch in mein Hotel zu gehen, um mir etwas Sauberes anzuziehen.

Gezielt lenke ich den Wagen in einen Feldweg, der direkt hinter einem Waldstück beginnt. Hier kann mich bestimmt niemand sehen, die drei knorrigen Olivenbäume am Ende des Pfades bieten ausreichend Sichtschutz und spenden sicher angenehmen Schatten. Schleunigst öffne ich die Fahrertür, schwinge mich auf dem Sitz herum, lasse die Beine heraushängen und streife mir die Schuhe von den Füßen. Nachdem ich dann auch noch die Strumpfhose heruntergerollt habe, seufze ich erleichtert auf. Endlich kommt wieder Luft an meine Beine, ich mag diese einengenden Nylonstrümpfe nicht. Mit den Handflächen streiche ich mir über die Unterschenkel, dabei stelle ich fest, dass sie extrem trocken, fast schuppig sind. Ich sollte mir wirklich mehr Zeit für mich nehmen, selbst beim Eincremen nach dem Duschen läuft bei mir die Uhr. Charlie würde mich zusammenstauchen, wenn sie wüsste, wie sehr ich mich vernachlässige, aber ich lese nun einmal lieber noch ausgiebig das *Handelsblatt*, bevor ich morgens aus dem Haus gehe. Damit fühle ich mich vollständiger, mein Geist ist mir eben wichtiger als mein Body.

So, und jetzt ziehe ich mir erst einmal etwas Ordentliches an. Mit einem Ruck springe ich vom Sitz hoch, gehe schnurstracks um das Auto herum, öffne den Kofferraum und ziehe den Reißverschluss des Trolleys auf. Lange zu überlegen brauche ich nicht, ich habe nämlich neben einer Jeans und einem T-Shirt nur noch einen leichten, weißen Leinenrock und eine passende Bluse eingepackt. Das ist ordentlich und vor allem sauber. Ich werfe einen Blick auf das verschmierte Kostüm, das von dem Melonensaft wirklich sehr mitgenommen aussieht. In Windeseile ziehe ich mich um. Die Spange, die eigentlich meine Haare zusammenhalten soll, hat jetzt komplett ihren Geist aufgegeben. Fieberhaft durchforste ich mein Schminktäschchen nach einem Reserve-Haargummi. Nachdem ich fündig geworden bin, stecke ich es mir zwischen die Zähne, streiche die

Haare aus dem Gesicht und halte mit einer Hand die Haare hinten zu einem dicken Zopf, mit der anderen schlinge ich das Band zweimal darum herum. Offenes Haar wirkt bei einem beruflichen Termin einfach viel zu unprofessionell. Meine dunklen Augenbrauen und der tiefe Haaransatz, ein genetisches Überbleibsel von Mamas italienischen Vorfahren, geben mir sowieso schon so einen wilden Touch. Charlie kommt dagegen ganz nach Papa, sie ist groß, mit einer sehr sportlichen Figur. Ich bin eher klein und zierlich, so wie Mama. Was das berühmte südländische Temperament angeht, ist das bei mir eher rezessiv vererbt, es wurde von Papas Realismus überlagert. Charlie ist da eindeutig heißblütiger.

Schwungvoll schließe ich den Kofferraum und laufe barfuß über den leicht lehmigen Boden um den Wagen herum. Dann berührt er auf einmal wieder meine Sinne, dieser Duft, der mir vorhin schon in die Nase gestiegen ist, als ich beim Obststand nach dem Weg gefragt habe. Schnuppernd versuche ich erneut, ihn zu identifizieren, gleichzeitig drehe ich mich um meine eigene Achse und stoppe plötzlich abrupt ab. Lila, so weit das Auge reicht. Vor mir liegen riesige Lavendelfelder. Wieso bin ich darauf vorhin nicht gekommen, schließlich ist dieser Geruch doch sehr intensiv und ziemlich eindeutig. Pfeilschnell husche ich zu einem Busch, bücke mich und reibe die lila Blüten zwischen meinen Fingern. Wegen der beruhigenden Wirkung rupfe ich kurzentschlossen ein paar Stängel ab und drapiere sie hinter dem Rückspiegel des Autos. Dann starte ich den Wagen und wende rückwärts Richtung Hauptstraße.

Auf einmal macht es einen heftigen Rumms, und das Auto hat eine beängstigende Schräglage. Panisch reiße ich die Tür auf und steige aus. Bitte, lieber Gott, lass mich jetzt nicht hier in der Pampa hängen, presse ich die Hände zusammen und werfe einen flehenden Blick gen Himmel.

Dann sehe ich es: Ein Hinterreifen hängt regelrecht in der Luft. Wenn ich jetzt langsam und bedächtig vorwärtsfahre, könnte ich die vier Räder eventuell wieder gerade auf den Boden bekommen. Sofern ich Apt jemals erreichen will, habe ich gar keine andere Chance. Unentspannt setze ich mich wieder in den Wagen und umschließe das Lenkrad fest mit beiden Händen.

»Du schaffst das, Toni, du schaffst das«, murmle ich mir aufmunternd zu.

Mit angespannten Schultern, zusammengepressten Lippen und dem Aroma von entspannendem Lavendel in der Nase schalte ich den Wagen an und lege den Gang ein. In meiner Panik stelle ich den Schalter jedoch auf R anstatt auf D und fahre das Auto vollends in den Graben. »Nein«, schreie ich auf, »nur das nicht.«

Angestrengt versuche ich einen klaren Kopf zu bewahren. Was mir in Anbetracht der Schnelligkeit des Sekundenzeigers auf meiner Armbanduhr relativ schwerfällt. Was soll ich denn jetzt tun? Der Termin darf nicht platzen. Denk nach, Toni, denk verdammt noch mal nach. Okay, im Büro kann ich unmöglich anrufen. Was ist, wenn Merwald erfährt, dass ich hier versage. Nein, das geht auf keinen Fall. Mein nächster Gedanke ist, Jobst anzurufen. Dann kommen mir Zweifel. Oder doch besser den Autoverleiher? Na, bis der einen neuen Wagen geschickt hat – außerdem hatte er ja keinen zur Verfügung, also sowieso zwecklos. Gut, also Jobst. Ich werde ihn bitten, mir ein Taxi zu bestellen, er soll mal im Internet nach einer Taxizentrale in Apt googeln. Eine andere Möglichkeit sehe ich momentan nicht. Zur Not kann ich versuchen, es mit meinem iPhone zu machen, aber ich brauche momentan persönlichen Zuspruch, und Jobst ist immer so schön deeskalierend in solchen Situationen.

»Jobst, hier ist Antonia!«, ich kann mich jetzt nicht mit langen Floskeln aufhalten. »Ich brauche deine Hilfe!«

»Okay, was ist passiert?«

Im Telegrammstil schildere ich ihm den Sachverhalt.

»Gut, ich rufe Axel an. Er wohnt nicht weit von Apt. Wo genau bist du?«

Ich werfe einen Blick auf die Karte und versuche mich an das letzte Ortsschild zu erinnern.

»Irgendwo hinter Joucas. Ich bin einen Weg hinter einem Waldstück hineingefahren. Rechts von mir sind Lavendelfelder, und ich gucke auf rote Kreidefelsen, das müsste Roussillon sein.«

»Check das doch mal genau auf deinem iPhone, da gibt es dieses Tool: *Ortungsdienst* ...«

»Ja, ja, ich weiß, hatte noch keine Zeit, mir das anzueignen, und jetzt ist der Zeitpunkt auch nicht grad günstig, mich mit dem Betriebssystems meines Handys zu beschäftigen!«, knurre ich.

»Kannst du nicht jemanden an der Straße anhalten?«

»Die ist circa zwei Kilometer entfernt, ich bin ziemlich weit in den Waldweg reingefahren. Ich könnte hinlaufen und dann als Anhalter weiter.«

»Mhm, das gefällt mir nicht!«

»Was hältst du von einem Taxi?«, verkünde ich meine allererste Eingebung.

»Zu unzuverlässig. Du bist in Frankreich. Bleib in der Leitung, ich rufe Axel an!«

Im Hintergrund höre ich ihn mit seinem Bruder telefonieren, dann kommt er wieder an den Apparat: »Pass auf, Axel ist zwar gerade auf dem Weg nach Avignon, aber er dreht jetzt wieder um und braucht circa zwanzig Minuten, ich habe ihm deine Handynummer gegeben, dann kannst du ihn zu dir hinlotsen. Eine andere Möglichkeit sehe ich zurzeit nicht.«

»Sag ihm, dass ich einen dunkelblauen Renault 19 fahre«, überzeuge ich mich von dem Modell mit einem Blick aufs Heck.

»Mach dir keine Sorgen, das klappt alles!«

»Du bist wunderbar, Liebling«, stoße ich erleichtert hervor, und wieder einmal weiß ich, warum ich diesen Mann heiraten werde. »Ich rufe dich nachher noch mal an, wenn alles geklappt hat«, verspreche ich. »Jetzt muss ich aber unbedingt den Notar informieren, dass ich später komme!«

Monsieur Brémant wirkt zu meinem Erstaunen ziemlich entspannt, als ich ihm meine Situation schildere, und bietet mir freundlicherweise sofort seine Hilfe an. Ich erkläre ihm, dass mein Schwager in circa zwanzig Minuten hier erscheinen wird und mich dann hoffentlich samt Wagen aus dem Feld zieht. Um mich zu beruhigen, teilt er mir mit, dass die Verkäuferin der Immobilie, Madame Jacardie, sowieso erst in circa einer Stunde da sein werde, er habe mir eine frühere Uhrzeit genannt, weil Melcher ihn drängte, mit mir noch einmal die Verhandlungsstrategien durchzugehen. So wie er das sagt, habe ich das Gefühl, dass ihm meine Verspätung gut in den Kram passt, und ich kann mir regelrecht vorstellen, dass mein Chef ihn genötigt hat.

»Ehrlich gesagt sieht die Lage momentan nicht sehr günstig aus für Melcher-Hotels«, warnt er mich vor und setzt mich damit noch stärker unter Druck.

Nervös laufe ich den Feldweg auf und ab. Kein Axel in Sicht. Jetzt sind schon dreiundzwanzig Minuten vergangen, oh Mann, hätte ich doch bloß Monsieur Brémant als Allererstes angerufen und sein Hilfsangebot in Anspruch genommen. Jetzt kann ich mich ja wohl schlecht noch einmal bei ihm melden. Angestrengt versuche ich mich an meinen Glaubenssatz aus dem letzten NLP-Seminar zu erinnern. Das war so easy und hat immer großartig funktioniert. Ah, jetzt weiß ich's wieder: *Denk positiv, dann wird alles gut!* Genau in dem Moment biegt ein dunkelgrüner Jeep in den Feldweg ein, und mein Handy klingelt zeitgleich. Es hat funktioniert, jubele ich innerlich und bin irrsinnig erleichtert, als mich eine fremde männliche Stimme am Telefon fragt: »Bist du der dunkelblaue versenkte Renault, Schwägerin?!«

»Bist du der grüne verdreckte Jeep, Schwager?«, kontere ich mit einer Gegenfrage.

»Ja, der bin ich!«

Er ist bereits so nah, dass ich seine Stimme durch das halb geöffnete Fenster hören kann, hinter dem ein dunkler Haarschopf aufblitzt.

Nachdem wir gleichzeitig unsere Handys ausgedrückt haben, gehe ich dem Geländewagen, der holprig auf mich zusteuert, ein paar Schritte entgegen. Als er geparkt und den Motor ausgestellt hat, stehe ich bereits neben der Fahrertür. Dort trifft mich der Schlag. Intuitiv lege ich mir die Hand auf den Bauch, denn in der Magengegend wird mir elendig flau. Das darf doch wohl nicht wahr sein, der sieht ja aus wie Marc, meine erste große Liebe. Mit heruntergeklapptem Unterkiefer starre ich meinen zukünftigen Schwager an. Klar, ich habe mal Kinder- und Jugendbilder von ihm gesehen, da sah er aber doch ganz anders aus, bestimmt, sonst wäre mir die Ähnlichkeit doch sicher aufgefallen. Ansonsten kenne ich ihn eigentlich nur aus Jobsts Erzählungen.

»Du ... du siehst gar nicht aus wie dein Bruder«, stammle ich unbeholfen, und um mich wieder zu fangen, kneife ich mir fest in den Unterarm.

»Danke für das Kompliment!«

Stimmt. Die beiden sind sich nicht ganz grün, hat Jobst mal verlauten lassen.

»Salut, Antonia!«, springt Monsieur le professeur in Jeans, Boots und verwaschenem grauen T-Shirt aus dem Jeep.

Oje, dass ich ausgerechnet in der französischen Einöde an den Jungen erinnert werde, der mir das Herz gebrochen hat. Interessiert mustere ich Axel, er ist etwas größer als Marc und irgendwie drahtiger. Seine Haare sind nicht so lockig, aber dicker, und seine Nase ist etwas kräftiger … aber sonst …

»War gerade auf dem Weg in die Uni, als dein Notruf kam!«

So geht der in die Uni, wundere ich mich. In Deutschland sehen die Professoren deutlich seriöser aus. Na ja, Frankreich eben.

»Meinst du, du kannst mich hier rausziehen?«, runzle ich fragend die Stirn und beschließe, ihn gaaaanz weit auf Distanz zu halten. Unnahbarkeit ist eine meiner leichtesten Übungen, die praktiziere ich bei Männern, seit ich siebzehn bin, um genauer zu sein, seit dem Tag, an dem Marc mich verraten und betrogen hat. Meine alte Wut kocht plötzlich hoch, und ich versuche, sie unter Kontrolle zu halten. Im Allgemeinen gelingt mir das ganz gut, aber diese Ähnlichkeit wühlt mich schon sehr auf.

»Da hast du ja ein ziemliches Problem!«, stellt er mit geschürzten Lippen fest.

Ich nicke zustimmend.

»Mhm«, er legt sich auf den Boden und wirft einen Blick unter den Wagen. »Das sieht schlecht aus!«

Jobst und Axel sind anscheinend nicht nur optisch ungleich, auch sonst scheint er nicht die geringste Ähnlichkeit mit seinem Bruder zu haben. Jobst würde immer alles optimistisch angehen, Wörter wie *Problem, geht nicht* … oder *das sieht schlecht aus* … sind aus seinem Vokabular gestrichen – und seit ich ihn und Melcher kenne, auch aus meinem.

»Wieso? Wir befestigen das Abschleppseil hier unten an deinem Auto und das andere Ende an der Anhängerkupplung meines Wagens«, die ich soeben glücklicherweise entdecke. »Das ist doch wohl kinderleicht«, lasse ich arrogant verlauten.

»Mhm, im Prinzip schon, aber leider habe ich kein Abschleppseil dabei«, er öffnet den Kofferraum meines Wagens, »und du auch nicht!«

»Na super!« Nervös trete ich von einem Fuß auf den anderen. »Und was machen wir jetzt?«

»Vielleicht können wir den Bauern bitten, den Wagen mit dem Trecker rauszuziehen«, zeigt er auf ein in der Ferne gelegenes Gehöft. »Aber das kann ...«

»... dauern!«, beende ich den Satz für ihn.

Aus den Augenwinkeln beobachtet er, wie ich mir angespannt an der Unterlippe zupfe.

»Jobst sagt, du hättest einen wichtigen Termin?«

»Ja – *sehr* wichtig!«, entgegne ich in einem unangemessen aggressiven Ton, über den ich mich selber wundere.

»Muss ja, wenn du deswegen sogar deine Hochzeit verschiebst!«, geht er zum Gegenangriff über.

Jetzt weiß ich wieder, dass ich Männer mit Dreitage-Bärten noch nie ausstehen konnte. Dieses gewollt Verwegene ist bei einem erwachsenen Mann doch total lächerlich. Längeres Haar, leicht gebräunte Haut, eng anliegende Jeans, körperbetontes T-Shirt, das waren damals die Jungs, die vor lauter Coolness nichts auf die Reihe bekommen haben, denke ich wütend. Dabei vergesse ich fast, dass das auf Axel ja nicht wirklich zutrifft, schließlich unterrichtet er Französisch und Philosophie an der Uni von Avignon. Auf jeden Fall gefallen mir Männer wie Jobst eindeutig besser, die sind nicht so kompliziert und selbstgefällig.

»Noch ist nichts verschoben«, gifte ich zurück.

Ohne Umschweife drückt er mir seinen Autoschlüssel in die Hand. »Am besten, du nimmst meinen Jeep! Dann schaffst du deinen Termin noch!«

Verdutzt starre ich ihn an und überarbeite im Geiste die Negativliste, die ich von Typen wie ihm gemacht habe. Denn Typen wie er vertrauen dir sein Auto an, werfen sich auf lehmigen Boden, um unter deinen Wagen zu sehen, und laufen kilometerweit zu einem Bauernhof, um Hilfe zu holen.

Ich habe keine andere Chance, als sein Angebot anzunehmen. Wir vereinbaren, dass wir telefonieren, sobald er mein Auto aus dem Graben gezogen hat.

»Kriegst du keine Probleme an der Uni?«, habe ich jetzt doch ein latent schlechtes Gewissen.

»Das Seminar hat eh schon eine Tutorin für mich übernommen. Sie ist sehr zuverlässig und macht das nicht zum ersten Mal!«

Warum habe ich nur das Gefühl, dass er mich mit dieser Aussage provozieren will? Ach egal, diesmal schlucke ich meine gehässigen Worte hinunter, schließlich hat er sich soeben als unglaublich großzügig erwiesen. Ich klappere mit dem Autoschlüssel in der Hand.

Erstaunt stelle ich fest, dass Axel ebenfalls ein Lavendelsträußchen hinter den Rückspiegel geklemmt hat. Der Duft aktiviert sofort meine Sinneskanäle und wirkt entspannend und belebend zugleich. Die Stimmung schlägt um, und als ich in den ersten Kreisverkehr hineinfahre, singe ich bereits laut schmetternd ein bekanntes Lied von Edith Piaf, das soeben im Radio gespielt wird. Dann muss ich mich konzentrieren, denn ich sehe das Stadteingangsschild von Apt.

Laut Aussage des Notars liegt die Rue Foulard so ziemlich am Anfang des Ortseingangs, ich müsste also schon ganz in der Nähe sein. Aufmerksam versuche ich die Straßennamen zu entziffern und lese sie laut vor: »Rue du Martin, Rue Jeannot, Rue Napoléon«, und da ist sie ja, die Rue Foulard. Wenigstens das hat geklappt, seufze ich erleichtert auf, und zu allem Glück wird direkt neben mir auch noch ein Parkplatz frei. Mit Schweißperlen auf der Stirn parke ich den Wagen rückwärts zwischen zwei Platanen ein.

Das Einparken mit einem großen Jeep ist für eine Mini-Fahrerin wie mich eine echte Herausforderung.

Als ich aus dem Auto steige, bemerke ich einen alten Herrn, der auf einen Stock gestützt gegenüber auf der Parkbank sitzt. Irgendetwas an ihm fesselt mich so sehr, dass ich meine Augen kaum von ihm lösen kann. Da wendet er auf einmal den Kopf in meine Richtung, verlegen krame ich das Portemonnaie aus meiner Handtasche und suche nach etwas Parkgeld. Am besten zahle ich für den ganzen Tag, entscheide ich spontan und stecke einen Zehneuroschein in den Parkautomaten. Nachdem ich den Zettel sichtbar hinter der Frontscheibe deponiert habe, schnappe ich mir meinen Aktenkoffer mit dem Laptop, die Unterlagen für den Notar sowie meine Handtasche und drücke zum Verriegeln der Türen das passende Symbol auf dem Autoschlüssel. Sicherheitshalber überprüfe ich, ob ich den Wagen richtig verschlossen habe, und gehe noch einmal um das Auto herum. Heutzutage laufen so viele Gauner herum, man kann nicht vorsichtig genug sein, denke ich skeptisch. Dann kommt mir plötzlich der alte Mann wieder in den Sinn … er wird schon aufpassen, lächle ich beruhigt. Doch als ich zur Parkbank hinüberschaue, stelle ich fest, dass er fort ist. Bestimmt ist er Boule spielen gegangen oder er trinkt mit seinen Freunden ein Glas Rotwein in einer typisch französischen Bar.

Auf dem Weg zum Notar frage ich mich, was man wohl in seinem Leben erlebt haben muss, um so ausgeglichen zu wirken. Oder kommt das sozusagen mit dem Alter? Wie alt mochte er sein? Mitte, Ende siebzig, schätze ich. Wahrscheinlich hatte er eine wunderbare Beziehung. Ob seine Frau noch lebte? Geschieden war er bestimmt nicht. Wahrscheinlich hatte er drei oder vier Kinder und jede Menge Enkelkinder. Was war er wohl von Beruf? Vielleicht Schreiner? Oder Restaurantbesitzer? Vielleicht aber auch Konditor? Normalerweise mache ich mir keine Gedanken über

Menschen, die meinem Leben nicht so nahe kommen, aber dieses Gesicht, die Haltung – die ganze Gestalt eben – hat mich irgendwie sehr berührt, stelle ich erstaunt fest. Wahrscheinlich war es der Eindruck, den er vermittelt hat: mit sich und der Welt im Einklang zu sein.

Die Uhren ticken anders

Hausnummer neunundfünfzig, versichere ich mich noch einmal mit Blick in meinen Organizer, es gibt einfach ein gutes Gefühl, so perfekt strukturiert zu sein. Am Ende einer Sackgasse thront das imposante Haus des Notars, direkt neben einer gepflegten öffentlichen Parkanlage. Das Gelb des porösen Sandsteins ist bereits verblichen, dennoch nimmt es dem alten ehrwürdigen Gebäude nichts von seinem Glanz. Entschlossen schließen sich die Finger um die Riemen meiner Taschen und mit festen Schritten gehe ich auf den Eingang zu. Dort angekommen, lehne ich mich einen Moment lang an die warme Hausfassade, denn wegen der beginnenden Mittagshitze, die sich bereits in den Gassen staut, wird mir auf einmal etwas schwummrig. Nach dem Termin werde ich mir eine Flasche Wasser besorgen, die ich ab dann für solche Fälle in der Handtasche haben werde, beschließe ich.

Um die Gravur auf dem goldenen Namensschild neben der Eingangstür besser entziffern zu können, beuge ich mich leicht vor. Das Sonnenlicht, das auf die frisch polieren Patte fällt, blendet mich. Schützend halte ich die Hand über die Augen. Da steht's: *Monsieur Brémant, Notaire, 3ᵉ*. Beim Lesen spiegele ich mich in dem Schild wider und stelle selbstkritisch fest, dass ich immer noch ziemlich fertig aussehe. Deshalb tupfe ich schnell noch etwas Abdeckstift auf meine Augenringe, ehe ich vor die Eingangstür trete. Bevor ich aber endgültig den Klingelknopf drücke, bücke ich mich noch kurz, um den Staub von meinen Schuhen zu wedeln. Auf einmal ertönt das Surren des Türöffners, wahrscheinlich hat mich jemand beobachtet.

Staunend betrete ich die pompöse Eingangshalle und steige über die bereits an einigen Stellen abgetretenen Treppenstufen bis in die dritte Etage. Beeindruckende Trompe-l'œil-Gemälde verzieren die Wände, das Bild über der letzten Stufe fesselt mich besonders. Hierauf sind vier alte Männer, die Boule spielen, zu erkennen. Es sieht so täuschend echt aus, dass ich mich unwillkürlich ducke, weil die Kugel direkt auf mich zukommt.

»Hähem«, räuspert sich plötzlich jemand neben mir. Erschrocken fahre ich herum. Eine junge Frau, die vor einer geöffneten Tür offensichtlich auf mich wartet, reißt mich aus meinen Betrachtungen.

»Mademoiselle Scheller!«

»*Oui!*«

Ein Blick auf meine Armbanduhr bestätigt mir, dass ich exakt vierzehn Minuten zu spät bin. Was ist nur los mit mir? Ich stehe hier rum, als hätte ich alle Zeit der Welt. Dabei kriege ich sonst die Krise, wenn ich mich auch nur eine Minute verspäte, besonders bei so extrem wichtigen Terminen wie diesem hier.

In den nächsten Tagen werde ich aber noch lernen, dass die Uhren in Frankreich tatsächlich anders gehen ...

»Veuillez me suivre?«, deutet mir die junge Frau mit einer kurzen Handbewegung an, ihr in die Kanzlei zu folgen.

Interessiert sehe ich mich in dem Zimmer um, das offensichtlich das Sekretariat ist. Die Farbe an den hellrosa Wänden blättert leicht ab, der Aktenschrank und eine Kommode sehen aus wie Ausstellungsstücke aus dem Louvre, und an dem Kristalllüster fehlen ein paar Tropfen. Überall schwebt der Hauch von Patina. Wie können Gegenstände, an denen offensichtlich der Zahn der Zeit genagt hat, so viel Charme haben? Das gilt auch für den Schreibtisch, an dem einige Ecken abgebrochen sind.

»*Un moment, s'il vous plaît*«, sie klopft an eine große

Zwischentür, die mit geschwungen Palmwedeln verziert ist.

Meine Augen wandern derweil weiter durch den Raum und bleiben an dem Bildschirm hängen, der sich neben dem Türöffner im Eingangsbereich befindet. Er ist Teil einer Überwachungskamera, die wiedergibt, welche Besucher sich unten vor der Eingangstür befinden. Gott sei Dank war ich im toten Winkel, als ich mir mit dem Abdeckstift die Augenringe überschminkt habe, stelle ich erleichtert fest. Bevor ich aber weiter darüber nachdenken kann, was sie noch alles gesehen haben könnte, führt sie mich in das Büro von Monsieur Brémant.

Dieser Raum komplettiert das Gesamtbild. Hinter einem prächtigen französischen Rokoko-Schreibtisch mit schmalem Korpus und schlanken Beinen sitzt ein kleiner, leicht untersetzt aussehender Mann mittleren Alters.

»Bonjour, Mademoiselle Scheller«, erhebt er sich, läuft um den Schreibtisch herum und deutet einen Handkuss an. »Hatten Sie eine angenehme Anreise?«, fragt er mich in akzentfreiem Deutsch und bedeutet mir, Platz zu nehmen.

»Ja, ja, vielen Dank. Wie wunderbar, Sie sprechen ja meine Sprache, Monsieur Brémant«, stelle ich erleichtert fest, »ich musste nämlich schon feststellen, dass mein Schulfranzösisch etwas eingerostet ist. Sobald ich wieder in Deutschland bin, melde ich mich zu einem Business-Konversationskurs an.«

Als er sich wieder setzt, sehe ich, dass sein Sakko an den Hüften ziemlich spannt.

»Das hört sich aber unromantisch an! *Bu-si-ness-Kon-ver-sa-tions-kurs*«, wiederholt er stakkatohaft, mit der Absicht, die einzelnen Silben besonders hart und deutsch klingen zu lassen. »Solche Worte können nur die Deutschen und Amerikaner derart verbinden, dass sie einen leidenschaftslosen Sinn ergeben. *Conversation*«, flüstert er fast betörend auf Französisch.

Klar hört sich Business-Konversationskurs unromantisch an, ist ja auch unromantisch. Hier ist der Zweck das Mittel, sprich: der Sprachkurs soll mir helfen, mit meinen neuen Geschäftspartnern zu verhandeln, nichts weiter.

»Sie müssen doch auch die Sprache irgendwo gelernt haben. Grammatik, Semantik, Phonetik«, sage ich und ärgere mich im gleichen Moment selber über meinen eingeschnappten Ton.

»Meine Mutter ist Deutsche, sie stammt aus der Nähe von Hannover und hat ein Stipendium für die Uni in Avignon erhalten. Dort traf sie am ersten Tag des Semesters auf meinen Vater, die beiden blieben im Fahrstuhl stecken und kamen zu spät zur Vorlesung. Es war Liebe auf den ersten Blick. Ganz romantisch«, zwinkert er mir mit verklärtem Gesichtsausdruck zu.

Wie kann ein festgeklemmter Aufzug romantisch sein? Unbewusst greife ich mir an die Kehle, die sich mir bei dem Gedanken automatisch zuschnürt. Außerdem, worüber reden wir jetzt hier eigentlich, ich habe wirklich keine Lust Grundsatzdiskussionen über deutsche und französische Leidenschaften zu führen, Richtungswechsel ist angesagt.

»Es gab doch sicher kulturelle Unterschiede?«

»Entgegen allen Theorien stelle ich die These auf, dass Deutsche und Franzosen Liebesbeziehungen haben sollen, können, ja, sogar müssen! Schließlich schafft es nur ein Franzose, bei Ihren Landsleuten Leidenschaften zu wecken.«

Na, das hat ja geklappt, jetzt ist er richtig drin im Thema.

»Haben Sie das nicht gewusst?«, fragt er verblüfft.

»Was, dass Deutsche und Franzosen für Liebesbeziehungen prädestiniert sind?«, frage ich irritiert.

Worauf läuft das hier hinaus? Smalltalk hin oder her, ich bin hier, um ein Geschäft abzuwickeln, denke ich empört.

»Nein«, schmunzelt er, »dass meine Mutter Deutsche ist!«

Woher soll ich private Infos über den Notar haben? Glaubt der etwa, ich habe seine Vita studiert?

»Nein, ehrlich gesagt nicht«, suche ich schnell eine plausible Erklärung, als ich sehe, dass sein Gesicht einen leicht gekränkten Ausdruck bekommt. »Ich habe ja den Auftrag ganz kurzfristig übernommen, weil Herr Melcher, wie Sie ja wissen, noch in Miami ist und …«

»… sie eigentlich heiraten wollten!«, stellt er fest.

Erstaunt starre ich ihn an. Und woher hat er jetzt private Infos über mich?

»Sie fragen sich sicher, woher ich das weiß?«

Und Gedanken lesen kann er auch noch.

»Herr Melcher hat gestern angerufen«, fährt er fort, ohne meine Antwort abzuwarten, »und mir mitgeteilt, dass er sich hundertprozentig sicher ist, dass Sie für ihn einspringen werden, obwohl Sie mitten in den Hochzeitsvorbereitungen stecken!«

»Äh … ja … ja, aber es ist alles bereits perfekt organisiert und läuft großartig, ja, ja, ganz großartig«, nuschle ich verwirrt.

Melcher war sich also sicher, dass ich fahren würde. Wieso hat er nicht eine Sekunde daran gezweifelt? Welche Braut fliegt mitten in den Hochzeitsvorbereitungen durch die Weltgeschichte, um … um einen Job zu erledigen? Ich! Ich, Antonia Scheller. Ich starre durch Monsieur Brémant hindurch. Ungewollt seufze ich laut auf und bemerke die hochgezogene Augenbraue bei meinem Gegenüber.

»Sie haben sicher Durst«, misinterpretiert er meinen Seufzer.

»Ja, ein Glas Wasser wäre schön!«, unbewusst schiebe ich den langen Leinenrock hoch bis zu den Knien. Mir ist ziemlich heiß geworden, das Büro hat keine Klimaanlage, und die Gespräche tragen auch nicht gerade zur Abkühlung bei.

Sein verzückter Blick auf meine Beine irritiert mich, flugs ziehe ich den Rock wieder tiefer, am liebsten bis zu den Knöcheln. Franzosen beunruhigen mich, denn noch habe ich ihre Mentalität nicht durchschaut.

»Vielleicht sollten wir jetzt doch langsam zum Geschäftlichen kommen«, schlage ich deshalb schnell vor.

»Gerne. Ich habe einen Tisch im *La Fontaine* bestellt!« Charmant lächelnd reicht er mir seinen Arm. Als ich kurz stutze, sagt er: »Keine Angst, das Essen geht auf Kosten der Kanzlei.«

Unglaublich, er kann tatsächlich Gedanken lesen!

Im Hausflur deute ich im Vorbeigehen auf das Wandbild: »Das ist beeindruckend. Seit wann spielt man in Frankreich eigentlich *Boule*?«

»Eigentlich heißt es nicht *Boule*, sondern *Pétanque*«, verbessert er mich. »So wie man es heute in der Provence überall spielt, ist es aus einer Art Verlegenheitslösung entstanden – oder besser gesagt, es ist die Geschichte einer Krankheit. Ein gewisser Jules Le Noir lebte um die Jahrhundertwende unten im Süden. Was heißt leben! Er litt so stark an Rheuma, dass er für das Spiel, das er liebte, *Jeu provençal*, weder Kraft noch Schnelligkeit besaß. Beim *Jeu provençal* musste man die Kugel mit Anlauf zwanzig Meter weit katapultieren; eine Frage der Physis also. Da begann Jules abseits der anderen seine eigene, kleine Version zu spielen. Und siehe da, immer mehr gesellten sich hinzu. Zuerst aus Solidarität, dann aus Freude. *Et voilà* – Pétanque war erfunden. Das war im Sommer 1910 an der Strandpromenade von La Ciotat«, monologisiert Monsieur Brémant, während wir zum Restaurant laufen.

Auf einem hübschen kleinen Platz mit einem plätschernden Steinbrunnen in der Mitte machen wir vor einem zauberhaften kleinen Restaurant halt. Monsieur Brémant begrüßt die Kellnerin wie eine gute Freundin. Vermutlich isst er hier jeden Tag. Die Hände auf die üppigen Hüften gestemmt wirft er einen prüfenden Blick auf die Speisekarte, die auf eine Schiefertafel neben dem Eingang geschrieben ist. Gestikulierend kommentiert die Frau jede einzelne Speise. Das kann dauern. Derweil mache ich es mir auf einem Stuhl unter einer Schatten spendenden Platane bequem, kremple meine Blusenärmel etwas hoch und tauche meine Handgelenke zur Abkühlung für einen kurzen Moment in den Brunnen. Das tut gut. Die Kellnerin fixiert mich mit skeptischem Blick. Freundlich nicke ich ihr zu, doch anstatt zurückzugrüßen, wirft sie mit einer arroganten Handbewegung ihre Haare in den Nacken.

Ich schätze sie auf Anfang zwanzig, sie ist nicht wirklich hübsch, aber irgendwie interessant. Ihre leicht ausladenden Hüften hat sie mit einem weiten, fließenden Rock kaschiert, das verleiht ihr Anmut und Sex-Appeal. Dann dieser Gang, der ist irrsinnig toll, ganz aufrecht, die Brust herausgestreckt, dabei aber nicht billig. Diese Frau ist ein richtiges Vollweib, und sie weiß es auch. Schlagartig fühle ich mich wie ein graues Mäuschen, ein graues, deutsches Mäuschen, unscheinbar, langweilig und plump. Aber so fühle ich mich meistens in Gesellschaft solcher Frauen, das ist also nichts Neues, nur die Französinnen scheinen diese Empfindung noch zu verstärken. Plötzlich habe ich das Bedürfnis, Charlie anzurufen, die würde mir jetzt zuhören, mit der könnte ich jetzt richtig ablästern, was mir auf einmal ein echtes Bedürfnis ist. So, wie wir es früher gemacht haben … früher … wann früher? In den letzten Jahren ist Klatsch und Tratsch erst gar nicht zu mir vorgedrungen, weil ich mit anderen Sachen beschäftig war. Mit wichtigeren, beruflichen Dingen.

Nachdenklich blicke ich in die Fontänen des Brunnens, die mich an Charlies sprudelnde Einfälle erinnern, und ich bin froh, dass einer davon darin bestand, mit mir ein Hochzeitskleid zu kaufen. Wem das wohl gehört hat? Charlie hat recht, es hat schon etwas Mystisches. Automatisch zücke ich mein Handy und wähle ihre Nummer. Sicher, Jobst wäre jetzt bestimmt auch sehr interessiert, wie alles mit dem Auto gelaufen ist, und ich habe ja auch versprochen, mich sofort zu melden, aber Charlie ist mir im Moment einfach wichtiger. Ich scheine keinen Empfang zu haben, doch, jetzt höre ich ein Freizeichen... Schade, genau in dem Moment steuert Monsieur Brémant auf mich zu, und ich lasse das Handy in meiner Tasche verschwinden.

»Ich esse hier fast jeden Tag!«, bestätigt sich meine Vermutung, dass er hier Stammgast ist. »Eine hervorragende Küche!«, schwärmt er mit hochgezogenen Mundwinkeln.

Kurz darauf serviert uns die Kellnerin die Getränke. Während sie Monsieur Brémant schöne Augen macht, behandelt sie mich wie Luft und sieht mich noch nicht einmal an, als sie mir das Glas hinstellt. Das ist nicht nur unhöflich, das ist frech.

»*Santé* oder besser gesagt: Zum Wohl«, prostet Brémant mir zu.

Die Gläser haben diesen feinen kristallenen Klang, als wir anstoßen. Rund und weich entfaltet sich der Wein in meinem Mund. Ein angenehmes Gefühl, obwohl ich normalerweise gar keinen Rotwein trinke, schon gar nicht zum Mittagessen.

»Ich hoffe, es ist Ihnen recht, dass ich schon mal die Bestellung durchgegeben habe«, schlägt Brémant die Beine übereinander, öffnet die Knöpfe seines Jacketts und hängt es über die Stuhllehne.

»Aber natürlich«, antworte ich freundlich.

Dabei mag ich es ehrlich gesagt überhaupt nicht, wenn jemand unaufgefordert Essen für mich ordert. Bei Wein ist das etwas anderes, da fühle ich mich nicht so bevormundet, denn ich habe ja definitiv keine Ahnung von den edlen Tropfen. Ich hoffe, dass er mir meinen Unmut nicht ansieht, denn Charlie sagt immer, man könne in meinem Gesicht lesen wie in einem offenen Buch.

»Da geht's ja auch schon los«, reibt sich Brémant voller Vorfreude die Hände.

Der Vamp kredenzt uns eine Vorspeise nach der anderen, bis irgendwann ein Zwischengang kommt.

»Sie müssen unbedingt noch die Oliven- und Kichererbsentapenaden zum Brot probieren«, schiebt Brémant die kleinen weißen Töpfchen mit der köstlichen Paste quer zu mir über den Tisch.

»Mhm, das ist wirklich gut!«, nicke ich anerkennend.

Als die Hauptspeise serviert wird, bin ich bereits pappsatt. So viel habe ich seit Ewigkeiten nicht mehr gegessen, hoffentlich spielt mir mein Magen nachher nicht wieder einen Streich.

»Ist das nicht köstlich?«, schwärmt Monsieur Brémant und hält die Gabel mit einem Stück Aubergine in der Luft, um sie dann begeistert im Mund verschwinden zu lassen.

Bis jetzt war ehrlich gesagt alles hervorragend, aber schon allein bei der Vorstellung an die zähe und gummiartige Konsistenz dieses Nachtschattengewächses wird mir ganz anders.

»Bei Laurent gibt es den besten *Coq Provençal.* Probieren Sie!« Auffordernd tippt mein Gegenüber mehrfach mit der Messerspitze in die Richtung meines Tellers und strahlt mich dabei erwartungsvoll an.

Artig und mit Todesverachtung schlucke ich die Portion hinunter. Plötzlich habe ich das Bild vor Augen, wie Charlie den Brechreiz simuliert hat, als sie mit Jobst telefonierte. Schleunigst kippe ich ein Glas Wasser hinterher, bevor ich tatsächlich noch zu würgen anfange.

»Ja, ganz hervorragend!«, presse ich ein gequältes Lächeln hervor. So etwas Verlogenes würde meine Schwester nie machen, und ich frage mich, warum ich mich dazu erniedrige.

Zum nächsten Gang wird ein Weißwein serviert. Als Monsieur Brémant mir einschenken will, lege ich schnell meine Hand über das Glas.

»Lieber nicht!«, lehne ich dankend ab.

»Haben Sie sich immer so unter Kontrolle?«

So langsam bringt mich dieser Mensch wirklich an meine Grenzen. Was soll diese intime Frage? Will er mich provozieren? Oder gar mit mir flirten? Oder ist das der ganz normale französische Umgangston? Keine Ahnung, ich weiß jedenfalls nur eins, dass ich solchen Spielchen nicht wirklich gewachsen bin, deshalb sage ich jetzt sachlich: »Nein, aber ich will einen klaren Kopf bewahren. Jetzt sitzen wir schon über eine Stunde zusammen und haben noch nicht ein Wort über das Geschäftliche geredet.«

Oje, an seinem regungslosen Gesichtsausdruck erkenne ich, dass ich einen schwerwiegenden Fehler gemacht habe. Wahrscheinlich spricht man in diesem komplizierten Land erst nach dem Dessert und dem dritten Digestif über das Geschäftliche, mutmaße ich.

»Das ist ein Sauvignon blanc!«, sagt er entrüstet und lässt die Flasche immer noch über meinem abgedeckten Glas schweben.

Seltsam, das ist der alleinige Grund für seinen plötzlichen Unmut, und ich dachte schon, es passt ihm nicht, dass ich endlich mal zum Wesentlichen unseres Termins kommen wollte.

»Ein Pouilly Fumé!«, expliziert er und dreht die Flasche mit dem Etikett so, dass ich mich davon überzeugen kann.

Tatsächlich. Da steht es. Pouilly Fumé. Flugs nehme ich die Hand vom Glas. Dann mache ich jetzt mal eine Weinprobe von meinem Hochzeitswein. Interessiert setze ich das Glas an die Lippen und nippe leicht. Mhm, der ist echt gut. Der nächste Schluck fällt deutlich kräftiger aus, ich muss aufpassen, der ist irrsinnig süffig.

»Der hat diese feine Feuersteinnote, ist würzig und saftig, bestimmt auch ideal zu Meeresfrüchten!«, wiederhole ich die Worte des Sommeliers aus dem *Savoir Vivre.*

Monsieur Brémants Gesicht erhellt sich nach meiner fachkundigen Aussage tatsächlich.

Na prima, dann war das anstrengende Telefonat mit Monsieur Chabrel doch zu etwas nütze, kichere ich in mich hinein.

Gerade als Brémant etwas entgegnen will, klingelt plötzlich mein Handy, und seine Stirn legt sich erneut in Falten.

Entsetzt über den weiteren Fauxpas, mein Handy beim Geschäftstermin angelassen zu haben, schlage ich mir die Hand auf den Mund und lasse sie langsam zum Kinn hinuntergleiten: »Entschuldigen Sie, ich habe völlig vergessen, es auszustellen!« Mein Blick auf das Display zeigt eine mir völlig unbekannte Nummer. Besser, ich gehe kurz ran. Es könnte ja Melcher sein, der mir noch eine wichtige Info übermitteln will, dann schalte ich es einfach danach schnell ab. Zaghaft poche ich mit dem Zeigefinger auf das Handy und frage verlegen: »Darf ich wohl kurz dran?«

»Bitte, bitte!«, macht Monsieur eine großmütige Handbewegung. Schnaufend lehnt er sich im Stuhl zurück, nimmt die Stoffserviette vom Schoß, tupft sich damit die Mundwinkel sauber, legt sie dann neben den Teller und winkt der Kellnerin mit seinen kräftigen, kurzen Fingern flirtend zu.

»Salut, Axel hier!«, schallt es mir aufgekratzt aus dem Handy entgegen. »Bin schon in Apt, wollte dir dein Auto bringen! Wo bist du?«,

»Im, ähem, *La Fon...taine*!«, stottere ich überrumpelt.

»Ah, das kenne ich gut, bin gleich da!«

»Aber ... aber ... das geht jetzt ni...!«

Eingehängt! Der hat einfach eingehängt. Nachdenklich kratze ich mich am Kopf. Heute läuft aber auch alles schief. Da helfen auch keine Glaubenssätze mehr, ehrlich gesagt fallen mir auch schon gar keine mehr ein, ich fühle mich komplett überfordert mit der ganzen Situation. Meine Hand umfasst das Weinglas, und gedankenverloren führe ich es zum Mund und leere es restlos. Ich hätte zu Hause bleiben und heiraten sollen, danach wäre ich gepflegt in die Flitterwochen gefahren, hätte mich erholt und mich dann neuen Aufgaben zugewandt. Aber mein Ego wollte ja unbedingt diesen Auftrag erledigen. Ach, Charlie, manchmal wünschte ich mir, ich wäre wie du. Du wärst bestimmt nicht geflogen, du hättest dein Kleid in Mailand gekauft, hättest sicher eine richtig wilde Junggesellinnenverabschiedung mit vielen echten Freundinnen veranstaltet … du entscheidest einfach viel mehr mit dem Herzen.

»Alles in Ordnung?«, fragt Monsieur Brémant, der mich eingehend beobachtet.

»Ja, ja, na ja, also wie man's nimmt. Mein Auto ist ja, wie Sie wissen, vorhin liegen geblieben, da war mein Schwager so freundlich, mir seinen Wagen zu leihen. Er wohnt hier in der Provence, wissen Sie«, setze ich das Glas zurück auf diesen entzückenden Untersetzer, den ich jetzt begeistert in die Hand nehme, um ihn genauer zu betrachten. Wie hübsch, da ist eine Libelle drauf, das wäre auch eine schöne Deko für die Hochzeitsfeier, denke ich beschwingt.

»Ihr Schwager ist Franzose?!«, legt Brémant die Hände ineinander und lässt seine Daumen umeinander kreisen.

»Nein, Deutscher, Axel unterrichtet Französisch und Philosophie an der Uni in Avignon. Er lebt seit acht Jahren hier.«

»Das ist ja praktisch. Einen Verwandten in der Provence wünscht sich doch wohl jeder, oder?!«, lacht er selbstzufrieden in sich hinein.

Ich nicht! Mich zieht's einfach in die Ferne, das war schon immer so, je weiter, desto besser, aber das verkünde ich jetzt lieber nicht laut.

Von Weitem erkenne ich plötzlich Axel, sein Siebenmeilenstiefel-Gang ist unnachahmlich, er kommt geradewegs auf unseren Tisch zu. Doch auf einmal stoppt er am Restaurant-Eingang und begrüßt meine Freundin, die Kellnerin. Der Kontakt scheint relativ eng zu sein, schließlich küsst man sich auch in Frankreich bei einer normalen Begrüßung nicht einfach auf den Mund, so viel habe ich schon gelernt. Die Blicke, die sie mir zuwirft, als er zu mir herüberschlendert, möchte ich besser nicht kommentieren. Mit den Händen in der Tasche schlendert Herr Professor auf unseren Tisch zu, für einen Akademiker hat der echt kein Benehmen.

»Axel Rademann«, reicht er Brémant mit umwerfendem Lächeln dann doch ganz manierlich die Hand. »Ich möchte nicht stören, ich wollte mit Frau Scheller eigentlich nur die Autoschlüssel tauschen.«

Als er den Schlüssel auf den Tisch legt, gibt er uns noch einen freundlichen Tipp: »Falls Sie noch nicht gegessen haben, bei Laurent gibt es den besten *Coq Provençal*!«

Das habe ich doch heute schon mal gehört.

»Brémant, Gustave«, strahlt der Notar ihn verzückt an. Und ich kann mich beim besten Willen nicht daran erinnern, heute schon einmal so viel Wärme in seiner Stimme gespürt zu haben. »Ja, nicht wahr. Ich bin auch ein begeisterter Fan seiner Küche«, outet er sich, »es ist alles delikat, aber sein *Coq Provençal* ist legendär.«

Minutenlang rühmen die beiden das geniale Essen und den erlesenen Weinkeller des *La Fontaine* und übertrumpfen sich in der Aufzählung ihrer Lieblingsgerichte, dabei sind ihnen Egalité und Fraternité auf die Stirn geschrieben.

»So, jetzt habe ich mir selber den Mund wässrig gemacht«, hebt Axel den Arm und bestellt bei der Kellnerin, die bereits wie ein Gepard im Ansprung lauert, für sich ebenfalls die Delikatesse des Tages.

Gerade als er aufstehen will, um sich an den Nachbartisch zu hocken, hält Brémant ihn am Arm fest: »Sie werden uns doch wohl Gesellschaft leisten, oder?!«

Axel deutet meinen säuerlichen Blick richtig: »Ich glaube, es ist besser, ich lasse Sie beide jetzt alleine. Sie haben ja bestimmt einiges zu besprechen. Vielleicht trinken wir nachher noch einen Pastis zusammen?!«, schlägt er vor.

Brémant ist begeistert. »Sehr gerne, aber bitte, bleiben Sie doch sitzen, das, was wir zu besprechen haben, ist kein Geheimnis, und schließlich bleibt es doch auch in der Familie«, kichert er eine Spur zu albern für einen erwachsenen Mann.

»Gut, dann bleibe ich!« Mit der Stiefelspitze schiebt Axel einen Stuhl an unseren Tisch.

»Wo wohnen Sie, Monsieur Rademann?«, fragt der Notar interessiert, nachdem sich Axel zu uns gesellt hat.

So langsam geht mir seine Neugierde auf die Nerven, kann der meinen Schwager jetzt nicht ziehen lassen, und wir kümmern uns endlich mal um die Geschäfte.

»In Gargas«, lehnt sich Axel sichtlich entspannt zurück, und es sieht nicht so aus, als wäre das hier nur ein Kurzaufenthalt. »Ich lebe auf einem ehemaligen Bauernhof, den ich nach und nach restauriere!«

»Klingt interessant. Gibt's noch Tiere dort?«, fragt Brémant deutlich weniger reserviert als bei unserer Konversation.

Aufmerksam schenkt er uns allen etwas Wein nach, diesmal lege ich meine Hand besser nicht mehr über das Glas.

»Ein paar Ziegen, zwei Esel und einen Pfau!«, zählt Axel auf.

Na riesig. Und wen interessiert sein Kleinzoo? Mich jedenfalls nicht. Mit Tieren habe ich es eh nicht so. Nicht dass ich sie nicht mag, aber diese Verhätschelei kann ich nicht ausstehen. Wenn ich nur an den Hund von meiner

Freundin Nadja denke, der farblich zum Cabriolet passen musste, und Nina, die ihrem Fiffi ein Regenjäckchen verpasst, wenn es anfängt zu nieseln.

»Ah, dann greifen Sie Ihrem Schwager sicher unter die Arme in der Zeit, in der Sie hier sind!«, wendet sich Brémant wieder mir zu.

»Ich? Nein, nein, … also nein … ich wohne im Hotel!«

»Seltsame Familienverhältnisse«, murmelt Monsieur Brémant irritiert. »Aber irgendwie auch typisch deutsch!«

Axel schlägt die Beine übereinander und lehnt sich entspannt zurück: »Also, du hättest gerne bei mir wohnen können. Warum hast du mich eigentlich nicht gefragt?«

»Die Firma hatte schon das Hotel gebucht«, rede ich mich heraus und frage mich ernsthaft, wohin diese Konversation mich jetzt führen soll. Es reicht doch wohl schon, dass ich mir Brémants Leidenschafts-Gesülze anhören musste.

»Ihre Firma schmeißt das Geld aber ganz schön zum Fenster raus, wenn ich das mal so salopp sagen darf. Zumindest macht es den Eindruck«, klingt er latent vorwurfsvoll.

Mit allen Mitteln versuche ich, die Firma in gutem Licht dastehen zu lassen: »Die wussten ja gar nicht, dass ich einen Schwager in der Provence habe!«, zucke ich schuldbewusst die Schultern.

»Da können Sie mal sehen, wie gut sich die Mitarbeiter in Ihrem Unternehmen kennen. Wie viele Jahre arbeiten Sie schon bei Melcher-Hotels?«

»Sieben Jahre!«

»Sieben Jahre«, klopft er Axel auf die Schulter. »Und man weiß nichts von Ihnen!«

»Na ja, wir sprechen im Büro nicht über Privatangelegenheiten. Also, nicht so direkt.«

»Aber, dass Sie bald heiraten, das weiß man schon, oder?«

»Natürlich!« Muss ich jetzt auch noch für mich selber in die Bresche springen? »Es sind ja auch alle eingeladen!«

»Dann hoffen wir mal, dass die Hochzeit nicht verschoben werden muss«, sagt Axel unbedarft.

»Ja, ich, also, ich hoffe das auch nicht ...!«, stammle ich und befürchte auf einmal, dass Axel sich allzu undezent äußern könnte.

»Aber das hängt ja dann wohl von Ihnen ab, Monsieur Brémant«, flachst er da tatsächlich mit dem Notar.

»Das liegt leider nicht in meiner Hand«, entschuldigt sich Brémant.

»Na ja, ich wollte eh mit dem Auto nach Deutschland fahren, ich bin also zeitlich unabhängig. Gut, dass ich keinen Flug gebucht habe«, setzt er das Weinglas an die Lippen und trinkt einen Schluck, bevor er sich an mich wendet: »Kann du deinen denn so einfach umbuchen?«

»Businessflüge kann man jederzeit umbuchen«, kanzle ich ihn arrogant ab. Universitätsprofessoren sind wirklich weltfremde Fachidioten, schüttle ich insgeheim den Kopf. Brémant räuspert sich lautstark: »*Alors*, ich habe meiner Mandantin gestern das neue Angebot Ihrer Firma unterbreitet. Die Summe ist wirklich beachtlich«, zieht er eine Augenbraue hoch, »dennoch ... favorisiert sie eindeutig das Bio-Hotel. Wir in der Provence halten mehr von sanftem Tourismus. Luxusherbergen sind etwas für die *Côte.*«

Damit meint er die Côte d'Azur, und man kann heraushören, dass er diese Theorie ebenfalls unterstützt.

Sanfter Tourismus. Auf das Stichwort bin ich vorbereitet. Wie aus der Pistole geschossen halte ich einen Vortrag über die Philosophie der Melcher-Hotelkette, über Umwelt- und Sozialverträglichkeit, über Lebensqualität statt Konsum, über eine optimale Wertschöpfung von Land und Leuten, die zu einer neuen Reisekultur führt. Kein Wellness, keine Events, einfach Erholung pur. Dann führe ich noch mein Lieblingszitat an: »Der Tourismus zerstört das, was er sucht, indem er es findet!«

»Hans Magnus Enzensberger«, stellt Axel fest.

Bestätigend nicke ich in seine Richtung und fahre engagiert fort: »Deshalb findet man uns nicht in jedem x-beliebigen Reiseführer. Die Melcher-Hotels sind nur einer ganz bestimmten Klientel vorbehalten, sozusagen nur denen, die *wirklich* danach suchen. Sie finden uns nämlich nicht in den normalen Hotelkatalogen der Reisebüros, sie finden uns in einschlägigen Reisejournalen und im Internet. Wir sprechen nicht die breite Masse an, sondern Individualisten. Uns ist wichtig, dass die Natur und die Landschaft sozusagen als existenzielle Grundlage bzw. als touristisches Kapital erhalten bleiben. Die Qualität dieses Erlebnisses hat dann natürlich auch ihren Preis, aber das soll nicht heißen, dass wir preislich zur Luxuskategorie gehören.«

Die Argumente habe ich mir vorher sorgfältig zurechtgelegt und ein bisschen auf der Homepage des Bundesamtes für Naturschutz gestöbert, aber das weiß ja hier keiner, und im Business sind alle Mittel recht, sagt Jobst immer. »Somit ist unser Prinzip eindeutig sanfter als jeder Bio-Hotel-Ketten-Tourismus«, komme ich zum Schluss.

»Am Ende müssen Sie nicht mich überzeugen, sondern meine Mandantin!«, kommentiert Brémant meine glühende Rede.

Axel, der sich soeben ein Stück eklige Aubergine in den Mund steckt, nickt kauend und sagt dann voller Begeisterung: »Also, mich hat sie überzeugt!«

Ich werfe ihm einen dankbaren Blick zu, den er gar nicht richtig wahrnimmt, weil der Vamp schon wieder im Anmarsch ist.

Axel stellt uns vor. »Das ist Lilly-Prune!«, dann wendet er sich an sie, *»et voilà Antonia, ma belle-sœur.«*

Lilly-Pflaume? Prune heißt doch Pflaume, wenn ich mich nicht irre. Ja, sicher, ganz bestimmt sogar. Die Hand vor den Mund haltend, kichere ich debil in mich hinein, wer kann denn seinem Kind so einen Namen geben? Ich muss wieder an das Telefonat mit Charlie und Jobst denken, bei dem sie über Namensgebungen diskutiert haben. Aber Pflaumen-Lilly setzt dem Ganzen doch wohl die Krönung auf. Die Pflaume schenkt mir einen liebreizenden Augenaufschlag, und ihre Lippen sagen dabei so etwas wie: Ich töte dich, wenn du mir auch nur einen von den beiden wegschnappst. Lilly hasst mich, das ist mal klar. Ich wünschte, ich hätte jetzt etwas anderes an als meinen Leinenrock, der, verglichen mit ihrem schicken Stöffchen, an Fräulein Rottenmeier erinnert.

Normalerweise lasse ich mich nicht auf dieses Niveau herab, schließlich weiß ich, dass ich eindeutig mehr Grips habe, dennoch hat sie etwas Provozierendes, das mich rasend macht.

»Bin gleich zurück!« Unvermittelt schnappe ich mir meine Handtasche und verschwinde auf die Toilette. So!, beschließe ich, jetzt rufe ich aber wirklich Charlie an.

»Bonjour!«, begrüßt sie mich fröhlich.

»Bonjour!«, grinse ich, weil ich weiß, dass sie mir wieder wohlgesonnen ist. Sonst hätte sie direkt mit Vorwürfen begonnen.

»Brauche mal deine Hilfe!«, wispere ich in den Hörer.

»Ich kann nur Bonjour, *sprachlich* kann ich dir nicht wirklich weiterhelfen.«

»Nein, das meine ich nicht!«

»*Beruflich* bist du mir auch Lichtjahre voraus, das kann's ja dann wohl auch nicht sein.«

»Ich sitze hier mit zwei Männern!«

Ein ungläubiges Schweigen folgt.

»Na ja, und dann ist da Lilly, die Pflaume. Also, Prune ist wohl so etwas wie ihr Zweitname, also so 'ne Art Doppelname, ach, ich weiß doch auch nicht, aber die ist so was von überheblich. Also, wenn du sehen würdest, wie die mich behandelt, nur weil ich mit zwei Männern am Tisch sitze, die sie am liebsten beide auf der Stelle vernaschen würde! Den einen, weil er Kohle hat, den anderen, weil er ganz passabel aussieht.«

»Hast du was getrunken?«

»Bisschen Wein«, nuschle ich untertrieben.

»Irgendwas geraucht?«

»Was soll ich'n geraucht haben?«, frage ich naiv.

»Toni, die haben dir doch da keine Drogen gegeben?«, will sie ernsthaft wissen.

»Jetzt sei nicht albern, als wenn ich Drogen nehmen würde!«, gluckse ich.

»Hätte mich auch ziemlich gewundert. Aber du klingst so.«

»Hihi!«, jetzt muss ich doch kichern.

»Indianerehrenwort!«, fordert Charlie jetzt ernsthaft.

Mein Gott, wenn das einer hören würde, aber dieser Schwur zwischen uns ist heilig, seit ich denken kann. Egal, wie alt wir werden, der bleibt.

»Ja, ja, Indianerehrenwort. So, jetzt muss ich aber wieder raus zu den beiden. Aber was mache ich mit Lilly?«

»Freundlich sein. Super super super saufreundlich. Das wird sie rasend machen.«

»Ehrlich?«, frage ich skeptisch.

»Logisch. Dann öffnest du am besten noch dein Haar und legst etwas Lippenstift auf.«

»Das ist doch albern!«

»Wenn du meinst!«, kommt es lapidar.

»Ich will ja schließlich nichts von den Männern!«, kontere ich.

»Okay. Wer sind die beiden denn?«

»Monsieur Brémant, der Notar, und Axel, mein zukünftiger Schwager!«

»Und, wer gefällt dir von den beiden besser?«, flachst sie.

»Jobst!«, entgegne ich schlagfertig.

»Jobst, Jobst, Jobst. Du hast echt den Tunnelblick«, mault sie. Dann lässt es ihr aber doch keine Ruhe, und sie hakt interessiert nach: »Wäre einer von denen vielleicht was für mich?«

»Monsieur Brémant ist mittelgroß mit Hüftspeck, hat eine leichte Stirnglatze und eine rötlich glänzende Nase. Aber er hat Charme und lustig blitzende Augen!«, füge ich generös hinzu.

»Das scheint der mit der Kohle zu sein, den kann die Pflaume haben!«, sagt sie gönnerhaft. »Was ist mit dem Schwager?«

»Na ja, Axel, ist circa zehn Zentimeter größer als Jobst, hat längeres dichtes Haar, blaue Augen, breite Schultern, trägt eine verschlissene Jeans, ein verwaschenes T-Shirt und Boots«, dann drücke ich die Toilettenspülung. »Er ist ziemlich salopp und irgendwie ein bisschen, na, ja, ungepflegt wäre übertrieben, eher so betont lässig. Er hat überhaupt keine Ähnlichkeit mit Jobst.«

»Wow! Kannst du das noch mal wiederholen?«, bittet sie mich.

»Axel ist circa zehn Zentimeter größer als Jobst, hat längeres dichtes Ha...«, setze ich erneut an.

»Nein, nein, nein, das meine ich nicht«, fällt sie mir ins Wort. »Der letzte Satz gefiel mir, *er hat überhaupt keine Ähnlichkeit mit Jobst.*«

»Ich hatte dich eigentlich angerufen, weil ich einen Ratschlag in Sachen stutenbissiger Konkurrenz von dir wollte ... Beziehungs-Tipps brauche ich nicht!«, sage ich beleidigt und bereue fast schon wieder, dass ich sie angerufen habe.

»Sorry, sorry, dass ich aber auch mein fieses Schandmaul nicht halten kann«, klingt Charlie, als hätte sie jetzt doch ein schlechtes Gewissen. »Also, bist du bereit, deine weiblichen Reize zu präsentieren?«

»Mhm, schon. Ich glaube nämlich fast, dass man bei Monsieur Brémant nur weiterkommt, wenn man damit nicht geizt!«

»Klingt nach: geiler alter Bock!«

Das ist typisch Charlie.

»Nein, so ist das nicht. Aber der ist so irre französisch, so flirty und charmant und irgendwie habe ich das Gefühl, ich komme auf der toughen Geschäftsfrau-Ebene bei ihm nicht weiter. Das ist wohl anders als in Deutschland, die stehen hier nicht auf verkopfte Frauen.«

»Ist das dein Ernst? Findest du wirklich, dass das bei uns anders ist?«, fragt sie verblüfft. »Na ja, vielleicht hast du bisher nur andere Erfahrungen gemacht.«

»Meinst du wirklich, mit offenem Haar und Lippenstift komme ich weiter?«, frage ich immer noch skeptisch.

»Probier's aus!«

»Okay!«

»Ach, Toni ...«, fällt ihr anscheinend noch etwas ein.

»Ja?!«

»Und öffne für deinen Selbstversuch mal den obersten Knopf deiner Bluse! Wirst sehen, das wirkt Wunder.«

Wortlos starre ich in den blinden Toilettenspiegel. Da ich mich kaum darin erkennen kann, zerre ich umständlich ein Stück Zewa aus der Verpackung neben dem Waschtisch und putze mit dem Fetzen eine Ecke sauber. Oberster Knopf. Thh! »Woher weißt du überhaupt, dass ich eine Bluse anhabe?!«, will ich verdattert wissen.

»Weil du immer Blusen trägst, Schwesterherz!«

Jetzt muss ich doch grinsen. »Du kennst mich ganz schön gut, was?«

»Besser als du dich selbst. So, jetzt muss ich aber einhängen ... grüß mal meinen Schwippschwager schön. Die Beschreibung eben war eins a, der könnte mir gefallen, früher bist du selber auf solche Typen abgefahren, weißt du noch, die Surfer auf Amrum!?«

»Ja, ich erinnere mich sehr genau«, sage ich zynisch und erinnere sie an mein ganz persönliches Drama: »Einer von ihnen hat mir das Herz gebrochen!«

»Der hat es aber wenigstens berührt ...« Ich höre, wie sie sich die Hand vor den Mund schlägt. »So, ich halte jetzt einfach besser die Klappe und gehe zurück in die Bärengruppe. Ruf mich an, wie's gelaufen ist, okay?«

»Okay!«

Nachdem ich eingehängt habe, ziehe ich mir das Haargummi heraus, beuge den Kopf kurz nach vorne, um ihn dann schwungvoll in den Nacken zu werfen. Meine Löwenmähne wirkt wie aufgeplustert, und die dunklen Haare umrahmen mein schmales, ovales Gesicht, ich sehe plötzlich sehr verletzlich aus. Eigentlich ist es meine Intention, stark und souverän aufzutreten, doch wenn das in diesem Land nicht zieht, muss ich vielleicht wirklich zu anderen Mitteln greifen. Daraufhin zücke ich meinen Lippenstift und ziehe mir die Lippen nach, zu guter Letzt fahre ich mit dem Abdeckstift noch einmal über die dunklen Augenringe, die bereits wieder durchschimmern. Prüfend checke ich mein Aussehen. Unwillkürlich fahren meine Finger hinunter zur Knopfleiste. Unsicher nestle ich an dem obersten Blusenknopf herum. Soll ich ihn wirklich aufmachen? Das sieht doch irgendwie so ... so einladend aus, so billig, das bin ich nicht, ich meine, das mit den Haaren und dem Lippenstift ist schon grenzwertig für einen Geschäftstermin, also für mich zumindest. Schleunigst schließe ich den Knopf wieder. Pah! Ich will ja schließlich nicht mich verkaufen, bisher hat mich mein Kopf ans Ziel gebracht und nicht mein Körper, und so soll's auch bleiben. Dann setze ich meinen Antonia-gegen-den-Rest-der-Welt-Blick auf – wie Charlie ihn nennt – und beschließe, es mit jeder Lilly-Prune Frankreichs aufzunehmen. Gerade als die Tür hinter mir ins Schloss fällt, kündigt ein Klingelton den Eingang einer SMS an. Neugierig ziehe ich es aus der Tasche und checke die Nachricht.

> Warum hast du ihn wieder zugemacht? ☺
> Charlie

Sie kennt mich tatsächlich viel zu gut, kichere ich albern, als ich die Toilettenräume verlasse. Draußen im Gang fange ich mir für meine Heiterkeit einen frostigen Augenaufschlag von Lilly ein. Ich spüre, wie sich ihr Blick in meine Schulterblätter bohrt, als ich an ihr vorbei zum Ausgang marschiere. Leicht schwankend sucht meine Hand kurz Halt am Türrahmen, wahrscheinlich habe ich doch ein Gläschen zu viel getrunken. Durch die Fensterfront kann ich beobachten, dass Axel und Brémant sich immer noch angeregt unterhalten, doch als ich mich ein paar Sekunden später wieder zu ihnen an den Tisch setze, bricht das Gespräch abrupt ab.

»Du siehst so anders aus«, lässt Axel baff die Gabel sinken.

»Ja, was haben Sie gemacht, Mademoiselle?«, fragt auch Brémant verdutzt.

»Ach, meine Spange ist plötzlich kaputtgegangen«, wusele ich mit einer theatralischen Geste in meinen Haaren und werde nicht eine Spur rot. Ist ja auch nicht gelogen, schließlich ist meine Haarspange ja auch kaputt, allerdings die von heute Morgen.

Schon ist Lilly-Prune im Anmarsch. Hüften schwingend schlendert sie an unseren Tisch, wo sie lautstark die Dessertteller abräumt.

»*Une café, s'il vous plaît!*«, sage ich so super super super saufreundlich, wie Charlie es mir befohlen hat.

»*Un café*«, verbessert sie mich kurz und knapp.

Zumindest hat sie mich registriert. Ich schenke ihr mein schönstes Lächeln und trinke noch den Rest von meinem

Hochzeitswein, auf den Kaffee kann ich bestimmt warten bis zum Sankt Nimmerleinstag.

»Was ist eigentlich mit Madame Jacardie? Wollte sie nicht kommen?«, wende ich mich an Brémant.

»Sie hat abgesagt, als Sie auf der Toilette waren, und den Termin auf morgen früh um zehn verschoben! Wir treffen sie dann auf ihrem Weingut.«

Wieder ein verlorener Tag. Jetzt sind es nur noch sechs, rutsche ich unruhig auf dem Stuhl hin und her.

»Am besten halten Sie dann noch einmal Ihre flammende Rede. Denn von Menschen, die für etwas brennen, lässt sie sich gerne überzeugen«, starrt er mir wohlwollend in den Ausschnitt.

Unbemerkt ist der Blusenknopf, an dem ich vorhin herumgefummelt habe, wieder aufgegangen.

Endlich im Hotelzimmer. Endlich raus aus den Klamotten. Endlich in einen kuscheligen Bademantel schlüpfen. Endlich Badewasser einlassen. Doch vorher hänge ich noch meine Leinenhose und die Bluse für morgen ordentlich über den Bügelbutler und stopfe die dreckige Unterwäsche in den Wäschesack, den ich im Kleiderschrank entdecke. Zur Not muss ich meine Sachen hier im Hotel reinigen lassen, falls ich doch länger bleiben muss. Entschlossen ziehe ich den weißen BH wieder heraus, den könnte ich ja eigentlich selber schnell durchwaschen, schließlich habe ich nur diesen einen hellen mit, der schwarze schimmert zu sehr durch die Leinenbluse hindurch.

Nachdem ich das edle Spitzenteil mit Seife abgeschrubbt und einmal durch das Waschbecken gezogen habe, hänge ich es zum Trocknen über die Duschabtrennung. So, jetzt nehme ich aber ein Bad. Ich reibe mir die Hände wie Monsieur Brémant kurz vor den Horsd'œuvres. Grinsend lasse ich mich auf den Badewannenrand gleiten, reguliere den Wasserzulauf und sehe mich nach einem Badezusatz um.

Mein Blick bleibt an der Pröbchen-Kollektion auf dem Waschtisch hängen. Das ist ja prima, ich liebe diese kleinen Fläschchen, ehrlich gesagt, bin ich ein richtiger Pröbchen-Junkie, zu Hause sind meine Schränkchen voll damit. Jobst bekommt jedes Mal einen Anfall, wenn ich bereits bei der Ankunft im Hotel alles abräume, um bei den Zimmermädchen den Eindruck zu erwecken, jedes einzelne davon verbraucht zu haben, damit die Ration am nächsten Tag wieder nachgefüllt wird. Ich greife nach dem Badeöl, drehe achtsam den silbernen Verschluss auf und halte schnuppernd die Nase über die Öffnung. Dieses Mal erkenne ich den Duft auf Anhieb: Lavendel! Sicherheitshalber kippe ich den Inhalt der ganzen Flasche ins Wasser. Also, wenn mich das jetzt nicht entspannt, dann weiß ich auch nicht ... aber vielleicht gehe ich doch besser noch auf Nummer sicher, kommt mir ein Geistesblitz, und entschlossen schreite ich hinüber in den Flur. Ein Pastis soll angeblich wahre Wunder wirken! Beidhändig streiche ich mir das Haar aus dem Gesicht und beuge mich vor, um den Inhalt der Minibar zu begutachten, doch die ist dummerweise verschlossen und kann nur per Zimmerkarte geöffnet werden. Also suche ich sie, in meiner Handtasche, in den Bademanteltaschen, im Wäschesack, in den Taschen meiner Hose auf dem Bügelbutler. Komplette Fehlanzeige. Mein erster Impuls ist es, an der Rezeption eine neue Karte zu bestellen. Ich lasse mich aufs Bett plumpsen, und gerade, als ich den Hörer in die Hand nehme, um die Nummer zu wählen, stößt mein Fuß an einen Gegenstand. Ich bücke mich, um ihn aufzuheben. Ha! Triumphierend halte ich die Karte hoch und stolziere erneut in den Flur. »So, Minibar, jetzt wirst du geplündert«, schnalze ich gut gelaunt mit der Zunge. Vor dem Schränkchen gehe ich in die Hocke und ziehe mit einer Hand die Karte durch den dafür vorgesehenen Schlitz. Ein grünes Lämpchen leuchtet auf, und siehe da: Sesam öffne dich. Vor Begeisterung verliere ich das

Gleichgewicht und versuche noch, mich vergeblich vom Boden abzustützen, doch schon lande ich weich auf dem Teppich. Ohhh, klimpere ich verzückt mit den Augen, denn ich stelle soeben fest, dass ich von hier unten aus einen weit besseren Überblick auf das Sortiment habe. Schnell werde ich fündig und ziehe drei winzige Pastis-Fläschchen aus der Kühlschranktür. Prima, jetzt brauche ich nur noch ein Glas. Dunkel erinnere ich mich, dass ich vorhin welche auf dem Schreibtisch am Fenster gesehen habe. Schwungvoll schließe ich die Kühlschranktür, stopfe die Flachmänner in die Bademanteltaschen und krabble hinüber zum Schreibtisch. Dort ziehe ich mich mit beiden Händen hoch, lege die Nase auf den Tischrand und lasse meinen Blick über den Tisch schweifen. Dabei stelle ich fest, dass es sich nicht um Gläser, sondern um kleine Väschen handelt, die mit Margeriten bestückt sind. Gut, vielleicht hilft ein Panoramablick aus der Vogelperspektive, ich stemme mich ächzend hoch. Auf einmal habe ich eine Eingebung: die Zahnputzgläser! Zielsicher stolziere ich ins Bad und rupfe eines aus der Halterung, ich bin wirklich ge-ni-al. Zurück im Wohnzimmer, reiße ich ungestüm die Vorhänge auf und lasse mich laut aufseufzend auf den Schreibtischstuhl vorm Fenster fallen. Bevor ich die Füße auf den Tisch lege, öffne ich noch den Drehverschluss meiner Pastis-Flaschen und schütte mir die ganze Ladung ins Zahnputzglas. Herrlich, denke ich in dem Moment, einfach herrlich. Als mein Blick auf das rege Treiben der Gassen von Apt fällt, bin ich irrsinnig relaxt. »*Santé, ma chère*«, proste ich mir zu »Viel Glück und Erfolg für morgen.« Als mein Handy mich aus meinem Entspannungszustand klingelt, kippe ich das Glas auf ex hinunter.

»Jaaaa!«, seufze ich in den Hörer. »Wer stört?«

»Ähem, ja, also, ich bin's, Axel«, klingt er verunsichert.

»Du schon wieder!«, verdrehe ich die Augen.

»Tut mir leid ... also wenn ich nerve, dann ...!«

»Nein, nein, nein, wirklich, du nervst nicht ... das hörte sich jetzt gerade blöd an, ich weiß, aber ich bin irgendwie total entspannt, äh, fertig. Siehst du, ich weiß schon nicht mehr, was ich sage oder denke. War einfach ein bisschen viel alles. Das hat nichts mit dir zu tun. Ehrlich!«

»Dann bin ich ja beruhigt!«

Dann sagt er etwas, das ich im ersten Moment nicht begreife, und deshalb bitte ich ihn, es zum besseren Verständnis noch einmal zu wiederholen.

»Du bist vorhin so schnell aufgebrochen ... Also, Gustave, ich meine, Monsieur Brémant und ich, wir haben noch einen Pastis getrunken.«

Man duzt sich also bereits. Was hat der, was ich nicht habe? Neidisch schnüffle ich an meinem leeren Glas.

»Was ich sagen will, ist: Er bat mich, morgen bei eurem Termin dabei zu sein.«

»Waaaaaas?« Vor Schreck knalle ich das Glas auf die Tischplatte.

»Ich dachte mir schon, dass dir das nicht gefällt, aber Gustave ließ sich nicht davon abbringen!«

»Du wirst auf keinen Fall kommen«, verbiete ich ihm streng.

»Nein, natürlich nicht!«

Kurze Pause.

»Warum eigentlich nicht?«, hakt er leise nach.

»Na ja, eben so!«

»Hast du noch schlagendere Argumente?«

»Nö, die sind mir alle ausgegangen«, kichere ich albern und spüre, wie mir der Pastis in den Kopf schießt.

»Ja, was sollen wir jetzt machen? Gustave war ganz beseelt von dem Gedanken, dass ich Madame Jacardie treffen soll!«

Ist der übergeschnappt, dieser blöde Franzmann?

»Er ist der Meinung, dass ich Madames Typ sei, und sie, obschon sie Anfang siebzig ist, immer noch charmanten

Männern erliegt. Ich könnte also dein Joker sein«, feixt er.

Vielleicht doch keine so schlechte Idee, dass er mitkommt? Vielleicht steht sie ja tatsächlich genauso auf ihn wie Gustave selbst.

»Ich halte einfach die Klappe bei eurem Termin!«, verspricht er. »Indianerehrenwort!«

Schluck. Der benutzt auch das Indianerehrenwort. Ist ja verrückt.

»Das wird wohl das Beste sein«, nehme ich seinen Vorschlag, die Klappe zu halten, dankend an.

»Kann ja sein, dass es gar nicht so schlecht ist, wenn ich mitkomme. Ich bin dein Schwager, ich lebe in Frankreich, ich spreche fließend Französisch und kenne die Gepflogenheiten und die Mentalität der Menschen hier. Was meinst du?«

»Jawoll, Herr Kapitän«, stehe ich albern stramm.

»Na so, wie du es heute in deiner Rede vom Stapel gelassen hast: Umwelt- und Sozialverträglichkeit, optimale Wertschätzung, eine neue Reisekultur, da kann ja gar nichts mehr schiefgehen. Dann noch dieses Enzensberger-Zitat. *Chapeau*, das hat mir gut gefallen. Du bist wahrscheinlich meistens so gut vorbereitet«, äußert er seine Vermutung.

»Immer!«, verbessere ich ihn und bin verwundert, dass ich selbst im deutlich angeschickerten Zustand nicht an mir zweifle.

»Du klingst wie Jobst!«, zieht er eine Parallele zu seinem Bruder.

»Ja, wir sind uns ziemlich ähnlich«, bestätige ich.

»Wo habt ihr euch eigentlich kennengelernt?«

Meine Güte, mein Badewasser wird gleich kalt, und der kommt jetzt vom Hölzchen aufs Stöckchen. »Bei einem NLP-Seminar!«, erkläre ich kurz.

»Klingt romantisch!«

Höre ich da etwa Ironie?

»Das war es auch.« Kann es sein, dass Axel gewisse Ähnlichkeiten mit meiner Schwester hat? »Jobst hat für mich die Beliefs und Glaubenssätze formuliert, ich gehe davon aus, du kennst NLP«, fahre ich ohne eine Antwort abzuwarten fort, »und auch beim Chunking zum Beispiel, also Chunks sind ja, wie du sicher weißt, die Größeneinheiten, in denen Informationen organisiert und transportiert wer…«

»*Salut* und *bonne nuit*. Wir sehen uns morgen um zehn!«

Zack. Einfach eingehängt. Das ist ganz schön frech, schließlich war ich gerade mitten in einer Erklärungssession. Apropos Session … blitzschnell sprinte ich ins Bad. Das Wasser steht bis zum Wannenrand und droht bereits überzuschwappen, schnell drücke ich den Hebel hinunter, und halte die Hand prüfend in die Wanne. Huh, ist das kalt. Geduldig lasse ich wieder etwas Wasser ablaufen und fülle dann noch ein bisschen heißes nach. Als ich endlich in die Wanne steige, bin ich hundemüde und ziemlich betrunken, doch als mich das schaumige Nass wohlig umhüllt, fühle ich mich wie in einem Kokon. Die Augen schließend umfange ich mich mit meinen Armen und als ich den Lavendelduft inhaliere, bin wirklich das erste Mal seit Langem richtig relaxed. Mit geschlossenen Augen rutsche ich immer tiefer und tiefer, und dann … tauche ich unter.

Beim Auftauchen habe ich etwas Schaum an der Nase, und als ich ihn wegwischen will, berühren meine Fingerspitzen kurz meine Lippen. Es ist wie verhext, wieder muss ich an ihn denken, an den Kuss, an diesen perfekten Kuss. Wie makaber, dass das ausgerechnet an meinem Junggesellinnenabschied passierte. Seltsam, aber ich kann bei der Erinnerung so tief in mich hineinspüren, dass ich immer noch den warmen, sanften Druck auf meinen Lippen fühle. Sogar jetzt stellen sich mir dabei noch die Nackenhärchen hoch, und ich kann nicht anders, als mir vorzustellen, dass wir es noch einmal tun. Der Mann mit den schönen Mandelaugen und ich. Schnell schüttele ich mich, und meine Wunschgedanken fallen von mir ab.

Wie Axel wohl küsst? Erschrocken fahre ich hoch. Was ist bloß mit mir los? Bin ich jetzt völlig übergeschnappt? Ist das pathologisch? Wie kann ich mich fragen, wie mein Schwager küsst? Das muss am Wein und sicher auch an diesem teuflischen Pastis liegen. Von wegen der entspannt, ich scheine zu halluzinieren. Ein herzhaftes Lachen reißt mich aus dem gedanklichen Wirrwarr. Neugierig öffne ich die Fensterläden, von hier aus habe ich einen uneingeschränkten Blick auf die Dachterrasse einer französischen Familie, die soeben ihr Abendessen einnimmt. Vater, Mutter und drei Kinder. An der Gestik erkenne ich, dass sie eine lebhafte Konversation führen. Abrupt zieht der Vater die Mutter vom Stuhl hoch und schwingt sie wie Fred Astaire über den Balkon, selbstvergessen tanzen sie zu dem Gesang der Kinder, die mit den Händen den Rhythmus dazu klatschen. Nachdem die Eltern ihr Tänzchen beendet haben, springen die drei Kinder hoch und umarmen sie. Der Vater hebt zwei von ihnen auf einmal auf den Arm und die Mutter hält das dritte Kind. Sie drehen sich wie ein Kreisel, und ihr Lachen schallt laut zu mir hinauf. So viel Lebensfreude und Spaß habe ich schon lange nicht mehr gesehen, fährt es mir durch den Kopf. Das Wasser kühlt mittlerweile erneut ab, doch ich mache keine Anstalten, mich von meinem Platz wegzubewegen, im Gegenteil, ich stoße die Schlagläden sogar noch ein Stück weiter auf, indem ich sie mit den Fingerspitzen anstupse. Dadurch knallen sie laut gegen die Außenwände. Als die Familie in dem Moment zu mir hochblickt, fühle ich mich plötzlich wie ein Voyeur und tauche rasch ab, als eines der Kinder zu mir hinaufzeigt. Es ist seltsam, der Anblick des fröhlichen Familienlebens war wie ein Akku für mich, der mich auf seltsame Weise wieder aufgeladen hat.

Ein Telefonklingeln reißt mich aus den Gedanken, und selbst jetzt, in diesem Moment der absoluten Muße, schaffe ich es nicht, es klingeln zu lassen. Schnell steige ich über den Wannenrand, schlüpfe in die Frotteeschlappen und schlinge mir ein Handtuch um die Haare, bevor ich mich wieder in den kuscheligen Bademantel hülle.

Das Handy liegt noch auf dem Schreibtisch, wo ich es nach dem Gespräch mit Axel habe liegen lassen.

»*Oui!*«, blaffe ich in den Hörer, weil ich denke, dass es Axel ist. Wahrscheinlich ist ihm aufgegangen, dass seine Verabschiedung vorhin ein wenig ungalant war.

»Hallo, Liebling, hier ist Jobst!«

»Jobst, ah, Jobst, hallo!«, wie versteinert lasse ich mich auf dem Schreibtischstuhl nieder. Prompt kriege ich ein schlechtes Gewissen wegen meiner abtrünnigen Gedanken vorhin.

»Du hast gar nicht mit mir gerechnet, oder?«, klingt er misstrauisch.

»Doooch, dooch, doch!«

Diesmal bin ich nicht so entspannt wie bei dem Gespräch mit Axel vorhin. Angestrengt versuche ich, meine Sinne zu schärfen, und hoffe, dass er mir nichts anmerkt.

»Wie war dein Tag?«, will er wissen.

»Ganz gut.«

»Und wie klappt's mit diesem Monsieur Brémant? Kommst du gut mit ihm klar?«

»Sicher, ja, ich komme gut mit ihm klar. Er und Axel duzen sich bereits«, entfährt es mir ungewollt.

»Axel? Wieso Axel? Woher kennt der denn deinen Geschäftspartner?«, fragt er verblüfft.

Und dann erzähle ich ihm alles.

»Typisch Axel. Der merkt auch nie, wo die Schmerzgrenze ist. Soll ich ihn mal anrufen und ihm klarmachen, dass er da morgen auf keinen Fall mit hingehen kann?!«

»Lieb von dir«, schnurre ich dankbar, »aber ich lasse

es mal drauf ankommen. Das ist sozusagen ein Experiment!«

»Experimente kannst du dir in dieser Situation nicht leisten!«, warnt er mich. »Ich kenne Axel, er kann ein ziemlicher Querulant sein.«

»Schon möglich, aber er könnte auch meine Geheimwaffe werden!«

»Ach ja?« Jobst klingt erstaunt.

Das scheint unsere erste Meinungsverschiedenheit zu werden. Tatsächlich, wir hatten in den vier Jahren, die wir zusammen sind, noch nie einen Streit. Seinen Bruder Axel kenne ich einen Tag, und wir sind schon mindestens zehnmal aneinandergeraten.

»Ich finde, du machst einen Fehler!«, rät er mir erneut ab.

Gedankenverloren starre ich auf die ockerfarbenen Häuser in den Gassen, die von dem Licht der Dämmerung diesen glühenden roten Glanz haben.

»Ich gehe jetzt schlafen, Jobst, sei mir nicht böse …!«

»Jetzt schon?« Wieder dieser argwöhnische Unterton.

»Ich habe ein heißes Bad genommen … das hat mich müde gemacht«, schuldbewusst lasse ich die leeren Pastisflaschen in der Bademanteltasche verschwinden. »Drück mir die Daumen für morgen, ja?!«

»Toi, toi, toi«, sagt er halbwegs versöhnt, »du wirst das schon schaffen!«

»Es ist so gut, jemanden zu haben, der immer hinter einem steht«, sage ich aufrichtig.

»Ich schicke dir einen Kuss …!«, wispert Jobst.

»Ich dir auch«, sage ich automatisch und finde mich auf einmal unglaublich verlogen. »Jobst?«, sage ich ängstlich.

»Ja!«

»Was machen wir eigentlich, wenn wir die Hochzeit wirklich verschieben müssen?«

»Da denk jetzt am besten mal gar nicht drüber nach.

Sind ja noch sechs Tage«, versucht er mich aufzumuntern. »Schlaf schön!«

»Du auch!«

Stille. Nur ein paar in der Ferne hupende Autos halten mich in der Realität. Kaum zu glauben, was in den letzten vierundzwanzig Stunden alles passiert ist. Ich stütze meine Arme auf den Tisch, lege meinen Kopf darauf ab und flüstere kaum hörbar: »Noch sechs Tage!« Unwillkürlich zucke ich zusammen, aber nicht wegen des Luftzugs, der durch die Ritzen der Jalousien zieht, sondern es fühlt sich fast so an wie bei der Panikattacke im Flieger heute Morgen.

»Ganz ruhig, ganz ruhig, ganz ruhig«, wiederhole ich wie ein Mantra.

Das Experiment

Am nächsten Morgen sind die Schatten der Nacht verschwunden. Ungläubig betrachte ich mein völlig zerwühltes Bett, ich möchte zu gerne wissen, was ich heute Nacht geträumt habe. Doch so sehr ich mich auch anstrenge, ich kann mich an nichts erinnern. Egal, Hauptsache ich habe endlich einmal durchgeschlafen. Die Arme ausbreitend begrüße ich den neuen Tag, den ganz besonderen Tag, den Tag, von dem so viel abhängt und der meine berufliche Zukunft verändern wird. Mit den Fingerspitzen reiche ich bis an den Rand des Kingsize-Bettes, das zwar wirklich riesig und irrsinnig gemütlich ist, aber diese dünnen und lappigen Bettdecken mag ich gar nicht, stelle ich fest, und zupfe an dem weißen Tuch. In Frankreich scheint man sich mit Bettlaken zuzudecken, damit beziehen wir in Deutschland für gewöhnlich unsere Matratzen. Zudem ist es meiner Meinung nach wenig sinnvoll, die Laken fest in die Seitenränder zu stopfen, wenn man sie vor dem Schlafengehen sowieso wieder überall herausfriemeln muss.

Aus dem Hotel-Innenhof dröhnt Geschirrklappern zu mir herauf. Frühstück!, seufze ich, und der Gedanke an eine dampfende Tasse *Café au lait*, in die ich ein frisches Croissant hineintauche, lässt mich mit einem Satz aus dem Bett springen. »*Allez-allez!*«, treibe ich mich selber an. Duschen, Schminken und Zähneputzen sind angesagt …

Als ich nach dem Zahnputzglas greife, um mir vorab den Mund auszuspülen, stelle ich grinsend fest, dass das Glas genauso riecht wie mein Atem.

Bis auf ein älteres britisches Ehepaar ist der Frühstücksraum unbesetzt. Die beiden sehen erfreut auf, als ich den

Raum betrete, und winken mir fröhlich zu. Freundlich, aber distanziert nicke ich kurz, dann wende ich mich ab, damit sie mich nicht in ein Gespräch verwickeln, das würde mich jetzt völlig aus dem Zeitplan werfen. Bevor ich mir von dem spärlichen Buffet ein Croissant schnappe, bestelle ich mir den heiß ersehnten Milchkaffee, der mir kurze Zeit später im Innenhof des Hotels serviert wird.

Vorsichtig schlürfe ich den Schaum von dem Kaffee, der mir in einer ziemlich angemackten türkisfarbenen Schale mit handgemalten französischen Lilien gebracht wurde. Auf einmal fühle ich mich unglaublich französisch. Hungrig beiße ich in das warme Croissant. Mhm, wie köstlich, kaum zu vergleichen mit dem bröseligen Ding, das es zu Hause bei meinem Bäcker um die Ecke gibt. Ich befürchte, dass ich davon unbedingt noch ein zweites haben muss. »*Délicieux!*«, rufe ich der Kellnerin zu, die soeben den Nachbartisch eindeckt, und bestelle mir tatsächlich noch ein zweites. Das wickele ich mir dann aber in die Serviette und stecke es in die Handtasche, für unterwegs. Dann stehe ich auf, halte für einen kurzen Augenblick die Nase in die Sonne, die bereits wärmend in den Innenhof scheint, bevor die innere Unruhe mich vorantreibt, obwohl ich gut in der Zeit bin, wie mir mein Blick auf die Armbanduhr bestätigt. Im Stehen greife ich nach der Kaffeeschale, umklammere sie mit beiden Händen und zwinge mich dazu, wenigstens noch den letzten Schluck zu genießen.

Okay, ich bin für alle Eventualitäten gewappnet, stelle ich zufrieden fest, als ich Apt bereits hinter mir gelassen habe. Das Navi, das ich mir an der Rezeption geliehen habe, pappt an der Frontscheibe, die Sprache habe ich bereits von Französisch auf Deutsch geswitcht, damit ich die Instruktionen auch exakt verstehe. Mein iPhone befindet sich griffbereit auf dem Beifahrersitz, und mein kleines elektronisches Wörterbuch liegt in der Handtasche zuoberst, damit ich bei der Konversation mit Madame Jacardie eventuell schnell etwas nachsehen kann. Mein Laptop-Akku ist komplett aufgeladen, mein Ersatzdeo und der Abdeckstift stecken in der Handtasche, getankt habe ich auch. Hmm, fehlt noch was? Angestrengt zermartere ich mir den Kopf. Ich glaube, ich habe alles. Doch ja, bestimmt ... alles ist perfekt. Wie immer, oder? Auf einmal werde ich furchtbar nervös, mir wird schlagartig wieder bewusst, was von diesem Termin heute abhängt. Ob Axel wohl vor mir da ist? Ob er Madame Jacardie tatsächlich um den Finger wickelt? Ob es wirklich gut ist, mit ihm ein *Experiment* zu wagen? Unwillkürlich wähle ich Axels Nummer.

»Also, ich bin jetzt auf dem Weg!«, klinge ich wie eine kleine Streberin.

»Prima, ich bin auch in circa zehn Minuten dort! Gustave hat mir gestern noch eine Anfahrtsskizze gemailt!«

Toll. Mir nicht, denke ich beleidigt, und finde somit wieder einmal bestätigt, dass Brémant mich nicht wirklich mag. Wahrscheinlich findet er mich barbarisch, weil ich das Essen nicht so gewürdigt habe, wie er es sich gewünscht hätte, dabei bin ich doch über meinen Schatten gesprungen, nur nicht an die Aubergine denken ... sonst wird mir wieder schlecht.

»Nach zweihundert Metern rechts abbiegen!«, reißt mich die metallene Navi-Stimme aus meinen Gedanken.

Mittlerweile klopft mir das Herz bis zum Hals. Wenn ich dieses Geschäft erfolgreich abwickle, bin ich Junior-Projektleiterin bei Melcher-Hotels. Was für ein irrsinnig schöner Gedanke, schließlich habe ich die letzten Jahre wirklich hart darauf hingearbeitet, und jetzt ist alles zum Greifen nah. Wahnsinn.

»Jetzt rechts abbiegen.«

»Okay, wird gemacht!«, salutiere ich aufgekratzt.

»Sie haben Ihr Ziel erreicht«, ertönt es eine Minute später.

»Spinnst du?«, schnaube ich panisch. »Wieso habe ich mein Ziel erreicht? Hier ist nichts. Gar nichts«, rüttele ich an der Verankerung des Navi, das sich daraufhin selber aufhängt. Entsetzt springe ich aus dem Wagen. Es ist heiß, mir ist schlecht, und ich muss was trinken. Jetzt weiß ich auch, was ich vergessen habe. Die Wasserflasche. Verdammt, mein Mund ist so trocken wie der Boden unter meinen Füßen. Ich stehe in einer gottverlassenen Gegend und so weit das Auge reicht, sehe ich hier nur Wein, Lavendel und Sonnenblumenfelder. So sehr ich mich auch recke und strecke, hier steht kein altes Weingut. Ich kollabiere gleich, mein Puls, was ist mit meinem Puls – ich fühle ihn nicht mehr. Da klingelt mein Handy. Meine Beine sind schwer wie Blei, als ich zurück zum Auto laufe, um das iPhone vom Beifahrersitz zu fischen.

»Ja, Antonia Scheller, hier …«, hechle ich außer Atem.

»Ich sehe einen verdreckten dunkelblauen Renault 19!«, höre ich Axels Stimme.

»Wo bist du?«, kreische ich.

»Hier oben, warum kommst du nicht hoch?«, will er verwundert wissen.

»Wie, hoch?«

»Na, dreh dich doch mal nach links!«

»Wo denn, verdammt noch mal? Ich sehe nichts!«

»Siehst du den kleinen Pinienwald?«

»Pinienwald? Da, ja …«, habe ich ihn entdeckt.

»Kannst du das Gemäuer des Hauses erkennen? Du musst genau hinsehen, es hat die gleiche Farbe wie die Felsen, auf denen es steht!«

Mit zusammengekniffenen Augen versuche ich etwas zu erkennen. Tatsächlich. Ich sehe einen Kamin und die Umrisse eines Hauses.

»Bin sofort da! Bleib dran!«, kommandiere ich.

In null Komma nichts starte ich den Wagen und jage die Schotterstraße hoch, bis zu einer Weggabelung.

»Und jetzt?«

»Links!«

Meine Hände, die das Lenkrad fest umschließen, sind klatschnass.

»Wenn du etwas langsamer fahren würdest, dann könntest du jetzt rechts ein altes verwittertes Holzschild sehen!«

Mit einer Vollbremsung komme ich daneben zum Stehen und beuge mich leicht aus dem Fenster. Mit dem Fingernagel kratze ich etwas Moos ab, um den Schriftzug zu erkennen: »Vin du Jacardie«, lese ich laut. Endlich! Erleichtert seufze ich auf, *»A bientôt!«*. Diesmal hänge ich vor ihm ein.

Durch die pinienbewachsene Anhöhe verläuft ein asphaltierter Weg, der direkt bis zum Weingut führt, noch eine letzte Biegung und dann bin ich da. Endlich. Ich hab's geschafft, ich ... kann es kaum glauben. Auf dem Parkplatz stehen Monsieur Brémant, Axel, und eine distinguiert aussehende ältere Dame, bei der es sich aller Wahrscheinlichkeit nach um Madame Jacardie handelt. Ich parke, stelle den Motor aus, sauge Luft durch die Nase ein und schnaufe sie aus dem Mund wieder aus, dann schließe die Augen und flüstere erlöst einen Glaubenssatz: »Alles wird gut, alles wird gut, alles wird gut!« Dann steige ich aus.

Für Madame Jacardie habe ich mir schon einen Begrüßungsspruch auf Französisch zurechtgelegt, doch bei dem Anblick des Weinguts, das jetzt hinter dem kleinen Hügel neben dem Parkplatz in voller Größe auftaucht, verschlägt es mir plötzlich die Sprache. Wie angewurzelt bleibe ich stehen. Die sonnenbeschienene Südseite des Hauses lässt die rotgelben Pigmente des typischen Provence-Ockers erglühen und mit der Umgebung verschmelzen. Obwohl auch hier der Putz leicht von der Fassade bröckelt, stelle ich – wieder einmal – verwundert fest, wie viel Schönheit das Unvollkommene bietet. Als ich durch den Eingang des Gemäuers blicke, erkenne ich mitten im Innenhof einen alten

Brunnen, der von einem Kräutergarten umgeben ist. Am anderen Ende sieht man durch einen weiteren Rundbogen hindurch, von dort bietet sich ein weites Panorama, bis hin zum Mont Ventoux. Rechts glitzert türkisfarben auf einer Felsenkuppe das Wasser eines Pools. Von den Fotos, die ich bisher gesehen habe, hatte ich einen ungefähren Eindruck, aber: »... Es ist noch viel schöner, als ich es geahnt habe, es ist a-tem-be-raubend!«, denke ich laut und vergesse sogar das auswendig gelernte Sprüchlein für Madame Jacardie. »Oh, entschuldigen Sie bitte ... wie unhöflich von mir. *Bonjour, Madame Jacardie!*«, wende ich mich an die Besitzerin.

Madame Jacardies Mund umspielt ein mildes Lächeln, ich glaube, mit meinem unverhohlenen Begeisterungsausbruch habe ich mir ihre Gunst erworben, auch wenn sie wohl kein Wort Deutsch versteht, meine Mimik sagt alles. Mit meinem Französisch kann ich allerdings weniger punkten: »*Je suis Antonia Scheller ...*«, stelle ich mich ihr vor, und während ich jetzt mein auswendig gelerntes Sprüchlein auf holprigem Französisch aufsage, blickt sie mir tief in die Augen, so tief, dass ich schon fast gar nicht mehr weiß, wo ich hinschauen soll.

Brémant unterbricht meinen Redeschwall. »Madame Jacardie hat etwas vorbereitet, vielleicht sollten wir erst ...«, er macht eine Handbewegung, die andeuten soll, dass wir durch den Toreingang in den Innenhof gehen sollen. Dort befindet sich auf einem Kiesbett eine gusseiserne verschnörkelte Sitzgruppe, deren Sitzkissen Lavendelblüten zieren. Auf dem Tisch steht ein silbernes Tablett mit köstlich aussehenden Horsd'œuvres, zwei Karaffen und drei Kristallgläsern.

Nachdem wir Platz genommen haben, betreiben wir erst einmal *conversation*, ich schwärme von dem wunderschönen Haus, dem gigantischen Ausblick, dem hübschen Kräuterbeet und dem unsagbar toll gelegenen Pool, diesmal falle ich nicht mehr mit der Tür ins Haus, ich bin ja lernfähig. Wir essen ein paar Horsd'œuvres und dann reißt Axel plötzlich das Wort an sich, Brémant verschwindet im Haus und mein Schwager und Madame vertiefen sich in eine Diskussion über Weine, die Literatur der Provence, über Musik, und ich sitze daneben und bin raus. Entsetzt starre ich Axel an. Wo bleibt sein Fingerspitzengefühl? Habe ich ihm nicht deutlich genug gesagt, dass der Auftrag erstens wahnsinnig wichtig ist, und hat er nicht zweitens versprochen, sich zurückzunehmen? Die beiden schließen mich regelrecht aus, und mein Sprachdefizit erlaubt es mir nicht, mich locker wieder ins Gespräch zu bringen. Frustriert lehne ich mich zurück. Plötzlich wendet Madame Jacardie das Wort an mich, und ich bin erstaunt und entzückt, dass sie direkt auf den Punkt kommt.

»Überzeugen Sie mich, dass ich das Haus an die Melcher-Hotel-Kette verkaufen soll und nicht an die ökologische Bio-Landhotel-Kette«, übersetzt Axel.

Eine meiner leichtesten Übungen. Endlich fühle ich mich gefordert. Mein erster Impuls ist es, Brémant, der soeben wieder zurück an den Tisch kommt, zu bitten, für mich zu übersetzen, doch dann mache ich einen cleveren Schachzug, ich bitte meinen zukünftigen Schwager. Denn es scheint tatsächlich so, dass Madame Jacardie Gefallen an ihm findet.

Nachdem ich meinen Vortrag mit Axels Hilfe gehalten habe und er dabei genauso überzeugt wirkt wie gestern, blicke ich in Madame Jacardies Gesicht. Sie verzieht keine Miene. Regungslos sitzt sie da und starrt mich an.

»Sind Sie ein Paar?«, fragt sie auf Französisch und deutet auf Axel und mich.

»Leider war mein Bruder schneller«, grinst Axel mich breit an. Der Spruch war nur für meine Ohren bestimmt und nicht für Madames.

Nervös rücke ich von ihm ab. Wahrscheinlich lebt der auch schon zu lange in Frankreich.

Dann will sie wissen, ob Axel auch für die Melcher-Hotel-Gruppe arbeitet. Brémant klärt sie darüber auf, dass Axel mein angehender Schwager sei und dass er ihn gestern spontan zu diesem Termin mit eingeladen habe.

»Schade, ihm würde ich das Weingut ohne zu zögern verkaufen!«, verkündet Madame mit einem vielsagenden Blick.

Es ist mir nicht entgangen, Madame Jacardie flirtet mit Axel. Aber mich findet sie nicht so umwerfend. In ihren Augen sehe ich, dass sie nicht blufft. Da nimmt mich Axel spontan in den Arm und drückt mich leidenschaftlich an sich. Morgen habe ich blaue Flecken, ganz bestimmt, doch verwundert stelle ich fest, wie gefühlvoll diese Berührung gleichzeitig ist. »Dann würde es jedenfalls in der Familie bleiben!«, setzt er sein charmantes Lächeln ein, und wieder einmal scheint er mein Retter in der Not zu werden, denn Madame strahlt nun auch mich zufrieden an.

Interessiert mustere ich meinen Schwager von der Seite. Dieser Mann ist wirklich ein Paradoxon. Dieser Uni-Professor sieht aus wie ein Holzfäller. Seine Hände sind kraftvoll und seine Berührungen sanft, die braunen Haare zu lang und doch irgendwie sexy, gebe ich ungern zu, der Dreitagebart männlich und die langen Wimpern feminin, und dann diese Augen, die sind gar nicht blau, denke ich plötzlich, als sich soeben das Sonnenlicht in ihnen bricht, sie sind türkis, so türkis wie der Pool...

Unwillkürlich vergleiche ich ihn mit seinem Bruder. Bei Jobst ist alles klar und eindeutig, das liebe ich ja so an ihm. Ich würde wahnsinnig werden mit einem Mann wie Axel, der für mich ewig ein Geheimnis bliebe. Jobst hat ein energisches Kinn, weil er energisch ist. Er hat kurz geschnittenes Haar, damit er gepflegt und solide aussieht, sein Händedruck ist nicht kraftvoll, sondern bestimmend, verlässlich und dynamisch, so wie er selbst. Seine Wimpern sind ... Ja, wie sind seine Wimpern eigentlich? Seltsam. Warum kann ich mich plötzlich nicht daran erinnern? Ich weiß nur eins: Wären sie genauso lang und dicht wie Axels, wüsste ich es.

Während die alte Dame und der Notar sich nun angeregt unterhalten, raune ich Axel zu: »Wenn du so weitermachst, hast du noch ein Essen gut!«, dann räuspere ich mich lautstark. »Darf ich Ihnen wohl einmal unsere Pläne zeigen, Madame Jacardie?«

Interessiert beugt sie sich über die Zeichnungen, die ich soeben aus der Aktentasche ziehe. Ab und zu nickt sie, dann blickt sie wieder regungslos oder runzelt die Stirn.

Plötzlich tippt Axel auf eine Skizze: »Hier würde ich beispielsweise eine Veranda bauen lassen ...!«

Ich höre wohl nicht recht.

»Dort könnte man hervorragend einen philosophischen Zirkel tagen lassen, Lesungen veranstalten ... da hinten ...«, tippt er mit dem Zeigefinger auf eine andere Zeichnung, »hat man doch gar nicht den Blick«, übersetzt er zeitgleich für Madame.

Wer will hier einen philosophischen Zirkel tagen lassen, und will hier irgendwer Lesungen veranstalten?

»Ich könnte mir das wunderbar wie eine Art Kloster vorstellen.«

»Mit Luxus-Zellen natürlich«, mische ich mich ein und werfe ihm einen bitterbösen Blick zu.

Bei dem Wort »Luxus« zuckt Madame Jacardie zusammen.

»Können Sie bitte übersetzen, dass es sich nicht um ein Luxus-Hotel handelt«, bitte ich Brémant mit verzweifeltem Lächeln, weil ich fürchte, dass mir Axel soeben alles versaut. Also tappe ich brav hinein in die Harmoniefalle. Ich mache ein wunderbar friedfertiges, höfliches und freundliches Gesicht und könnte geradezu platzen vor Wut.

Am liebsten würde ich den lieben Axel zur Seite nehmen und ihn bitten, das Feld zu räumen, da ich panisch feststelle, dass er anfängt, seine eigenen Pläne für das Weingut zu schmieden.

»Das ist ja wunderbar«, klatscht Madame in die Hände. »Dann werden Sie das Hotel also gemeinsam betreiben?«

Ich hör wohl nicht recht. So, das reicht. Ich werde mir Axel jetzt einmal vorknöpfen.

»Sie entschuldigen uns bitte für einen Moment.« Unsanft packe ich Axel am Ärmel und ziehe ihn mit.

»Was fällt dir überhaupt ein?«, blaffe ich ihn erbost an. »Von wegen Indianerehrenwort. Du wolltest die Klappe halten, und was machst du?«

»Wieso, die Idee ist doch toll!«, mustert er mich pikiert. »Du hast doch selber gesagt, dass eure Hotels für eine ganz spezielle Klientel ist, ich gehe davon aus, dass es sich um intellektuell gebildete Menschen handelt, Individualreisende, die mal wieder runterkommen wollen, entspannen, sich spüren, in sich hineinhorchen ...«

»Unsere Kunden sind Geschäftsleute, Menschen kurz vor dem Burn-out, Menschen, die Landschaft, Ruhe und Entspannung wollen, keine intellektuellen Spätachtundsechziger. Wir bieten Tai-Chi, Qigong, Klangschalenmassagen und dazu noch Kochkurse nach den fünf Elementen an ...«

Stirnrunzelnd sieht er mich an. »Ich dachte, ihr wolltet mal etwas komplett anderes machen. *Das* machen doch alle«, winkt er gelangweilt ab. Daran ist doch ü-berhaupt nichts Besonderes!«

»Ich habe ja auch nicht behauptet, dass wir die Welt neu erfinden wollen!«, blöke ich ihn an.

»Aber du verkaufst es so. Da ist ja das Landhotel noch spannender. Die bieten eine Olivenbaum-Patenschaft an, Mithilfe bei der Weinlese, vermitteln den Gästen das Kleine Herbarium bei Kräuterwanderungen ...«

»Wie spannend!«, lasse ich abfällig verlauten und ziehe die Mundwinkel nach unten.

»Okay, okay!«, erhebt er resignierend die Hand »Von jetzt an halte ich meine Klappe!«

»Warum nicht gleich so!« Halbwegs erleichtert wende ich mich ab, um zu den anderen beiden zurückzugehen, allerdings hat unser Gespräch einen fahlen Nachgeschmack bei mir hinterlassen. Es gefällt mir nicht, dass er mein Projekt als Mogelpackung darstellt, ich habe das Gefühl, mich noch einmal rechtfertigen zu müssen, und gehe wieder ein paar Schritte auf ihn zu: »Die Menschen, die zu uns kommen, wollen relaxen, Körper *und* Seele baumeln lassen und sich nicht geistigen Höchstleistungen stellen!«

Axel winkt ab: »Und was ist mit dem Geist?«

»Wenn du das ganze Jahr über Entscheidungen triffst, Verantwortung übernimmst, jede Minute deines Lebens verplant ist, ... dann ... dann willst du nicht auch noch in deiner Freizeit ...?«

»... denken?«, fällt er mir ins Wort.

»Das wäre der falsche Begriff!«

»Triffst *du* das ganze Jahre über Entscheidungen, übernimmst Verantwortungen und hast jede Minute deines Lebens verplant?«, fragt er mich und sagt mir auf den Kopf zu: »Du hast wahrscheinlich selber das Burn-out-Syndrom. Sieh dich doch mal an. Diese verkniffenen Lippen. Diese unglaublich straffe Haltung, diese Anspannung bis in die Zehenspitzen ... du bist überhaupt nicht locker. Ohne Zweifel gehörst du zur Zielgruppe eures Hotels!«

»Eben!«, entgegne ich schnippisch, »deshalb weiß ich auch, was vielarbeitende Menschen brauchen! Im Gegensatz zu dir«, rümpfe ich überheblich die Nase. »Du bist doch einer von den Professoren, die sich von ihren weiblichen Studentinnen anhimmeln und sich von den Tutorinnen die ganze Arbeit machen lassen, damit du dich heimlich in Straßencafés verdrücken kannst.«

Ein anerkennendes Nicken folgt als Reaktion auf meine Attacke. »Ich muss meinem Bruder wirklich gratulieren. Er hat seinen geistigen Zwilling gefunden!«, sagt er genauso geringschätzig wie Charlie.

»Pah!« Ich wende mich von ihm ab und gehe zurück zu Madame Jacardie und Monsieur Brémant.

»Wo ist Monsieur Axel?«, will Madame sofort wissen.

Schulterzuckend lasse ich mich auf meinem Stuhl nieder, meine Nerven liegen blank. Dankbar lasse ich mir von Brémant einen Schluck Wein einschenken und verfluche innerlich meinen zukünftigen Schwager. Wenn Axel mir das hier versaut, kann ich meine Beförderung vergessen. Krampfhaft umschließen meine Finger den Kugelschreiber in meiner Hand, dabei biege ich so stark an dem teuren Stift herum, den ich von Jobst zum letzten Geburtstag bekommen habe, dass der Klemmbügel abbricht. Unbemerkt stopfe ich ihn in meine Handtasche und ärgere mich über mich selbst, weil die Reparatur sicher ein Vermögen kosten wird. Die Sonne brennt heiß auf meinen Kopf, ich hätte besser einen Hut aufsetzen sollen, mir wird schlecht.

»Ist Ihnen nicht gut?«, will Brémant wissen.

»Wo ist das Bad?«, krächze ich noch.

Nachdem ich mich im Waschbecken übergeben habe, spritze ich mir beidhändig Wasser ins Gesicht, um wieder zu mir zu kommen. Was ist bloß los mit mir? Ich werde doch wohl nicht krank?

»Toni, du hast dich übernommen!«, kommt es vorwurfsvoll aus dem Hörer, nachdem ich Charlie angerufen und ihr meinen Zustand beschrieben habe. »Außerdem finde ich es neuerdings sehr befremdlich, dass du mich immer von Toiletten aus anrufst.«

»Ich will nicht, dass dieser Axel mithört!«, fauche ich.

»Wieso Axel?«

»Na, weil der auch hier ist.«

»So langsam scheint dein Frankreich-Trip spannend zu werden!«, schnalzt sie anerkennend mit der Zunge.

»Spannend? Das Ganze ist ein Albtraum.« Ich klammere mich am Waschbeckenrand fest, »und außerdem wird mir schon wieder schwindelig. An alledem ist nur dieser Axel schuld, *der ... macht ... mich ... krank*!«

»Hast du schon mal einen Schwangerschaftstest gemacht?«, fragt sie lapidar.

Pause.

»Toni, bist du noch dran?«

Pause.

»Toniiiii?«

»Ja. Nein. Also, ja, ich bin noch dran, und nein, ich habe keinen Test gemacht. Brauche ich auch nicht. Weil ich die Pille nehme und ...«. Schwer schluckend frage ich, »meinst du das könnte sein?«

»Du wärst nicht die Erste! Ehrlich! Schon mal was von Tropi gehört? Trotz-Pille. Das kann jeder Frau passieren, warum nicht auch dir. Oder meinst du, der NLP-Glaubenssatz: *Ich will keine Kinder, ich will keine Kinder ...* wäre ein probates Verhütungsmittel?«, macht sie sich über mich lustig.

»Da kann ich jetzt gar nicht drüber lachen!«, erwidere ich beleidigt.

Plötzlich schlage ich erschrocken die Hand vor den Mund.

»Ich hatte doch vor zwei Monaten diese Magen-Darm-Geschichte, als du diesen Virus aus dem Kindergarten angeschleppt hast«, kreische ich vorwurfsvoll.

»Klar, jetzt bin ich auch noch schuld!«, meckert sie. »Mein Gott, Toni, jetzt werd doch nicht gleich hysterisch. Mach einen Test, und dann weißt du's!«

»Wie soll ich denn den Termin hier jetzt noch überstehen?«, wimmere ich.

»Du bist ein Profi, du kannst Privates und Geschäftliches hervorragend voneinander trennen. So wie deine beiden Gehirnhälften.«

«Danke für's Aufbauen!«, grunze ich, und die Ironie bleibt mir im Hals stecken.

»Ruf mich an, sobald du ihn gemacht hast. Okay? Egal, wie's ausgeht. Ich würde mich ja ehrlich gesagt total fr...!«

»Stopp! Keinen Kommentar! Ich will nichts mehr hören! Ich ruf dich an.«

Wie betäubt lasse ich mich auf dem Toilettendeckel nieder. Schwanger! Mir ist aber doch gar nicht schlecht, ich habe keine Gelüste auf Rollmöpse mit Nutella oder ähnlich Perverses, meine Brüste sind wie immer ... testend fahren meine Hände in meine Bluse ..., nicht mehr und nicht weniger, sie fühlen sich kein bisschen hart oder geschwollen an. Nur dieser ständige Schwindel, der macht mich doch irgendwie nervös, und der Magendruck, na ja, und das Übergeben gerade. Bevor ich wieder aufstehe, überlege ich intensiv, ob sich sonst noch irgendetwas an mir verändert hat. Prüfend ziehe ich mich zum Spiegel hoch. Ist mein Gesichtsaudruck vielleicht irgendwie *mütterlicher* geworden? Fing das nicht mit den Schlafstörungen an, als ich den Virus hatte? Schlafen Schwangere schlecht? Keine Ahnung, keine Ahnung! Auf einmal geht mir auf, dass ich meine Freundinnen, die Kinder haben, nie gefragt habe, wie sie sich so fühlen. Ehrlich gesagt habe ich ihre Schwangerschaften gar nicht so richtig wahrgenommen, weil ich mich nicht wirklich dafür interessiert habe. Irgendwann waren die Kinder da und die Freundinnen nach und nach weg. Meistens trennten sich unsere Wege nach einiger Zeit, andere Interessen, andere Biorhythmen ... Schade, dabei habe ich meine alte Schulfreundin Steffi irrsinnig gerngehabt. Auf einmal fehlt sie mir so sehr, dass mich das unbändige Gefühl überkommt, sie sofort anrufen zu müssen. Vielleicht ist jetzt nicht gerade der richtige Zeitpunkt, denke ich an meinen Termin da draußen, aber der richtige Zeitpunkt ...

wann ist der überhaupt, frage ich mich deprimiert und ziehe unfein die Nase hoch. So, jetzt reiß dich aber mal zusammen, Antonia, und geh da wieder raus.

Ich habe mich wieder unter Kontrolle, als ich aus dem Gebäude heraustrete. Axel sitzt bereits wieder auf seinem Stuhl und behandelt mich, als wäre ich Luft für ihn.

»Madame Jacardie lässt sich entschuldigen«, erklärt Brémant, »sie wollte sich noch etwas hinlegen, weil am Nachmittag noch die Vertreter der Konkurrenz vorbeikommen.«

»Waaaaas? Wieso trifft sie sich denn noch mit den anderen, aber … aber … das geht nicht. Sagen Sie ihr bitte, dass wir fünfzigtausend Euro mehr bieten!«

»Es geht hier nicht um Geld!«, entgegnet er streng.

»Ja, worum denn?«, frage ich verständnislos.

»Um Madame Jacardies Seelenfrieden!«

»Aber den kann ich ihr garantieren. Ich meine, was ist bei den Landhotels anders? Wir bieten alles … wir …«

»Garantieren Sie auch, dass sie ökologisches Gemüse anbauen?«

»Das kann ich nicht!«

»Werden Sie Schafe und Kühe halten, um den Bedarf an Milchprodukten Ihrer Gäste zu decken?«

»Das ist, wie soll ich sagen, sehr … aufwendig!«

»Haben die Betten, Matratzen, Vorhänge, das Bettzeug und alle übrigen Materialien in den Zimmern das Ökosiegel?«

»Da müsste ich mich informieren!«

»Ist Ihr Frühstückskaffee und -tee fair gehandelt?«

Ich fühle mich in die Enge getrieben.

»Und werden Sie einen philosophischen Zirkel und Lesungen anbieten?«, setzt er zu guter Letzt noch eins drauf.

Mein vernichtender Blick trifft Axel. Der verzieht allerdings keine Miene.

»Madame Jacardie ist noch nicht so wirklich überzeugt von Ihrem Konzept. Verstehen Sie. Es fehlt eben das … *comment dire*, also, wie soll ich sagen, das *Besondere.*«

Genau das hat Axel vorhin auch kritisiert, wahrscheinlich haben die sich während meiner Abwesenheit abgesprochen.

»Nichtsdestotrotz sind Sie noch nicht vollends aus dem Rennen. Madame Jacardie hat sich bereit erklärt, noch eine Nacht darüber zu schlafen, weil sie Ihren Schwager so reizend findet. Bis morgen Nachmittag wird sie sich entschieden haben. Am besten, Sie kommen gegen sechzehn Uhr vorbei, da Madame vormittags noch einen wichtigen privaten Termin hat«, verabschiedet mich Brémant.

Wie in Trance laufe ich zum Wagen und vernehme dumpf das Knirschen der Kieselsteine auf dem Boden von den Schritten hinter mir.

»Das mit dem Essen canceln wir am besten!«, holt Axel mich ein, und ohne ein weiteres Wort zu verschwenden, steigt er in seinen Jeep und fährt davon.

Ich muss Melcher anrufen. Gleich. Sofort.

Doch erst schlucke ich noch den fetten Tränenkloß der Enttäuschung hinunter. Was das jetzt wieder soll? Normalerweise habe ich nun wirklich nicht nah am Wasser gebaut, plötzlich durchfährt mich wieder der Gedanke, dass ich schwanger sein könnte. Deshalb bestimmt diese Gefühlswallung und dieses emotionale Chaos, ich muss sofort einen Test machen.

Was heißt denn eigentlich Schwangerschaftstest auf Französisch? Überfordert mit dieser neuen Baustelle in meinem Leben setze ich mich in mein Auto, und zum ersten Mal, seit ich diese Klapperkiste fahre, habe ich das Gefühl, hier meinen Locus amoenus zu finden. Draußen tobt die böse gemeine Welt, hier drinnen duftet der Lavendel hinter dem Rückspiegel und beruhigt mein Nervenkostüm.

Trotz meines stark ausgeprägten Pflichtbewusstseins entscheide ich mich dagegen, Melcher auf der Stelle anzurufen. Erst kommt der Test, damit ich endlich wieder klare Gedanken fassen kann.

Test de Grossesse

Nachdem ich mein Auto auf dem Hotelparkplatz abgestellt habe, gehe ich schnurstracks in die nächstgelegene Apotheke. Vom Display meines Sprachcomputers lese ich laut und deutlich ab: »*Je voudrais acheter un test de grossesse, s'il vous plaît!*« Hinter der Stirn des Apothekers sieht man es förmlich rattern: Unfall oder gewollt? One-Night-Stand oder Langzeitbeziehung? Mit Vater oder alleinerziehend? Erstes Kind? Künstliche Befruchtung? ... Ach, was zerbreche ich mir seinen Kopf, ich werde ihn eh nicht wiedersehen. Nachdem ich bezahlt habe, gehe ich eilig zurück in mein Hotelzimmer, dort verschwinde ich direkt im Bad. »Na toll, wie um alles in der Welt soll ich die Gebrauchsanweisung auf Französisch verstehen«, grummle ich vor mich hin. So was Blödes. Genervt wende ich das Blatt, auf der anderen Seite sind nur Bilder, die die Anwendung visuell darstellen. Hektisch überfliege ich die Zeichnungen und den Untertext. Jetzt hab ich's: Einmal drüberpinkeln, drei Minuten warten, und dann erscheint ein blauer oder ein rosa Streifen, je nachdem, und wenn keiner erkennbar ist, ist man wahrscheinlich nicht schwanger ... Okay, los geht's. Umständlich versuche ich mit dem Pipistrahl den Stick zu treffen, es funktioniert, meine Finger sind jetzt allerdings ebenfalls nass. Egal, die kann ich gleich waschen. Wie gebannt starre ich auf den weißen Stab in meiner Hand. In drei Minuten werde ich wissen, ob sich mein Leben zu einer einzigen Katastrophe entwickelt. Ob ich meine Karriere vergessen kann. Ob ich dann wie Steffi zu Hause sitze und mich mit anderen frustrierten Müttern über Verdauungsprobleme, Zahnen und wunde Popos unterhalten muss. Ob ich einen anderen Biorhythmus bekomme und dann ebenfalls von der Bildfläche verschwinde ...

Diese ganzen Ob-ichs lassen mich langsam komplett wahnsinnig werden. Betend lege ich die Hände ineinander und presse die Finger fest zusammen. »Bitte, bitte, bitte nicht!« Meinen Blick gebannt auf die Uhr gerichtet, sehe ich erst gar nicht, dass sich ein schwacher blauer Streifen durch das weiße Papier am Ende des Stabes zieht. »Oh nein!«, schreie ich entsetzt auf. Das darf doch nicht wahr sein! Ich muss sofort Charlie anrufen. Ohne meinen Blick von dem Stick zu nehmen, zücke ich einhändig das Handy aus meiner Handtasche, die neben mir auf dem Boden steht.

»Ich hab's getan, und jetzt ist da dieser blaue Streifen und ...«, brülle ich in den Hörer.

»Ganz ruhig, wo bist du?«

»Wo soll ich schon sein, auf dem Klo natürlich!«

»Klar, auf dem Klo!«

»Der Streifen ist blau, und weißt du, was das bedeutet ...?«

»Nein, was?«

»Ja, dass ich schwanger bin!« Mein Gott, ist die heute begriffsstutzig. »Ich bekomme einen Jungen!«

»Wieso einen Jungen?«, fragt Charlie verständnislos.

»Na ja, denk doch mal nach, der Streifen ist blau. Blau, nicht rosa!«

»Du hast wirklich keine Ahnung, Toni, was? Unfassbar! Du bist doch sonst so schlau. Du willst mir doch nicht sagen, dass man jetzt schon erkennen kann, welches Geschlecht das Kind hat.«

»Ja, das war jetzt wirklich blöd«, gebe ich zu, »aber ich bin hier kurz vorm Durchdrehen, verstehst du. Mein ganzes Leben ist am Rande des Abgrundes«, stelle ich theatralisch fest.

»So, wie du dich aufführst, müsstest du bereits im neunten Monat sein, dein Hormonspiegel spielt ja komplett verrückt!«

»Wie soll ich das Jobst sagen?«, frage ich mit zittriger Stimme.

»Der wird sich freuen!«

»Nie im Leben. Wir wollten doch keine Kinder. Das war klar.«

»Und jetzt?«

»Weiß ich doch nicht! Ich muss jetzt erst mal Melcher anrufen!«

»Wie jetzt? Du willst es deinem Chef zuerst sagen und dann erst deinem Zukünftigen? Dein beruflicher Ehrgeiz und deine Loyalität deinem Arbeitgeber gegenüber in allen Ehren, aber ich finde, jetzt übertreibst du wirklich.«

»Jetzt spinn nicht rum. Ich muss Melcher anrufen, weil der Hotel-Deal platzen wird. Es läuft hier nicht gerade sonderlich gut, weißt du, um genau zu sein, es läuft beschissen.«

»Das tut mir leid!«

»Und Jobst, Jobst sage ich *das*«, ich schlage den Stab wie ein Thermometer nach unten aus, aber der Streifen bleibt, »lieber erst, wenn ich wieder zu Hause bin. Persönlich, verstehst du?«. Dann fordere ich: »Du verrätst keinem ein Sterbenswort, auch nicht Papa und Mama, ja?«

»Ja!«

»Indianerehrenwort!?«, verlange ich gebieterisch.

»Indianerehrenwort!«, verspricht sie ergeben.

»Gut«, sage ich zufrieden, »ich melde mich wieder!«

»Alles klar, bin gespannt, wann du das nächste Mal aufs Klo musst!«, kichert sie.

»Hahaha!« Mir ist jetzt wirklich nicht zum Witzeln.

Leise flüstert sie: »Ich freu mich trotzdem!«

»Tschüss, Charlie!«

Plötzlich klopft es an der Zimmertür, ich stelle mich ruhig, ich will niemanden sehen. Einen Augenblick später höre ich, wie die Karte durch den Schlitz gezogen wird, und durch den geöffneten Spalt der Badezimmertür sehe ich das Zimmermädchen hereinhuschen. Schnell stopfe ich die Gebrauchsanweisung des Tests in meine Hosentasche und beobachte, wie sie mein Bett aufschlägt, die Kissen aufschüttelt, die Tagesdecke glattstreicht und ein Betthupferl darauf platziert. Dann verlässt sie das Zimmer wieder. Als die Tür ins Schloss fällt, stakse ich mit wackligen Beinen hinüber ins Schlafzimmer und kuschle mich tief in die soeben fein säuberlich aufgeschüttelten Kissen, dabei fällt mir ein glänzend goldenes Stück Schokolade in die Hände. Ah, das Betthupferl, ich verputze es auf der Stelle, Nervennahrung ist momentan genau das Richtige. Mhm, die ist irrsinnig lecker, so zart und schokoladig schmeichelt sie meinem Gaumen. Unwillkürlich kommt mir Mandelauge wieder in den Sinn. Ruckartig fahre ich hoch. Was ist bloß los mit mir, ich bin schwanger und so gut wie verheiratet und denke an fremde Männer. Apropos Männer, da gibt es noch einen, den ich jetzt unbedingt anrufen muss: Melcher! Aber es ist so schön beschützt und friedlich hier … entkräftet lasse ich mich wieder in die Kissenlandschaft plumpsen. »Ich brauch ’ne Pause«, sage ich laut und lege die Hände auf meinen Bauch. Dann wispere ich kaum hörbar: »*Wir* brauchen eine Pause!«

Tatsächlich bin ich irgendwann eingenickt. Wie lange ich wohl geschlafen habe? Im Dunkeln taste ich nach dem Schalter der Nachttischlampe. Drei Stunden, oje, panisch düse ich ins Bad und greife mir das iPhone vom Waschtisch. Ich muss Melcher endlich anrufen, der sitzt bestimmt schon auf heißen Kohlen. Gut, dass es in Miami erst früh am Nachmittag ist.

»Melcher-Hotels, Johann Melcher am Apparat!«

Er muss das Telefon schon in der Hand gehabt haben.

»Herr Melcher, ich bin’s …!«

»Frau Scheller – endlich. Wie ist die Lage? Haben Sie die

alte Dame überzeugen können? Sicher haben die Euro-Zeichen in ihren Augen aufgeblinkt«, lacht er leicht überheblich. Und ich frage mich in dem Moment, ob er wohl immer schon so war, oder ob es mir nur noch nie aufgefallen ist. »Noch nie ist jemand einem Johann Melcher abgesprungen, bisher waren sie alle käuflich, und da wird auch eine Madame Jacardie keine Ausnahme machen.«

»Da bin ich mir nicht so sicher ...«, bremse ich ihn aus und berichte übereifrig von dem Termin. Ich lasse nichts aus, nur Axel.

»Fazit?«, fragt er kurz und knapp und will natürlich ein positives Ergebnis von mir hören.

»Madame Jacardie preferiert das Bio-Hotel, weil die hier Bio-Gemüse anbauen wollen!«

»So ein Schwachsinn, dafür muss man ja extra Personal anstellen, das sich darum kümmert!«

»Ja, und die könnten sich dann auch gleich mit um die Schafe und Kühe kümmern, die den Bedarf der Gäste an Milchprodukten decken.«

Melcher schnaubt.

»Dazu kommt dann noch die Ausstattung der Zimmer: Betten, Matratzen, Vorhänge, das Bettzeug und alle übrigen Materialien müssen das Ökosiegel haben. Ach ja, der Frühstückskaffee und -tee sind fair gehandelte Produkte, man kann eine Patenschaft für einen Olivenbaum übernehmen, und es werden Wanderungen inklusive Kräuterkundelehrgang angeboten.«

Kein Wort von Melcher.

»Das Einzige, was die alte Dame bei unserem Konzept aufhorchen ließ, war ... die Idee mit dem philosophischen Zirkel und den Lesungen!«

»Was soll das sein, machen Sie mich schlau!«, fordert er. Ich komme nicht umhin, ihm jetzt doch noch von Axel und seiner Idee zu berichten.

»Außerdem, na ja, ist es so, dass sie meinen Schwager

wohl sehr attraktiv findet, jedenfalls hat sie gesagt, dass sie ihm das Hotel sicher verkaufen würde«, beende ich meine Ausführungen.

»Stellen Sie ihn ein!«

»Da würde er nie mitmachen!«

»Erpressen Sie ihn!«

»Wie bitte?« Ich habe mich wohl verhört.

»Bieten Sie ihm Geld an!«

»Geld? Pah, ich glaube, dass interessiert ihn eher weniger.«

»Sehen Sie zu, dass Sie den Deal auf die Reihe kriegen«, sagt Melcher tonlos. »Ich lasse noch dreißigtausend mehr springen«, quetscht er noch hervor und hängt dann grußlos ein.

Der Blick auf die Uhr zeigt mir, dass es bereits Viertel nach zehn ist, ich schlage meine Bedenken, Brémant spätabends noch zu stören, in den Wind, es ist einfach zu wichtig.

»Immerhin sind das noch mal dreißigtausend Euro mehr, plus die fünfzig von gestern. Die wird doch wohl auch eine Madame Jacardie nicht ausschlagen, Seelenfrieden hin oder her«, argumentiere ich, nachdem ich ihm über Melchers Aufstockung berichtet habe.

»Es tut mir sehr leid, Mademoiselle, aber es hat den Anschein, als ob das Bio-Hotel den Zuschlag bekommt.«

»Ja, aber ... Madame Jacardie wollte sich doch erst morgen Nachmittag entscheiden«, stammle ich überrumpelt. »Soll ich vielleicht jetzt noch einmal vorbeikommen?«, schlage ich hastig vor.

»Nein, das brauchen Sie wirklich nicht!«

»Woran liegt es?«, frage ich. Hoffentlich klinge ich nicht schon wie eine Verliererin.

»Na ja, es sind die vielen Kleinigkeiten, die liebevollen Details, die das Bio-Hotel anbietet. Und als Madame von den Lesungen und dem philosophischen Zirkel geschwärmt hat, waren die Leute vom Bio-Hotel sofort Feuer und Flamme. Sie würden die Idee gerne aufnehmen, denn ihr Ziel ist es, Körper, Seele und Geist zu stärken!«

»Aber das ist doch auch unser Ziel.« Ohne Luft zu holen, füge ich hinzu: »Monsieur Brémant, sagen Sie bitte Madame Jacardie, dass mein Schwager Axel den philosophischen Zirkel leiten wird.«

»Aber das ist ja wunderbar, Mademoiselle. Wieso haben Sie das nicht gleich gesagt?«

Ja, wieso habe ich das nicht gleich gesagt? Vielleicht weil es nicht stimmt. Wieso lehne ich mich hier aus dem Fenster? Was wird Axel dazu sagen? Aber die Chance, dass er das macht, ist eindeutig gößer als die Möglichkeit, dass er sich von mir einstellen oder erpressen lässt. Ich stehe mit dem Rücken zur Wand, und jetzt flunkere ich Brémant auch noch an. Das ist überhaupt nicht meine Art, im Gegenteil, ich missbillige Unehrlichkeit. Ob das auch die Hormone sind? Keine Ahnung, ich war ja schließlich noch nie schwanger, beantworte ich mir die Frage selber. Dabei ist meine Karriere ja sowieso schon so gut wie beendet, kaue ich nachdenklich an meinem Daumennagel und streichle mit der anderen Hand das ungeborene Baby in meinem Bauch.

Vielleicht sollte ich jetzt endlich einmal Jobst anrufen und ihm die Neuigkeit mitteilen, überlege ich, doch dann verwerfe ich den Gedanken wieder, schließlich muss ich hier erst retten, was zu retten ist. Außerdem besteht ja noch eine klitzekleine Chance für einen erfolgreichen Abschluss, denn Axel war ja wirklich Feuer und Flamme für das Projekt. Warum sollte also er es nicht leiten, und wenn ich es richtig angehe und ihm das Gefühl vermittele, wie wichtig er für uns ist, fühlt er sich vielleicht sogar gebauchpinselt – genau so werde ich es ihm verkaufen.

Entschlossen nehme ich den Türklopfer in die Hand und lasse ihn gegen die schwere Eichentür fallen. Es regt sich nichts. Gerade als ich noch einmal gegen die Tür hämmern will, höre ich innen Schritte und ein verschlafenes »*Qui est-ce?*«.

»Ich bin's, Antonia!«, stelle ich mich auf die Zehenspitzen und spreche gegen die verschlossene Tür.

Der Schlüssel wird umgedreht, und mit einem lauten Gequietsche öffnet mir ein verschlafen aussehender Axel die schwere Holztür.

»Salut, Antonia!«, mustert er mich ungläubig. »Ist was passiert?«

»Darf ich reinkommen?«

»Natürlich!«, fährt er sich mit den Händen durchs verwuschelte Haar.

Noch bevor er für mich die Tür einen Spalt weiter aufhält, habe ich mich bereits an ihm vorbeigequetscht.

»Sorry, dass ich hier so reinplatze, aber es ist wirklich ...«, mein Mund bleibt mir offen stehen, »aber es ist ... wichtig!«, stottere ich, während ich mich beeindruckt umsehe. In der Mitte des Raumes steht ein alter Kamin aus Backsteinen, in dem die Holzscheite knistern und das Feuer lodert. In einem Halbkreis um die Feuerstelle angeordnet steht eine Sitzgruppe aus naturfarbenem Leinen. Die schweren Vorhänge an den Fenstern sind aufgezogen, und die Außenbeleuchtung im Garten lässt ein verschlafenes Sonnenblumenfeld erkennen. Eine gemauerte Theke mit integriertem Futtertrog als Spülbecken dient als Raumtrenner zwischen Küche und Wohnzimmer. Wow, und was ist das? So was habe ich noch nie gesehen, er hat ein Loch in den Holzfußboden gestanzt, und daraus ragt ein wunderschöner alter, knorriger Olivenbaum hervor. Noch ehe ich ihn für seinen außerordentlichen Geschmack loben kann, versetzt mir die Person, die soeben aus dem Nebenzimmer tritt, einen Schauder. Völlig konsterniert starre ich auf Lilly, die Pflaume. Am liebsten würde ich auf der Stelle im Erdboden versinken. Die Situation ist irrsinnig peinlich, und ich frage mich, wie ich aus der Nummer rauskomme, ohne mein Gesicht zu verlieren. Super super super saufreundlich sein vielleicht, erinnere ich mich an Charlies Worte. Höflich gehe ich auf die Frau zu und strecke ihr charmant lächelnd die Hand entgegen. An ihrem genervten Blick erkenne ich, dass sie mich mindestens ebenso ins Weltall schießen könnte, wie ich sie. Da unterbricht Axel unser gestelztes Zeremoniell.

»Was führt dich zu mir?«

»Ich muss unbedingt noch einmal mit dir reden, es ist wirklich wahnsinnig wichtig«, drehe ich mich zu ihm herum und deute mit dem Daumen ruckartig hinter mich: »Unter vier Augen!«, sage ich konspirativ.

»Lilly kann bleiben. Sie versteht sowieso kein Deutsch. Ein Glas Wein?!«, schenkt er mir bereits einen Rotwein ein und reicht mir das Glas an.

»Nein, nein, danke, wirklich nicht«, winke ich ab. »Ich trinke keinen Alkohol!«

Ungläubig kneift er die Augen zusammen und mustert mich: »Aber heute Mittag hast du doch noch …!«

»Ja, ja, das war heute Mittag! Jetzt hat sich aber einiges geändert«, lege ich spontan die Hände auf den Bauch.

»Das verstehe ich nicht!«

Ich kann froh sein, dass Lilly kein Deutsch versteht, denn sie hätte sicher eins und eins zusammengezählt.

»Ist ja auch nebensächlich!« Vertraulich lege ich die Hand auf seinen Unterarm und senke meine Stimme, »Wesentlich ist allerdings, dass ich meinen Chef davon überzeugt habe, dass die Philosophie unseres Hotels ein neues Polish benötigt und zwar drin-gend. Ich weiß, mein Verhalten von heute Morgen ist unverzeihlich und ich hoffe, du glaubst mir, dass das sonst gar nicht meine Art ist, aber der Druck mit diesem Job und die kurz bevorstehende Hochzeit, das ist selbst mir ein bisschen über den Kopf gewachsen. Normalerweise wuppe ich alles mit links, aber seit … seit …«

Tja, seit was? Seit ich schwanger bin? Seit ich von einem Fremden geküsst wurde? Oder seit ich die Hochzeit plane? So langsam befürchte ich, dass Letzteres der Auslöser für meinen Ausnahmezustand ist. Wahrscheinlich macht mir dieses: *Bis dass der Tod euch scheidet* Angst, das klingt so irrsinnig bindend. Sicher, ist es ja auch, sonst würde man nicht heiraten. Seit einem halben Jahr befasse ich mich mit dem Gedanken und der Planung und jetzt plötzlich, ein paar Tage vorher, gerät alles ins Wanken.

»Hmhm«, vernehme ich Axels Räuspern, der soeben ein Holzscheit nachlegt.

»Ja, also seit … ich dich getroffen habe!«, beende ich den Satz.

Was für eine doppeldeutige Überleitung, das liegt bestimmt an Lilly-Prune, die Axel schmachtende Blicke zuwirft und mit lasziv übereinandergeschlagenen Beinen so auf der Couch sitzt, dass man bis zu ihrem Höschen sehen kann.

»Na ja, und du so voller Begeisterung für dieses … nennen wir es mal *Projekt*«, mache ich eine ausschweifende Handbewegung, »warst. Seitdem habe ich viel nachgedacht. Tja, und was soll ich sagen, also ich finde deinen Vorschlag irgendwie irrsinnig … neu!«

»Antonia!«

»Ja!«

»Komm auf den Punkt!«

»Ich finde, du solltest das machen!«, nicke ich bestätigend mit dem Kopf.

»Findest du?«, runzelt er die Stirn und schenkt ein weiteres Glas Wein ein, um es Lilly-Prune zu reichen.

»Ja, unbedingt!«

»Das geht aber gar nicht, denn ich habe …«

Der Rest des Satzes wird von Lilly-Prune verschluckt, die mit der einen Hand das Glas entgegennimmt und mit der anderen Axel am T-Shirt-Kragen zu sich herunterzieht, um vor meinen Augen durch einen leidenschaftlichen Kuss mit ihm zu verschmelzen. Hastig wende ich den Blick ab, denn ich fühle mich wie ein Spanner. Axel scheint die Aktion auch etwas unangenehm zu sein, verwirrt legt er noch ein weiteres Holzscheit nach. »Also, wo war ich stehen geblieben?«, zupft er seinen T-Shirt-Kragen wieder zurecht. »Ach ja, ich habe – auch wenn du es mir nicht glaubst – wahnsinnig viel zu tun«, spielt er auf meinen Vorwurf von heute Vormittag an, dass er mehr Zeit in Straßencafés als in der Uni verbringt. »Da ist erstens meine Professur an der Uni, dann meine ehrenamtliche Dozentenstelle im Goethe-Institut, außerdem baue ich den Hof hier eigenhändig um, das erfordert alles viel Zeit, und dieses *Projekt*, wie du es nennst, kann man nicht halbherzig … so einfach nebenbei machen, dafür braucht man seine ganze Energie. Es soll ja schließlich kein oberflächliches Geplänkel werden, und dann benötigt es auch noch eine gewisse Vorbereitungszeit und … und … und!«, bewegt er seine Hand hin und her.

»Aber du klangst doch bei Madame Jacardie so überzeugt, so voller Ideale, und damit hast du einen wertvollen Anstoß gegeben. Anregungen für Körper, Seele *und* Geist sind doch wirklich irrsinnig wichtig«, schmeichle ich ihm.

Axel starrt auf seine Fußspitzen, dann richtet er den Blick auf mich, dann wieder auf seine Fußspitzen.

»Ehrlich gesagt hatte ich sogar gedacht, du würdest dir damit einen Traum erfüllen!«, lasse ich nicht locker.

Lilly-Prune wird jetzt langsam unruhig, sie hüstelt mehrfach, schabt mit den Füßen über den rauen Natursteinboden und lässt ihre Fingernägel ungeduldig gegen das Weinglas plingen.

»Überleg es dir noch mal! Bitte!«

»Ich werde drüber schlafen!«

»Na, hoffentlich kommst du überhaupt dazu«, sage ich mit einem ironischen Seitenblick auf Lilly-Prune und könnte mir auf der Stelle die Zunge dafür abbeißen. Ich habe mich angehört wie eine eifersüchtige Xanthippe.

Geflissentlich überhört er meine spitze Bemerkung.

»Bis wann brauchst du denn eine Antwort?«

»Am besten sofort!«

»Keine Chance!«, winkt er ab.

»Dann bis morgen früh!«

»Bis morgen Nachmittag kann ich dir eine Antwort geben!«

»Ich spiele am liebsten mit offenen Karten, Axel.« Er zieht verwundert die Augenbrauen hoch. »Wir haben nur eine Chance, das Anwesen zu kaufen: wenn du dein Projekt anbietest. Madame Jacardie steht auf dich.«

»Ach, deswegen bist du hier!«, stellt er sachlich fest.

»Ja, das ist der Hauptgrund!«, gebe ich ehrlich zu. »Und dann natürlich noch, weil ich mich so blöd verhalten habe. Ich bin sonst wirklich nicht so ...«

»Zickig?«, beendet er den Satz für mich.

Den Blödmann schlucke ich jetzt besser runter, denn ich bin hier, um kleine Brötchen zu backen.

»Ja, genau!«, lächle ich schief und hoffe, dass es freundlich aussieht.

»Ganz ehrlich, Antonia. Ich glaube nicht, dass Madame Jacardie den Verkauf von meinem Seminar – oder wie du es nennst, *Projekt* – abhängig macht. Ich hatte das Gefühl, sie hat sich bereits entschieden.«

»Wir werden sehen ... also, gibst du mir jetzt dein Okay?«, starte ich noch einmal einen Versuch, ihm heute noch eine Zusage abzuringen.

»Nein. Heute nicht. Morgen reden wir!«, bleibt er konsequent.

»Gut, dann bis morgen!«, verabschiede ich mich mit einem zartgehauchten Kuss auf seine Wange und flöte ein super super super saufreundliches *»Au revoir«* in Lilly-Prunes-Richtung in der Hoffnung, dass dieses blonde Gift gleich einen Brechreiz kriegt.

Als ich die Haustür hinter mir schließe, drehe ich mich noch einmal zum Haus um. Das flackernde Licht des Kamins wirft seinen Schatten auf Lilly-Prunes und Axels Silhouetten.

Als ich die Hotellobby betrete, höre ich leise Musik. Die schweren Samtvorhänge vor dem Eingang zur Bar dämpfen die Lautstärke, dennoch erkenne ich das Lied auf Anhieb. Es ist *Nathalie* von Gilbert Bécaud. Stumm singe ich den kompletten Text mit und tauche auf der Stelle in eine vergangene Zeit ein, um genau zu sein, zwanzig Jahre zurück. Ich war zehn und Charlie zwölf, und wir konnten alle Lieder von Mr. 100 000 Volt auswendig, weil er Omas erklärter Lieblingssänger war, sie liebte es, wenn wir unsere Haarbürsten zu Mikros umfunktionierten und begeistert mitträllerten. Jetzt fällt mir auch wieder ein, dass sie sehr frankophil war. In ihrer Wohnung standen französische Möbel und sie nannte uns *Charlotte* und *Antoinette*. Oma nahm sogar Französischunterricht an der Volkshochschule … verrückt, dabei ist sie nie in Frankreich gewesen und noch verrückter, dass ich schon so lange nicht mehr an sie und an früher gedacht habe, und noch *viel* verrückter, dass ich vergessen habe, dass ihr Haus immer nach Lavendel duftete. Wie unbeschwert Charlie und ich da noch waren … ich erinnere mich, dass wir damals einen Lebensplan aufgestellt haben. Auf einen Zettel haben wir unsere Träume und Wünsche für die Zukunft geschrieben. Charlie wollte Modedesign studieren, doch ihre Mappe wurde abgelehnt, weil ihre Begabung angeblich nicht ausreichte. Daraufhin entschloss sie sich zu einer Ausbildung als Erzieherin. Damals habe ich geglaubt, sie spinnt, ausgerechnet Charlie, die mit Kindern nichts am Hut hatte und die meiner Meinung nach eine Künstlerin war. Auch heute noch finde ich, dass es reine Verschwendung ist, dass sie ihre Kreativität mit Basteln von Weihnachtssternen und Sankt-Martins-Laternen verplempert. Dennoch muss ich mir eingestehen, dass sie tatsächlich sehr glücklich wirkt. Wenn auch ihr Liebesleben eher etwas unentspannt ist, die meisten Beziehungen haben eine Haltbarkeitsdauer von zwei Jahren. *War halt noch nicht der Richtige dabei ...*, behauptet sie. Bevor ich darüber sinnieren kann, was aus meinen eigenen Wünschen geworden ist, beschließe ich, jetzt wirklich endlich Jobst anzurufen, und gehe hoch aufs Zimmer.

Das Badezimmerfenster klappert unruhig hin und her. Während ich es schließe, spüre ich den aufkommenden Wind in meinen Haaren. Müde steige ich aus der Jeans und ziehe mir das T-Shirt über den Kopf, um mich dann in den Bademantel zu kuscheln. Plötzlich fällt mein Blick auf die Halterung neben der Spiegelablage, der Schwangerschaftstest steht wie ein Mahnmal im Zahnputzglas, das Zimmermädchen scheint ihn dort hineingesteckt zu haben. Der Strich ist immer noch blau. Es war also keine Einbildung. Eilig stopfe ich den Stick in den Bademantel, bevor ich ins Schlafzimmer zurückgehe, denn von den Fliesen unter meinen Füßen kriecht eine unangenehme Kälte hoch. Vielleicht sollte ich mir beim Zimmerservice einen Tee bestellen.

Die rühmen sich im Hotel zwar mit ihrem Vierundzwanzigstundenservice, aber die Stimme klingt ziemlich verschlafen, als ich unten anrufe, na ja, es ist ja auch schon Viertel nach zwölf. Nachdem ich meine Bestellung durchgegeben habe, drücke ich kurz auf die Gabel und lausche dann wie elektrisiert dem Freizeichen. Ich umklammere den Hörer so lange, bis er in meiner Hand zu glühen anfängt. Jobst ist sicher noch wach, denn heute ist der erste Mittwoch im Monat, und da hat er sein rituelles Abendessen mit den ehemaligen Kommilitonen, das geht meist bis nach Mitternacht. Dann kommen mir doch die ersten Zweifel: Soll man wirklich am Telefon und mitten in der Nacht verkünden, dass man schwanger ist? Das ist doch eigentlich völlig unromantisch. Aber gut, ich bin ja auch völlig unromantisch, wie Charlie mir mehrfach attestiert hat. Mit zitternden Fingern tippe ich seine Nummer ein.

»Hier ist der Anrufbeantworter von Jobst Rademann, leider bin ich momentan nicht zu erreichen. Bitte hinterlassen Sie mir eine Nachricht, ich werde mich dann umgehend bei Ihnen melden!«

Ich versuche es auf dem Handy, doch auch hier ist nur die Mailbox an. Dann soll es eben nicht sein. Nicht jetzt. Erleichtert hänge ich ein. Kurz darauf ist ein kaum vernehmliches Klopfen zu hören, ich ziehe den Bademantelgürtel fester und öffne die Tür. In dem Moment, da ich dem Zimmermädchen das Tablett abnehmen will, ist es bereits an mir vorbeigehuscht. Stilvoll platziert sie eine weiße Leinenserviette auf meinem Nachttisch, stellt das Tablett darauf ab und schenkt mir eine Tasse Tee ein. Mit einem *»Bonne nuit«*, verlässt sie das Zimmer wieder. Ich lasse mich auf mein Bett plumpsen und rubbele meine Füße warm. Nachdem ich eine gemütliche Position gefunden habe, nehme ich den Tee vom Nachttisch. Der heiße Dampf steigt mir ins Gesicht, und als ich den Löffel in den Lavendel-Honig tauche, fühle ich mich bereits gewärmt.

Am nächsten Morgen mache ich eine Bestandsaufnahme bei meiner Kleidung: Die Leinensachen sind dreckig, und das Kostüm, das ich auf dem Hinflug anhatte, habe ich vergessen reinigen zu lassen. Die Jeans und das T-Shirt sind meine einzigen sauberen Sachen. Spontan entscheide ich, dass ich mir etwas zum Anziehen kaufe, schließlich kann ich auch nicht die ganze Zeit Däumchen drehen, bis Axel sich meldet. Außerdem will ich bei Madame Jacardie heute Nachmittag einen guten Eindruck machen. Ich wundere mich, wie sicher ich bin, dass Axel auf das Angebot eingeht, aber er brennt genauso wie ich für eine Sache, und die Idee mit dem philosophischen Zirkel ist wirklich genial. *Alles wird gut, alles wird gut ...*

Bei der Rezeptionistin am Empfang erkundige ich mich nach einer Boutique. Sie kringelt auf einer Straßenkarte drei Stellen ein und tippt auf den letzten Kreis: »Das ist meine Lieblingsboutique!«

Ihr femininer Kleidungsstil mit dem fließenden Stoff gefällt mir zwar, aber er erinnert mich auch irgendwie an Lilly-Prune, deshalb fange ich am besten zuerst mit den anderen Läden an, beschließe ich.

»Sie sollten einen Schirm mitnehmen«, schlägt sie mir vor.

»Aber der Himmel ist strahlend blau!«, staune ich nicht schlecht über ihren Vorschlag.

»Für heute ist ein Wärmegewitter angesagt, das geht manchmal ganz schnell!«

»Sobald der erste Tropfen fällt, bin ich wieder hier!«

»Na dann, viel Spaß beim Shoppen!«

Wenn die wüsste, wie sehr ich mich dazu überwinden muss, einkaufen zu gehen. Dürfte ich wählen, würde ich lieber eine Stunde länger im Büro sitzen. In Köln habe ich ein Geschäft, in dem ich fast alles bekomme, ansonsten bestelle ich meine Kleidung im Internet, denn ich verplempere meine wertvolle Zeit nicht gerne mit der Rennerei durch die Boutiquen und Kaufhäuser. Auch jetzt starte ich im Stechschritt in die Gassen, doch ich stelle schnell fest, dass man hier gar nicht rasen kann. Automatisch drossle ich meine Geschwindigkeit und verfalle unmerklich ins Schlendern. Interessiert bleibe ich vor einem Seifengeschäft stehen und halte mir ein paar der grob geschnittenen

Stücke von der Auslage unter die Nase. Spontan beschließe ich, für Charlie und mich je eine Lavendel- und eine Olivenseife mitzunehmen. Beim Hineingehen fallen mir die geflochtenen Einkaufskörbe ins Auge. Limettengrün ist meine Lieblingsfarbe, auch wenn das bei meiner Farbberatung nicht unbedingt herausgekommen ist. Außerdem ist so ein Korb wirklich irrsinnig praktisch, dann muss ich mich auch nachher nicht mit Einkaufstüten herumplagen. Spontan hänge ich mir die Lederriemen über die Schulter, mustere mich im Schaufensterspiegel und beschließe, ihn zu kaufen.

Noch bevor ich die erste Boutique erreicht habe, habe ich bereits eine Tischdecke mit typisch provenzalischem Muster, eine getöpferte Müslischale und ein Glas Lavendel-Honig erstanden. Abrupt stoppe ich vor einem Geschäft mit Tüchern und Schals, aus den Augenwinkeln stelle ich fest, dass mich jemand beobachtet. Als ich zur Seite blicke, fühlt sich der Verkäufer animiert, mir ein Tuch über die Schulter zu legen. Pausenlos auf mich einredend, drapiert er es immer wieder neu. Natürlich wittert er ein Geschäft, aber was soll ich mit einem Tuch? Ehe ich michs versehe, habe ich tatsächlich eins gekauft, allerdings nicht für mich, sondern für Charlie. Dann erhandle ich zu meiner eigenen Überraschung noch ein weiteres. Diesmal für Steffi, denn ich beschließe spontan, sie nach meiner Rückkehr endlich wieder einmal zu besuchen. Ich könnte sie doch auch noch zur Hochzeit einladen, hoffentlich ist sie nicht böse auf mich und kommt, ich würde mich jedenfalls irrsinnig freuen. So, wo ist jetzt die Boutique? Orientierungslos versuche ich, den Plan zu entziffern. Hier müsste sie doch sein, ich drehe mich um hundertachtzig Grad, da wird mein Blick von einem niedlichen Babykleidchen wie magisch angezogen. Mein Gott, ist das süß. Meine Hände fahren über den Stoff, nesteln an den Seidenblümchen des Saums herum, und ich überlege ernsthaft, wem ich das wohl schenken könnte, es ist einfach zu schade, es hierzulassen. Steffi hat einen Sohn. Mhm, das passt nicht. Ob es Jobst auch gefallen würde? Erschrocken zucke ich zusammen. Mein Handy klingelt.

»Hallo, Liebling. Geht's dir gut? Du hast versucht, mich zu erreichen!«

Das ist Telepathie, eindeutig.

»Jobst!«, sage ich mit zittriger Stimme.

»Wo bist du gerade?«

»In Apt. Ich ... ich ... gehe einkaufen!«, stammle ich herum. »Ein paar Souvenirs, weißt du!«

»Dann ist dein Termin also gut gelaufen?!«

»Nein, er ist erst heute Nachmittag, aber ich brauche auch noch etwas Anständiges zum Anziehen.« Gedankenverloren knöpfe ich das Kinderkleidchen hinten auf. »Schließlich war ich auf eine Verlängerung nicht wirklich eingestellt!«

»Was sagt dir dein Gefühl?«

Intuitiv lege ich meine freie Hand auf meinen Bauch. »Ich will es behalten!«

Verständnislos fragt Jobst nach: »Was willst du behalten? Das Weingut?«, lacht er, »das gehört der Melcher-Hotelkette!«

Dankbar nutze ich seine unbewusste Hilfestellung: »Es ist wirklich irrsinnig schön. Ich kann verstehen, warum Melcher es unbedingt haben will. Ehrlich gesagt, liegt keines unserer Hotels so exponiert und hat so viel Charme.«

»Na, dann gib alles, und beeil dich, in fünf Tagen stehen wir zwei vorm Traualtar!«

»Ich weiß!«, wispere ich.

»Ich freue mich auch!«, wispert er zurück. Mein Körper ist mit einer Komplettgänsehaut überzogen, ich konnte es ihm einfach nicht sagen.

Schweren Herzens lasse ich das Kleidchen hängen und frage in dem Laden nach der ersten eingekringelten Boutique. Die Verkäuferin tritt zu mir heraus und erklärt mir mit ausgestrecktem Zeigefinger den Weg: *»D'abord à droite, et après à gauche«*, sie tippt auf einen der Kringel meines Plans, *»ici, il y a la boutique.«*

Nachdem ich mich für einen schlichten hellblauen Hosenanzug entschieden habe, sticht mir ein korallenrotes Sommerkleid ins Auge. Die Farbe ist einfach toll zu meinen Haaren und meinem dunklen Teint. Ich halte es mir an und lege den Kopf schief, als ich mich im Spiegel betrachte. Eigentlich ist es gar nicht mein Stil, es ist sehr weiblich geschnitten, und unterhalb der Hüfte fällt es weich und glockig. Als ich es wieder zurück auf den Ständer hängen will, entdecke ich auch das Modell der Rezeptionistin. Anscheinend bin ich jetzt doch zuerst in ihrer Lieblingsboutique gelandet. Plötzlich mache ich etwas, das völlig untypisch für mich ist: einen Spontankauf ohne Anprobe! Ich rupfe das korallenrote Kleid wieder vom Ständer und reiche es der Verkäuferin. *»Je la prends!«*, sage ich.

Die junge Frau will mich überzeugen, es anzuprobieren, doch ich winke ab. Plötzlich muss ich an mein Hochzeitskleid denken, das ich mit Charlie gekauft habe. Nicht an das *Rosa-Clará*-Kleid aus dem Internet, das bestimmt schon im Büro auf meinem Schreibtisch liegt. Ehrlich gesagt, habe ich noch nie von einer Braut gehört, die zwei Kleider besitzt. Hoffentlich ist das kein schlechtes Omen. Jetzt fange ich auch schon an zu spinnen, schüttle ich den Gedanken wieder ab.

Auf dem Weg zum Hotel komme ich an dem Restaurant vorbei, in dem ich mich mit Brémant getroffen hatte. Unauffällig riskiere ich einen Blick hinein, um zu kontrollieren, ob die Pflaume schon da ist. Die Jalousien sind heruntergelassen, es brennt noch kein Licht. Wahrscheinlich liegt sie noch warm und wohlig in Axels Armen. Mir doch egal, Hauptsache, der meldet sich gleich und sagt zu. Vielleicht sollte ich ihn doch anrufen ... Nein, besser nicht, er fühlt sich eh schon unter Druck gesetzt. Es ist bereits halb eins, am besten, ich ziehe mich erst einmal um. Schnurstracks gehe ich zurück zum Hotel.

Der Hosenanzug sitzt zwar perfekt, sieht nur irgendwie etwas spießig aus. Da fällt mir ein, dass ich ja die schönen Tücher für Charlie und Steffi gekauft habe. Vielleicht kann ich mir ja eines davon ausleihen. Nachdem ich die Plastikhüllen entfernt habe, entscheide ich mich für das Tuch mit den fliederfarbenen Blüten und lege es mir über die Schulter. Das sieht sogar richtig hübsch aus, stelle ich erstaunt fest.

Augenblicklich überkommt mich ein irrsinniges Hungergefühl. Vielleicht sollte ich mich gleich mal in eines der netten Straßencafés setzen, die ich beim Bummeln entdeckt habe. Schließlich habe ich noch zwei Stunden Zeit, bis ich los muss. Außerdem halte ich die Ungewissheit jetzt doch so langsam nicht mehr aus, unterwegs bin ich wenigstens etwas abgelenkt. Auf dem Weg zur Tür schnappe ich mir mein Portemonnaie und die Zimmerkarte. Gerade als die Tür hinter mir ins Schloss fällt, höre ich das Handy klingeln; kopfschüttelnd stelle ich fest, dass ich beinah ohne mein iPhone losgezogen wäre. Hastig öffne ich die Tür wieder und versuche zu orten, woher das Klingeln kommt. Aus dem Einkaufskorb!, stelle ich erstaunt fest. Stimmt, ich habe es ja vorhin in die kleine Seitentasche gesteckt. Aufgeregt ziehe ich es heraus und tippe blitzschnell auf die Annahmetaste. Es ist ganz bestimmt Axel, der mir seine Entscheidung mitteilen will.

»Hallo, hier ist Antonia«, flöte ich aufgekratzt.

»Hey, du bist ja guter Laune!«, klingt Charlie erstaunt und fragt vorsichtig nach: »Hast dich also schon mit deiner neuen Lebenssituation abgefunden? Was sagt Jobst denn dazu?«

»Phhh«, eigentlich bin ich in einer ganz anderen Stimmung, »ich habe es ihm noch nicht gesagt?«

»Wieso nicht?«

»Keine Zeit!«

»War dein Termin schon heute früh?«

»Nein, heute früh war ich shoppen!«

»Duuu?«, fragt sie erstaunt.

»Ich war auf einen längeren Aufenthalt ja nicht eingerichtet, und ich habe keine Lust, heute in denselben Sachen zu erscheinen!«

»Verstehe!«, sagt sie verständnislos, weil sie weiß, wie sehr ich Shoppen hasse. »Wie fühlst du dich?«

»Bitte nicht fragen. Ich habe Angst, dass dann alles aufbricht.«

»Angst ist ein schlechter Ratgeber!«, warnt sie mich.

»Kann schon sein!«

»Soll ich einhängen?«

»Mhm, ja«, ich sehe nämlich gerade auf dem Display, dass Axel anklopft: »Axel versucht mich zu erreichen. Tschüss!«, erkläre ich hektisch und drücke Charlie weg.

»Hallo Axel, schön, dass du anrufst!«

»Na, ob das noch schön bleibt, weiß ich nicht!«

»Aha!«, schlucke ich schwer.

»Der philosophischen Zirkel sollte ein Projekt für Leute sein, die länger vor Ort sind, damit man mit ihnen gemeinsam etwas erarbeiten kann. So etwas ist eigentlich nur für Menschen gedacht, die für ein paar Monate aussteigen, verstehst du?«

»Nein, verstehe ich nicht!«

»Also, wenn ich bei den Gästen, die im Schnitt circa ein bis zwei Wochen im Hotel sind, vorbeischaue, bleiben viele Themen an der Oberfläche und die meisten ganz unberührt. Denk nur an Enzensberger, den du selber zitiert hast, den kann man nicht einfach in zehn Tagen abhandeln.«

»Ach, Axel, das muss doch nicht so tiefgründig werden!«, stöhne ich, weil ich sein Verhalten relativ unflexibel finde.

»Muss es doch!«, widerspricht er vehement.

Ich halte den Atem an, denn ich ahne, dass er mir jetzt gleich absagen wird.

»Und deshalb muss ich dir leider sagen, d…!«

Als hätte er soeben einen Schalter bei mir umgestellt, sind meine Energie und mein Kampfgeist blitzartig wieder aktiviert. Ich muss und werde diesen Job hier erfolgreich abschließen, das bin ich Melcher und mir schuldig. Nur jetzt habe ich die Chance, Projektleiterin zu werden, Schwangerschaft hin oder her. Ich werde wieder zum Terrier, ganz die alte Antonia. Das ist ein gutes und vor allem ein vertrautes Gefühl.

»Bist du allein?«

»Ja, wieso?«, fragt er verdutzt.

»Ich komme vorbei!«, verkünde ich und schnappe hastig meinen Autoschlüssel von der Nachttischkommode.

»Das geht nicht, ich muss jetzt in die Uni!«, wirft er ein.

Doch ich habe bereits eingehängt und mein Handy ausgeschaltet, damit er mich nicht davon abhalten kann, zu ihm zu fahren.

Familienbande

Ein Blick in die halb geöffnete Garage bestätigt mir, dass er noch da ist. In dem Moment, als ich den Türklopfer heben will, öffnet Axel bereits die Tür.

»Das war sehr unfair«, begrüßt er mich nicht wirklich erfreut.

»Ich weiß! Ich zähle jetzt lieber nicht auf, wer von uns beiden am häufigsten die Telefonate abrupt beendet hat.«

»Kaffee?«

»Lieber was zu essen! Ich habe heute noch keinen Bissen zu mir genommen.«

Wortlos geht Axel in die Küche, schneidet Baguette, drapiert Salami, Schinken, Käse auf ein großes Holztablett und öffnet die Verandatür. »Du kannst dich ja schon mal draußen hinsetzen!«

Als ich auf die Veranda trete, flutet das Licht der Mittagssonne das Sonnenblumenfeld hinter dem Haus. Das warme Gelb wärmt meine Seele, und mir wird klar, wie lange ich schon nicht mehr mit offenen Augen draußen in der Natur gewesen bin. Selbst beim Joggen richte ich meinen Blick nur auf die Pulsuhr. Mit Schrecken stelle ich fest, dass ich die letzten Jahre hauptsächlich damit verbracht habe, in geschlossenen Räumen zu sitzen: bei Geschäftsessen, Besprechungen, Meetings, Briefings ...

»Was möchtest du trinken?«, taucht Axel plötzlich hinter mir auf und lässt mich aus meinen Gedanken hochschrecken.

»Äh, Wasser, bitte!«

Derweil mache ich es mir auf der Bank bequem, ziehe die Schuhe aus und reiße hungrig ein Stück Baguette ab, als Axel mit einer Karaffe zurückkommt.

»Hast du jemanden gefunden, der für dich einspringt?«, frage ich mit leicht schlechtem Gewissen.

»Nein, die Vorlesung muss ausfallen!«

»Oh!« Ich hätte schwören können, dass auch diesmal wieder eine kleine Tutorin für ihn einspringt.

Dann sitzen wir uns schweigend gegenüber.

»Machst du eigentlich alles für deinen Job?«, fragt er hintergründig.

»Wie meinst du das?«, schneide ich mir hungrig ein paar Stücke Salami ab und lege sie mir auf das Brot. Bevor ich herzhaft hineinbeiße, schließe ich kurz die Augen. »Mhm, Fenchel-Salami, ich liebe Fenchel-Salami.«

Frankreich ist wirklich ein olfaktorischer Genuss-Trip, das muss ich zugeben.

»Antonia, ich verstehe den Versuch, mich umstimmen zu wollen, das ist völlig legitim, aber versteh mich bitte auch, ich halte nichts von halbherzigen Sachen. Mein Bauch sagt mir, dass das keine gute Idee ist!«

»Und was sagt dein Kopf?«

»Du schon wieder«, bemerkt er und kann ein leichtes Grinsen nicht unterdrücken. Zufrieden beobachtet er, wie ich das halbe Baguette und weitere Salamistücke verputze. Gleichzeitig greifen wir nach der Wasserkaraffe, und als sich unsere Finger berühren, zucken wir beide zurück. Vor Verlegenheit räuspernd schenkt er mir etwas Wasser ein.

»Es ist schön hier bei dir, sehr geschmackvoll!«

»Es gefällt dir?«, will er verdutzt wissen.

»Na klar, wieso denn nicht?«

»Nun ja, es ist nicht so klar strukturiert und puristisch wie bei Jobst!«

»Das stimmt«, wische ich mir die Finger an einer Serviette ab. »Aber es ist so ... so erdig, so geschmack- und geheimnisvoll, es passt zu dir!«

»Du findest mich erdig, geschmack- und geheimnisvoll?«, lächelt er hintergründig.

»Ja!«, sage ich leise und versuche seinem Blick standzuhalten. »Und du findest mich verkniffen und karrieregeil«, rutscht es mir heraus.

»Ja!«

Dann müssen wir beide lachen.

»Aber du musst ja Jobst gefallen und nicht mir!« Dann schneidet er mir ein Stück Schinken ab und hält es mir vor den Mund: »Hier – probier mal!«

Automatisch öffne ich die Lippen und bin irritiert über die plötzliche Vertrautheit zwischen uns. Da fällt mir Marc wieder ein und die Narbe in meinem Herzen tut plötzlich wieder richtig weh. Elendig lange habe ich damals gelitten und mir geschworen, dass mir so etwas nie wieder passiert. Deswegen war bei mir auch sofort die Alarmanlage angesprungen, als ich Axel das erste Mal gegenüberstand.

»Auch nicht schlecht, oder?«

»Sag mal, hast du und Jobst … also, was habt ihr eigentlich für ein Verhältnis?«

»Hast du ihn noch nie gefragt?«

»Nein, noch nie!«

»Was genau möchtest du wissen?«

»Na ja, wie wart ihr zum Beispiel als Kinder?« Die Fältchen in seinen Augenwinkeln vertiefen sich, als sich sein Gesicht zu einem Lächeln verzieht. »Also, Jobst war derjenige von uns, der auf hohe Bäume kletterte, Kirschen beim Nachbarn klaute, sich ständig prügelte, sein Moped frisierte … ich war der moppelige Streber, der nur über seinen Büchern hing.«

Mit aufgerissenen Augen starre ich ihn an.

»Jobst war mutig und abenteuerlustig«, fährt er fort. »Mir kam es damals so vor, als ob er vor nichts Angst hatte.«

»Das ist auch heute noch so«, bestätige ich und denke daran, wie mutig er neulich den Jogger verteidigt hat, der von einem Hund gebissen wurde.

»Jobst war mein Held!«

»Meiner auch!«, nicke ich überzeugt, dann fällt mir ein: »Aber er hat erzählt, dass du ihm die Mädchen ausgespannt hast, und war, wie soll ich sagen, nicht wirklich gut auf dich zu sprechen.«

»Na ja, irgendwann wendete sich das Blatt. Meine Mutter meldete mich im Schwimmverein an, weil sie meinte, dass ich mehr Bewegung bräuchte. Tatsächlich hat sie mir aber nicht wirklich einen Gefallen damit getan. Ich liebte es zwar zu schwimmen, aber im Gegensatz zu Jobst hasse ich Wettkämpfe.«

Stimmt, Jobst ist geradezu versessen darauf, sich mit anderen zu messen. Ob beim Sport oder beruflich, er will immer der Erste und Beste sein.

»Und bei welchem Mädchen seid ihr dann doch Konkurrenten geworden?«

»Sie hieß Nina, und Jobst war unsterblich in sie verliebt. Sie war so dunkel und so rassig wie du, aber – nicht böse sein – irgendwie weiblicher –, und sie nutzte ihre Wirkung auf Jungs sehr aus. Nina und Jobst lernten sich auf einer Party kennen. Eines Tages brachte er sie mit nach Hause, unsere Eltern waren verreist, und ich, also ich wusste nichts von seinem Plan, dass Nina bei uns übernachten sollte. Er war wohl gerade losgefahren, um Pizza zu holen, als ich ins Badezimmer kam und sie in der Wanne lag. Ich habe mich erst total erschrocken, als ich sie dort vorfand ... aber ...!«

»Aber dann hast du sie vernascht!«, stelle ich lakonisch fest, während Wut in mir aufsteigt, denn ich kann regelrecht spüren, wie sich Jobst damals gefühlt hat. Marc war zwar nicht so ein Schwein und hat meine Schwester verführt, aber er war zu feige, mir zu sagen, dass er eine Freundin hat und längst zweigleisig fuhr.

»Nein, ehrlich gesagt war das eher umgekehrt«, klärt er mich über die damalige Situation auf.

»Oh!«, schlage ich mir erstaunt die Hand vor den Mund.

Axel wendet sich von mir ab, und sein Blick wandert gedankenverloren über das Sonnenblumenfeld. »Egal, wie herum es auch immer war, die Sache hat zu einem tiefen Bruch zwischen Jobst und mir geführt, und leider lässt der sich nicht mehr kitten.«

»Glaubst du wirklich?«, schüttle ich skeptisch den Kopf. »Ich meine, wir werden in ein paar Tagen heiraten, und du bist sein Trauzeuge. Jobst ist doch bestimmt über diese Nina weg.«

Wieso hat er sie eigentlich nie erwähnt, es ist komisch, jemanden zu heiraten, dessen Vergangenheit man gar nicht kennt, fällt mir plötzlich auf. Jobsts Eltern wohnen mittlerweile in Augsburg, und wir sehen sie eigentlich nur zu Weihnachten, das waren bisher vier Treffen, da kann man ja niemanden richtig kennenlernen. Es gibt auch kaum Fotos in seiner Wohnung, und ich habe bisher nur ein Album gesehen. Eigentlich hat seine Vita für mich angefangen, als ich ihn vor vier Jahren getroffen habe. Er weiß viel mehr über mich, kennt Charlie, kommt häufig mit zu meinen Eltern, kennt ein paar alte Schulfreundinnen von mir. Dann ist da wieder diese Faust in meinem Magen, aber von Marc weiß er auch nichts.

»Darüber kommt man nicht einfach so weg, Antonia, sie hat ihm das Herz gebrochen!«

Er hat recht, wieso sonst ist Marc immer noch in meinem Herzen – wenn auch nur als Narbe.

»Aber ich würde es ihm wünschen!«, dreht er sich wieder zu mir um. »Du bist bestimmt gut für ihn, Antonia, weil du so ganz anders bist als Nina, also zumindest charakterlich.«

»Ich deute das mal als Kompliment«, sage ich und bin auf einmal in einer komischen Stimmung. Die Luft schmeckt plötzlich so süßlich und rein, und die Tatsache, dass ich barfuß bin, gibt mir ein Gefühl von Freiheit.

»Vielleicht schaffe ich es ja, euch beide wieder zusammenzubringen!« denke ich laut, und als ich dabei das freudige Aufblitzen in Axels Augen sehe, durchzuckt mich plötzlich ein Gedanke: *Ich kann Nina verstehen.* Auf einmal rührt mich dieser mir bis vorgestern noch völlig fremde Mann so sehr, dass ich ihm am liebsten mit den Fingern durch seine langen Haare fahren würde. Ich stelle ihn mir als molligen, verpickelten Streber vor, der darunter gelitten hat, dass sein Bruder Jobst jeden Wettstreit gewann. Oh Gott, was tue ich da gerade? Erschrocken will ich die Hand zurückziehen, denn ich streichle ihm tatsächlich soeben über den Kopf.

»Entschuldige, Axel, das … also ich weiß auch nicht, was über mich gekommen ist.«

Axel hält meine Hand fest und begutachtet sie: »Schöner Verlobungsring! Hat er dir wenigstens einen romantischen Antrag gemacht?«, fragt er mit heiserer Stimme.

»Hm, schon!«, verteidige ich Jobsts Bemühen, mir mithilfe der Kopien unserer Steuerbescheide klarzumachen, dass wir wie geschaffen füreinander sind.

»Ich bin nicht so romantisch«, erkläre ich und entziehe ihm meine Hand wieder.

Axel stützt die Ellenbogen auf den Tisch und den Kopf auf die Hände, dabei sieht er mich durchdringend an. »Das glaube ich dir nicht. Tief in dir steckt eine richtige kleine Romantikerin, eine Träumerin, eine Idealistin, eine, die erdig, geschmack-«, demonstrativ zupft er an meinem schönen neuen Tuch, »und geheimnisvoll ist!«

In dem Moment wünschte ich, ich wäre alles drei. Ich wünschte, es wäre Marc, der jetzt so mit mir spräche. Ich wünschte, ich könnte die Uhr zurückdrehen, ich wünschte, ich stünde nicht so kurz vor meiner Hochzeit. Ich wünschte, ich wäre nicht schwanger.

»Was denkst du?«, will Marc, äh, Axel wissen.

»Nichts!«

»Aber es rattert so hinter deiner Stirn«, er gleitet mit der Fingerspitze seines Zeigefingers darüber, »sie legt sich dann in drei waagerechte Fältchen.«

»Axel, also, hmhm«, räuspere ich mich, und dann verstumme ich schlagartig. Ich könnte die Situation jetzt hier ausnutzen, es sieht so aus, als ob Axel seltsamerweise mehr Gefallen an mir findet, als ich dachte. »Also, wenn du den philosophischen Zirkel leitest, ich meine, ich muss ja auch öfter hierher, um nach dem Hotel zu sehen, wir könnten uns dann treffen, also alleine, meine ich …«

Was um alles in der Welt sage ich da?

»Was schlägst du mir hier vor?«, zuckt er entsetzt zurück.

»Gar nichts. Gar nichts. Wirklich nicht. Ich dachte nur …«

»Was? Dass ich einen Fehler ein zweites Mal begehe? Ich habe meinen Bruder einmal hintergangen, das wird mir nicht wieder passieren.«

»Nein, so meinte ich das doch gar nicht«, klinge ich nicht wirklich überzeugend.

»Antonia, akzeptiere bitte mein Nein. Ich kann das nicht machen mit dem Hotel, verstehst du? Es geht nicht.«

»Aber ich könnte dich einstellen, und du bekommst ein sattes Honorar, bis wir den Vertrag in der Tasche haben. Sag einen Preis, und ich werde dafür sorgen, dass du das Doppelte bekommst.«

An seinem verdunkelten Blick sehe ich, dass er verletzt ist. Warum stelle ich mich nur so blöd an?

»Vielleicht ist es besser, du gehst.«

Die Luft ist auf einmal nicht mehr rein und süßlich, sie ist stickig und schal. Abrupt stehe ich auf, um seiner Aufforderung nachzukommen.

»Wir sehen uns dann auf der Hochzeit«, sagt er ohne Abschiedskuss und schließt die Tür hinter mir zu.

Verwirrt steige ich in mein Auto. Ich will jetzt nicht einfach so fahren, da gibt es noch einiges, was ich ihm sagen möchte. *Es tut mir leid*, beispielsweise.

Aber ich habe es verbockt.

Auf dem Weg zu Madame Jacardie ist mir bewusst, dass ich jetzt kaum noch eine Chance habe, respektive, dass die Sache gelaufen ist. Sicher, ich kann ihr die dreißigtausend, die Melcher aufgestockt hat, anbieten, aber sie wird sich nicht darauf einlassen. Dennoch darf ich natürlich nichts unversucht lassen, schließlich habe ich mit ihr jetzt einen letzten Termin, ob mit Axel oder ohne. Ich drücke aufs Gaspedal und presche über die Landstraße.

Er hat tatsächlich geglaubt, dass ich ihn verführen wollte, nur um das Geschäft zu machen. Aber wenn ich ehrlich bin, war ich auch ein bisschen schockiert von mir selbst. Wie weit ich wohl gegangen wäre? Indem ich das Radio anstelle, versuche ich das Gespräch von eben zu verdrängen, es irritiert mich einfach zu sehr. Frustriert probiere ich, dem französichen Moderator zu folgen, doch die enorme Sprechgeschwindigkeit macht mich so nervös, dass ich auf einmal schwer atmend einen enormen Druck auf meiner Brust spüre. Mir wird bewusst, dass dieser Weg zu Madame Jacardie der Gang nach Canossa ist und ich ihn diesmal alleine gehen muss. Ganz alleine. Es hilft auch nicht, Jobst anzurufen, denn der würde mir nur Glaubenssätze, die meinen Siegeswillen optimieren sollen, mit auf den Weg geben. Das erste Mal seit vier Jahren vertraue ich nicht mehr auf diese Floskeln, aber auf mein Gefühl kann ich mich leider auch nicht verlassen, dazu habe ich es schon zu lange nicht mehr befragt.

Ich fühle mich wie eine leere Hülle, die durch einen luftleeren Raum schwebt, als ich auf Madame Jacardie und Monsieur Brémant zugehe, die mich bereits im Innenhof des Weinguts erwarten.

»Mademoiselle«, deutet Brémant charmant einen Handkuss an, als er mich begrüßt.

Die kleinen, flinken Augen von Madame Jacardie haben schnell registriert, dass Axel nicht mitgekommen ist, und ich beschließe, nicht sofort mit der Erklärung rauszurücken, warum er nicht hier ist. Ich setze mein eingeübtes Machiavelli-Gesicht auf und blicke sie erwartungsvoll an. Es funktioniert. Sie fühlt sich verpflichtet, die Konversation zu beginnen, und Monsieur Brémant übersetzt für mich.

»Ich hatte sehr gehofft, dass Ihr Schwager heute dabei ist, Mademoiselle Scheller! Aber nichtsdestotrotz möchte ich Sie jetzt nicht weiter auf die Folter spannen. Es ging mir nie um das Geld, verstehen Sie, ich will meinen Grund und Boden und das Lebenswerk meines lieben verstorbenen Mannes in guten Händen wissen. Das Bio-Hotel macht einen sehr guten Eindruck, der Geschäftsführer hat mich letzten Monat in sein Hotel in der Nähe von Fréjus eingeladen, dort konnte ich mich von seiner Ideologie überzeugen. Die ist in meinen Augen in der heutigen Zeit etwas wirklich Besonderes, und genau das fehlte mir von Anfang an bei den Melcher-Hotels. Die Idee mit dem philosophischen Zirkel allerdings, die fand ich großartig, aber die spontane Idee wirkt noch wie ein Fremdkörper in Ihrem Konzept und müsste erst noch sinnvoll integriert werden. Was mich aber ehrlich gesagt am meisten abgeschreckt hat, war die übergriffige Art Ihres Chefs und dieser ständige Druck, unter den er mich setzt. Es war schon ein kluger Schachzug von ihm, Sie zu schicken, und von Ihnen war es wiederum geschickt, Ihren Schwager mitzunehmen«, lächelt sie, »dennoch, ihr Programm klingt einfach nicht überzeugend genug, zumindest nicht für mich.«

»Aber …«

Mit einer kurzen Handbewegung bittet sie mich, sie ausreden zu lassen.

»Sie brauchen nicht zu glauben, dass ich nicht kurzfristig noch einmal ins Wanken gekommen wäre, denn das bin ich tatsächlich, aber diese ständige Feilscherei, die war mir, wie soll ich sagen ... nicht sympathisch«, sie legt die Hand auf die Brust und sieht mich nach einem langen Augenaufschlag durchdringend an: »Da sind wir Franzosen vielleicht ein bisschen eigen.«

Das gibt's doch nicht, letztendlich hat es Melcher selber verbockt. Wie soll ich ihm das bitteschön klarmachen? Zu allem Übel kann ich Madame Jacardie auch noch verstehen.

Die innere Leere und dieses Gefühl von völligem Ausgezehrtsein lähmen mich. Das ist mein erster großer Misserfolg, und ich möchte nichts anderes, als auf der Stelle von hier verschwinden. Der erste Donner läutet mein eigenes Gewitter ein, und der Blitz, der den Himmel durchzuckt, liefert mir einen guten Grund, mich auf der Stelle auf den Heimweg zu machen. Die Rezeptionistin hat recht gehabt.

»Ich danke Ihnen für Ihre Zeit und dafür, dass Sie uns die Chance gegeben haben, uns noch einmal präsentieren zu dürfen. Nur einer kann der Gewinner sein, diesmal waren wir es nicht«, versuche ich einigermaßen sportlich aus der Nummer herauszukommen.

Dann verabschiede ich mich schnell, und auf dem Weg zum Wagen beschleunige ich meine Schritte, weil der Regen bereits auf mich niederprasselt. Unter den Fußsohlen spüre ich das Wasser, das den lehmigen Boden aufweicht, und kurz bevor ich den Griff von meiner Autotür zu fassen bekomme, erwischt mich ein unglaublicher Regenguss. Im Wagen schüttle ich mich erst einmal, meine Hose und das T-Shirt sind pladdernass, und die Haare kleben mir an Stirn und Schläfe fest. Da, wieder ein Donner! Eins ... zwei ... drei ..., zähle ich die Sekunden, um zu prüfen, wie weit das Gewitter entfernt ist. Nur drei Kilometer. Langsam fahre ich über den bereits ziemlich glitschigen Weg Richtung Hauptstraße. Der Regen wird stärker, die

Scheibenwischer schaffen es kaum, die Wassermassen zu bewältigen, die jetzt mit voller Wucht auf die Windschutzscheibe platschen, ich kann fast nichts mehr erkennen. Als mich dann auch noch die Scheinwerfer eines entgegenkommenden Fahrzeugs blenden, beschließe ich, gleich auf der Hauptstraße an den Straßenrand zu fahren, um dort abzuwarten, bis das Gewitter vorübergezogen ist, schließlich trage ich jetzt noch für jemand anders die Verantwortung, werfe ich einen Blick auf meinen Bauch. Mein verdammtes Handy klingelt, automatisch nehme ich es in die Hand, dann drücke ich einfach auf den AUS-Knopf und werfe es zurück in die Tasche. Ich gehe nicht ran, nein, diesmal nicht, ich schaffe es jetzt nicht, irgendjemandem zu sagen, dass es nicht geklappt hat. Eine Antonia Scheller verkündet schließlich immer nur Erfolgsmeldungen – und Erfolg hat sie immer. Das wird schließlich von ihr erwartet. Wie man Pleiten verkündet, darin bin ich nicht geschult. »Ich bin eine Versagerin!«, brülle ich erbittert und schlage mit voller Wucht auf den Schweibenwischerhebel, sodass er abbricht. Augenblicklich sehe ich gar nichts mehr. Panisch trete ich auf die Bremse, der Wagen gerät ins Schleudern, weil die lehmige Erde wie ein Schmierfilm wirkt. Zu spät, der Wagen bricht aus, und ich schlittere die abschüssige Straße hinunter. Das Auto wird schneller und schneller, mit Stotterbremsen versuche ich vergeblich, die Geschwindigkeit zu drosseln, doch die Bremsen blockieren, und als ich das Fenster herunterkurbeln will, um zu sehen, ob ich mich überhaupt noch auf dem Weg befinde, streift mich ein Ast an der linken Schläfe. »Au!« Der heftige Schlag lässt mich zusammenzucken, ich presse die Hand auf die getroffene Stelle. Plötzlich beginnt der Wagen zu schwanken, ich merke noch, dass er auf die Seite kippt, dann nimmt mir ein rasender Schmerz das Bewusstsein.

Als ich die Augen wieder öffne, sehe ich einen älteren Herrn, der versucht, ein vorüberfahrendes Auto anzuhalten. Mein Auto scheint kurz vor der Hauptstraße zum Stoppen gekommen zu sein. Der Regen lässt etwas nach. Der Mann erinnert mich an den Franzosen, den ich auf der Parkbank gesehen habe, dann höre ich nur noch *accident* und *ambulance*. Als sich kurze Zeit später meine Fahrertür vorsichtig öffnet, denke ich nur: Gott sei Dank hilft mir jemand. Angestrengt presse ich ein *»Bonjour«* hervor, als ich in das Gesicht einer jungen Frau blicke, die mich mit sorgenvollem Blick am Arm berührt.

»Mist, sie spricht Französisch, kann von euch jemand Französisch? Ich kann nur Spanisch und Englisch«, dreht sie sich zu jemandem um, dann wendet sie sich wieder zu mir: *»Do you speak English?«*

»Ja, auch«, sage ich mit einem verrutschten Lächeln.

»Oh, prima, Sie sind Deutsche. Wir auch. Touristen. Gerade angekommen, wir waren auf dem Weg nach Avignon, als dieser schreckliche Regen einsetzte, beinahe hätten wir auch den älteren Herrn übersehen, der uns angehalten hat. Wir haben den Notarzt angerufen, er wird gleich hier sein!«

»Ich hatte einen Unfall!«, stelle ich fest. »Mit dem Auto … da war dieser Ast«, automatisch fährt meine Hand hoch zu meiner Schläfe und ertastet einen Verband.

Plötzlich tauchen vier weitere junge Leute neben mir auf. »Was ist mit Ihrem Bein? Können Sie es bewegen?«

Angestrengt versuche ich, es zu strecken. »Au«, zucke ich sofort zusammen, »tut das weh!«, ziehe ich scharf die Luft durch die Zähne.

»Möchten Sie, dass wir jemanden für Sie informieren?«

»Nein, nein danke!« Warum sollte ich die anderen zu Hause in Angst und Schrecken versetzen? »Wahrscheinlich habe ich ja nur eine Platzwunde und ein verstauchtes Bein, das bereitet ja manchmal mehr Schmerzen als ein Bruch. Wird schon nicht so schlimm sein.«

Die Ambulanz trifft relativ schnell ein, und nachdem man mich behutsam aus dem Auto gezogen hat, werde ich auf eine Trage gelegt und in den Krankenwagen geschoben. Ich bekomme noch mit, wie die Personalien der jungen Leute aufgenommen werden und dass der alte Mann, der anscheinend meine Wunde versorgt und Hilfe geholt hat, wie vom Erdboden verschwunden ist, dann prescht der Wagen mit mir los.

Meine Aktentasche sieht neben der Sauerstoffflasche richtig deplatziert aus, denke ich soeben, als mir plötzlich ein grauenvoller Gedanke durch den Kopf schießt: mein iPhone, was ist, wenn es bei dem Unfall kaputtgegangen ist? Oh nein, mit der Hand versuche ich, meine Handtasche zu erreichen. Die Ärztin beobachtet meinen verzweifelten Versuch und legt sie mir auf den Bauch. Hektisch ziehe ich das Handy heraus und als ich feststelle, dass es nicht beschädigt ist, drücke ich es dankbar an mein Herz und schalte es wieder ein.

»*Voulez-vous téléphoner?*«, fragt sie freundlich.

»*Non, non, merci!*«, schließe ich für einen Moment vor Erleichterung die Augen, reiße sie dann aber vor Schreck wieder auf, weil plötzlich die Manschette an meinem Oberarm anschwillt, mit der mein Blutdruck gemessen wird.

Am Gesicht der Ärztin erkenne ich, dass sie mit den Werten nicht zufrieden ist, aufgeregt debattiert sie mit dem Beifahrer. Es scheint schlechter um mich zu stehen, als ich dachte. Ich werfe einen Blick auf das Display meines Handys, es war Melcher, der vorhin versucht hat, mich zu erreichen. Ich muss ihn unbedingt zurückrufen. Vorsichtig versuche ich, mein Bein anzuheben, um mich etwas auf die Seite zu legen. Ein unglaublicher Schmerz durchzuckt mich, und ich schreie laut auf. Sofort zückt die Ärztin eine kleine weiße Dose aus ihrem Arztkoffer, schüttet sich eine Tablette daraus in die Hand und hält sie mir samt Schnabeltasse auffordernd hin. Mit kurzem Kopfnicken bittet sie mich, sie zu schlucken. Normalerweise würde ich mich weigern, Schmerzmittel zu nehmen, aber das Pochen in meinem Unterschenkel nimmt an Heftigkeit rasant zu, und ich bin dankbar für jede Erleichterung.

Im Krankenhaus wird nach einem deutschsprachigen Arzt geforscht, und tatsächlich wird man rasch fündig.

»Doctor Leblanc«, reicht mir eine ältere Frau im weißen Kittel die Hand. »Ich bin Deutsche!«

Erleichtert schüttele ich ihre Hand und erkläre ihr, was passiert ist.

»Irgendwas scheint mit meinem Blutdruck nicht in Ordnung zu sein«, sehe ich sie ängstlich an.

Sie wirft einen Blick auf die Krankenakte. »Der ist tatsächlich ziemlich hoch. Nehmen Sie irgendwelche Medikamente?«

»Nein, nie. Ich bin so gut wie nie krank!«

»Irgendwelche psychischen Belastungen?«

»Nein!«

»Gut, dann sehe ich mir jetzt erst einmal Ihre Verletzungen an!«

»Das wurde ja bereits versorgt«, deutet sie auf meine Schläfe, »aber ich schaue trotzdem mal drunter.« Vorsichtig entfernt sie den Verband. »Eine Platzwunde«, sie legt den Kopf schief, »scheint nicht so tief zu sein. Wir werden das nicht nähen müssen, ich klebe das gleich. Was ist mit Ihrem Bein?«, sie legt die Hand auf meinen Unterschenkel, und vor Schmerz balle ich die Hände zu Fäusten.

»Das müssen wir röntgen!«

»Okay!«

»Sind Sie schwanger?«

»Hm.«

»Das klingt nicht sehr überzeugt. Sind Sie sich nicht sicher?«

»Nein, doch, na ja, ich habe erst vor ein paar Tagen einen Schwangerschaftstest gemacht, und falls ich die Gebrauchsanweisung auf Französisch richtig gelesen habe, bin ich schwanger. Aber von einem Arzt wurde es noch nicht bestätigt.«

»Wir lassen einen Ultraschall machen, und zusätzlich noch einen Früherkennungstest«, sie lächelt mich an und legt mir die Hand beruhigend auf den Arm, »dann sind wir *beide* sicher!«

Ihre beruhigende Art zeigt Wirkung. Ich bin todmüde und die Augen fallen mir immer wieder zu.

»Wahrscheinlich haben Sie auch eine leichte Gehirnerschütterung«, vermutet sie, und ehe ich michs versehe, schiebt sie mich auf der Transportliege über den Gang. »Jetzt fahre ich Sie aber erst einmal schnell in unsere Gynäkologische Abteilung!«

Verwundert betrachte ich das Kopfschütteln des Gynäkologen, als er nach der Untersuchung mit der Ärztin spricht.

»Also, laut Ultraschall sind Sie nicht schwanger!«, wendet sich Dr. Leblanc an mich.

»Bin ich nicht?!«, schießt mein Kopf hoch.

»Wir machen aber noch den Früherkennungstest. Können Sie Wasser lassen, ich fahre Sie zum WC! Oder soll ich Ihnen ein Röhrchen holen?«

»WC!«, fordere ich und lasse mir von ihr in einen Rollstuhl helfen.

Im Beisein einer Fremden über einen Schwangerschaftstest zu pinkeln ging bisher über meine Vorstellungskraft. Das hat hier nichts mehr mit Intimsphäre zu tun, denke ich pikiert und starre auf das Stäbchen. Eine Hundertstelsekunde vor ihr entdecke ich den blauen Streifen, der sich sichtbar durch das Papier zieht. »Da«, sage ich und halte ihr den Stick hin.

»Sie sind nicht schwanger, wir können röntgen!«, stellt sie lapidar fest und schiebt mich bereits wieder mit dem Rollstuhl hinaus.

»Aber … aber«, protestiere ich, »doch, hier ist doch der blaue Strich, sehen Sie, da«, tippe ich mit dem Zeigefinger immer wieder auf die Stelle, an der der blaue Strich ist, »Sie können mich nicht röntgen, das gibt doch Folgeschäden beim … beim Embryo!«

Frau Dr. Leblanc bremst ab, geht um mich herum und beugt sich zu mir herunter. Eindringlich sieht sie mich an, und dann spricht sie mit mir wie mit einer Kranken. Gut, bin ich ja auch, aber nicht psychisch krank.

»Da muss ich Sie jetzt wohl enttäuschen, Mademoiselle, ein blauer Strich bedeutet *nicht schwanger*! Zwei Striche, einer blau, einer rosa, heißt: *schwanger*! Der hier«, tippt sie auf den sichtbaren blauen Streifen, »bedeutet einfach nur, dass der Test funktioniert!«

Ohne einen Kommentar von mir abzuwarten, schiebt sie mich bis vor die Röntgenabteilung und stellt mich dort ab. Sie bespricht sich kurz mit der Dame hinter dem Tresen und beugt sich wieder zu mir: »Ich lasse Sie danach auf die Chirurgische Station bringen, da sehen wir uns dann wieder!«

Wie paralysiert lasse ich das Röntgen über mich ergehen und alles andere auch. Das kann doch wohl nicht sein, erst bin ich schockiert, weil ich denke, dass ich schwanger bin, jetzt bin ich schockiert, weil ich es nicht bin.

Wortlos werde ich eine gefühlte Stunde später von einem Pfleger mit den fertigen Röntgenbildern über den Flur in ein Zimmer geschoben, in dem bereits zwei weitere Frauen liegen. Ich flüstere kaum hörbar *»Bonjour«* und bin froh, als ich feststelle, dass die anderen schlafen. Der Pfleger rollt mich ans Fenster, fixiert die Räder meines Rollstuhls und hilft mir ins Bett. Nachdem er die Röntgenaufnahmen auf den Nachttisch gelegt hat, entfernt er sich auf quietschenden Sohlen. Kaum ist die Zimmertür hinter ihm ins Schloss gefallen, laufen mir unaufhaltsam die Tränen die Wangen entlang. Aber nicht wegen des missglückten Auftrags, sondern wegen des verlorenen Kindes. Wegen eines Traums, den ich noch gar nicht zu träumen gewagt hatte. Mein ganzer Körper erzittert vom Weinen, und ich schlinge meine Arme ganz fest um mich. Doktor Leblancs schrille Stimme ertönt plötzlich neben meinem Bett: »Haben Sie Schmerzen?«

»Ja!«, schwindle ich und wische mir hastig die Tränen aus dem Gesicht.

»Sie bekommen gleich eine Infusion!«

»Nein, nicht nötig!«, winke ich ab.

»Sie brauchen hier nicht die Heldin zu spielen, Mademoiselle Scheller«, lächelt sie aufmunternd. »Zunächst einmal die Diagnose: Sie haben eine Unterschenkelfraktur. Aber Sie haben Glück im Unglück, der Knochen ist nur minimal verschoben. Wir könnten operieren, dann sind Sie in Kürze wieder beschwerdefrei, müssten dann aber natürlich ein paar Tage hier im Krankenhaus bleiben. Oder Sie entscheiden sich für eine konservative Behandlung ...«

»Gips?«

»Ein Gips vom Fuß bis zum Oberschenkel wird nur noch in seltenen Fällen angelegt. Wir können es auch mit einer Kunststoffschiene ruhigstellen. Das dauert dann aber entsprechend länger!«

»Wie lange?«

»Die Dauer der vollständigen Knochenbruchheilung beträgt etwa drei Monate. Durch die lange Ruhigstellung besteht im verletzten Bein allerdings ein erhöhtes Thromboserisiko, daher müssten Sie sich täglich Spritzen setzen. Trauen Sie sich das zu?«

»Ja, ja … sicher. Eine Kunststoffschiene?! Wie sieht die denn aus?«

»Na ja, wie eine Kunststoffschiene eben aussieht!«, zuckt sie mit den Schultern.

»Aber zu einem Brautkleid sehr unpassend«, stelle ich fest.

»Sie heiraten?!«

»Hatte ich eigentlich vor!«

»Herzlichen Glückwunsch, wann ist es denn so weit?«

»In fünf Tagen!«, lasse ich mürrisch verlauten.

»Mein Gott, es gibt ja nette Krücken, und die Schiene sieht bestimmt keiner. Tragen Sie lang?«

»Ja, ja … lang!« Und auf einmal fängt es wieder an zu sprudeln in mir, und der Tränenkanal droht überzulaufen.

Frau Dr. Leblanc zieht einen Stuhl zu sich heran, hockt sich neben mich und legt die Hände in den Schoß: »Alles in Ordnung?!«

Als Antwort bringe ich nur ein heftiges Schluchzen zustande.

»Sie werden pünktlich zur Hochzeit zu Hause sein, das verspreche ich Ihnen!«, misinterpretiert sie meinen Ausbruch.

»Ich will aber gar nicht pünktlich zu Hause sein«, stoße ich hervor und bin selber überrascht.

»Ja, aber wollen Sie denn gar nicht heiraten?«

»Doch … nein … doch.«

»Kalte Füße? Das ist normal!«, nickt sie verständig.

»Finde ich nicht. Wenn man sich entschieden hat, dann hat man sich entschieden«, klinge ich schlau.

»Na ja, für immer und ewig. Das muss man sich mal vor Augen halten, das ist ja auch eine elendig lange Zeit!«

»Sehr elendig!«, bestätige ich grunzend.

Dann halte ich mir den Bauch, das Magengrummeln geht wieder los.

»Haben Sie Hunger, ich lasse Ihnen gleich etwas bringen!«

»Nein, ich habe Magenschmerzen, seit Monaten schon, und schwindelig ist mir auch ständig … deshalb dachte ich ja, dass es gut möglich ist, dass ich schwanger bin.«

»Seit wann ist Ihnen schwindelig?«

»Keine Ahnung, oh, mein Handy klingelt, bitte, bitte geben Sie es mir«, strecke ich die Hand in ihre Richtung, doch sie stellt es kurzerhand aus.

»Jetzt nicht. Sie sind krank. Welche Symptome haben Sie sonst noch?«

»Keine. Gar nichts. Mir geht's gut. Bitte geben Sie mir das Handy, das ist bestimmt mein Chef, ich muss unbedingt mit ihm reden, das ist sehr wichtig«, nicke ich noch einmal nachdrücklich mit dem Kopf.

»Panikattacken?!«

»Ja, auch.«

»Wann war die letzte?«

»Na ja, im Flieger, als ich hierhergekommen bin!«

»Erschöpfung?!«

»Manchmal.«

»Verzicht auf Erholungs- und Entspannungspausen?«

»Was ist das?«, frage ich ironisch und versuche ein Lächeln.

»Der Beruf wird zum hauptsächlichen Lebensinhalt?!«

»Das ist doch wohl normal!«, kontere ich.

»Das ist es absolut nicht«, schüttelt sie lange den Kopf.

»Schlafstörungen?!«

Ich nicke. Sie hat mich durchschaut.

»Nachdem wir Ihr Bein behandelt haben, schicke ich Sie zu einer Kollegin auf die Psychiatrische!«

»Ich bin doch nicht irre! Was soll das? Sie verpassen mir eine Schiene, und dann fahre ich nach Hause. Ich bin einfach nur ein wenig abgespannt.«

»Wollen Sie gesund werden?«

»Ja, natürlich! Drei Monate schonen, das Bein hochlegen, Spritzen setzen wegen Thromboserisiko et cetera, das haben Sie doch gesagt.«

»Ich bin keine Psychologin, junge Frau, aber es liegt ziemlich klar auf der Hand, dass Sie ein beginnendes Burn-out-Syndrom haben.«

»Ach, papperlapapp«, mache ich eine wegwerfende Handbewegung. »Das hat doch jeder Zweite!«

»Das sagt man so im Volksmund, aber wenn es dann richtig pathologisch wird, ist es schwer therapierbar, besonders wenn der Patient die Notwendigkeit einer Behandlung nicht einsieht.«

»Ich ... bin ... gesund!!!«

»Das Burn-out ist immer als eine Art Prozess zu verstehen, den man in Phasen unterteilt. Ich bin, wie gesagt, keine Psychologin, aber ich nehme an, dass Sie im sogenannten empfindsamen Stadium stecken, in dem negative Gefühle noch nicht beachtet werden. Am Anfang ist man noch verwirrt, und der Erkrankte hat das grundlegende Gefühl, dass etwas mit ihm nicht in Ordnung ist. Es treten Magenschmerzen, Drehschwindel und unbegründete Angstattacken auf.«

»So ein Quatsch«, ziehe ich mit einem Ruck die Bettdecke bis unter die Nasenspitze. »Ja, sicher, ich habe viel gearbeitet, und die Hochzeitsvorbereitungen haben enorm viel Zeit in Anspruch genommen, aber ich bin doch kein Psycho. Ich kann eine Menge wegstecken und mache bestimmt nicht schlapp. Das mache ich seit Jahren, rund um die Uhr sozusagen, und es hat mir nie geschadet, im Gegenteil, ich genieße es, ich bin sogar ehrlich gesagt lieber im Büro als zu Hause ...«, steigere ich mich soeben in ein Zugeständnis hinein, als ich ihre zusammengezogenen Augenbrauen sehe und ihr die Bestätigung für ihre Verdachtsdiagnose liefere. »Also, wenn Sie jetzt mein Bein versorgen lassen könnten, damit ich nach Hause kann!«

Langsam erhebt sie sich und tritt unschlüssig von einem Fuß auf den anderen. »Und Sie wollen wirklich nicht mal mit unserer Psychologin reden …?«

»Nein, will ich nicht!« Dann strecke ich die Arme zum Nachttisch aus: »Und wenn Sie mir jetzt bitte das Handy reichen könnten«, klinge ich eher fordernd als freundlich.

»Kann ich nicht«, erwidert Madame Leblanc und geht.

»Blöde Kuh«, schimpfe ich ihr leise hinterher und beuge mich ganz weit aus dem Bett, damit ich eine Ecke vom Nachttisch zu fassen bekomme, um ihn zu mir herüberzurollen. Endlich gelingt es mir, den ganzen Tisch in Bewegung zu setzen, und meine Fingerspitzen berühren bereits das iPhone, das ich jetzt Stück für Stück zu mir heranziehe. Als ich es endlich in den Händen halte, atme ich einmal tief durch, und dann sage ich leise: »So, und jetzt rufe ich Melcher an.«

Nachdem ich die Nummer eingetippt habe, hänge ich schnell wieder ein. Mir ist so mulmig zumute, ich weiß gar nicht, was ich Melcher sagen soll, schließlich habe ich in seinen Augen komplett versagt. Dass er an dem erfolglosen Geschäftsausgang zum Großteil selber Schuld hat, kann ich ihm ja schlecht unter die Nase reiben. Kraftlos lasse ich die Hand mit dem Telefon auf die Bettdecke sinken. Er wird mich entlassen. Er wird denken, dass ich immer schon eine Niete war und dass der Auftrag das nun bewiesen hat. Recht hat er. Ich bin eine Mogelpackung. Seit Jahren habe ich Glück gehabt und mich ihm als fähige Mitarbeiterin verkaufen können. Ich richte mich langsam im Bett auf, allerdings nicht langsam genug, denn der Schwindel setzt wieder ein. Die Worte der Ärztin schießen mir durch den Kopf. Burn-out! Was ist, wenn sie recht hat? Wie lange kann man in der ersten Phase bleiben, und was passiert in der nächsten?

Den Melcher-Anruf verschiebe ich erneut, als Erstes

melde ich mich bei Jobst, dann rufe ich bei der Lufthansa an, und zum Schluss informiere ich Charlie.

»Nein, du brauchst wirklich nicht zu kommen, Jobst hat mir schon einen Stretch-Flug besorgt, ich habe dann zwei weitere freie Sitzplätze zur Verfügung, und dort kann ich mein Bein hochlegen.«

Charlie lässt sich kaum beruhigen. »Aber wie konnte das passieren?«

»Gewitter, Matsch, bin ins Schleudern gekommen ..., das habe ich doch schon alles erklärt«, sage ich ungeduldig.

»Ja, hast du. Aber ich finde das alles sehr ... sehr seltsam.«

»Das kann doch jedem passieren!«

»Aber nicht dir und nicht vor der Hochzeit. Das ist ein Zeichen!«

»Spinn nicht rum«, meckere ich jetzt gereizt, »die Hochzeit wird auch nicht verschoben, ich werde eben auf Krücken laufen!«

»Das ist doch blöd. Wirklich. Also, ich verstehe dich echt nicht. Alle Zeichen stehen auf Verschieben, aber du willst es durchziehen, du hast doch gar keinen Spaß mit der Schiene, und tanzen willst du doch bestimmt auch.«

»Das kann ich eh erst in drei Monaten!«

»Mein Gott, dann verschieb es doch so lange!«, ranzt Charlie mich jetzt verständnislos an.

»Na ja, Jobst hat sich schon erkundigt«, gebe ich ehrlich zu, »das mit dem Verschieben ist gar nicht so einfach, das kostet eine Menge Geld, und das ist ein wahnsinniger Aufwand.«

»Ja und?«

»Es bleibt dabei!«, sage ich, keinen Widerspruch duldend.

»Soll ich dich vom Flughafen abholen?«

»Gerne.« Schnell werfe ich einen Blick auf die Notizen, die ich mir vorhin gemacht habe. »Ich lande morgen um fünfzehn Uhr zwanzig, Lufthansaflug LH 3875 aus Avignon.«

»Wirst du denn morgen schon entlassen?«, wundert sie sich.

»Ich werde mich morgen entlassen!«

»Ich bin da!«, verspricht sie.

Dann rufe ich in meinem Hotel an, erkläre, was passiert ist, gebe meine Kreditkartennummer für die Extras wie Minibar et cetera durch, gleichzeitig bitte ich die Rezeptionistin, meine Sachen ins Krankenhaus bringen zu lassen, dann kann ich morgen direkt von hier aus starten. Die Leihwagenfirma hat Jobst bereits informiert, die Versicherung wird sich um den Schaden kümmern. Jetzt steht mir also nur noch der Anruf bei Melcher bevor. In Zeitlupe wähle ich die Kurzwahlnummer.

»Und, kann man gratulieren?«, fragt Melcher, zweifelsohne überzeugt von meinem Erfolg.

»Leider nicht!«

»Waaaaas?« Ich halte das Handy ein Stück von mir weg, weil er mir so lautstark ins Ohr brüllt. »Das darf doch wohl nicht wahr sein. Wäre ich doch bloß selber … oder hätte ich Merwald … Also, Frau Scheller, das hätte ich nicht gedacht. Sie wissen, wie enorm wichtig mir gerade dieses Objekt war.« Meine Finger kleben schwitzig an dem Handy fest. »Da hätte ich schon mehr Einsatz von Ihnen erwartet.«

»Vielleicht war der Zeitpunkt ungünstig, es steht momentan so viel an«, versuche ich mich zu verteidigen.

»Also, wenn Sie überfordert waren, dann hätten Sie mir das sagen müssen. Ich dachte, Sie wuppen so eine kleine Hochzeit nebenbei, und Ihnen wäre bewusst, dass Sie als Projektleiterin *nach* erfolgreicher Durchführung dieses Auftrags erstklassige Aufstiegschancen ha…«

»Es tut mir leid«, schluchze ich plötzlich schon wieder drauflos.

»Weinen Sie? Sie weinen doch wohl jetzt nicht?!«, reagiert er hilflos auf meinen Ausbruch. »Also Frauen, die weinen, da kann ich gar nicht mit umgehen. Reagieren Sie wie ein Mann, Scheller. Das machen Sie doch sonst auch.«

»Ja, Herr Melcher!«, stehe ich stramm.

»Ich werde Merwald auf die Jacardie ansetzen!«

»Das hat keinen Sinn. Wirklich nicht!«

»Wir werden sehen!«

»Sie nehmen am besten den ersten Flieger und machen mit Merwald noch heute Abend die Übergabe. Ich setze mich mit Brémant in Verbindung!«

»Ich kann heute nicht zurück!«

»Was soll das heißen …«, räuspert er sich nervös, »… Sie können nicht!«

»Ich liege im Krankenhaus …«, berichte ich ihm und erläutere kurz und knapp, was passiert ist.

Mit einem »Gut, dann schicke ich Merwald zu Ihnen ins Krankenhaus, ich werde Brémant informieren, und dann geht alles Weitere seinen Gang«, beendet er das Gespräch ohne jegliche Genesungswünsche.

Wie betäubt starre ich das Handy an. Melcher ist zutiefst enttäuscht von mir, das kann ich doch niemals wiedergutmachen. Niemals. Und jetzt schickt er auch noch Merwald zu mir ins Krankenhaus. Was für eine Schmach, wenn der mich auf ganzer Linie gescheitert und dazu auch noch bewegungslos sieht. Mühsam rapple ich mich hoch und reibe mir das Gesicht.

Eine Stunde später wird mir mein Trolley und die Laptoptasche ins Krankenhaus gebracht. Nachdem der Kurier wieder weg ist, gehe ich eilig meine Sachen durch und überprüfe, ob auch nichts fehlt. Das ist so ein Tick von mir, ich habe ständig Angst, dass ich bestohlen werden könnte. Charlie findet, ich hätte Paranoia, nur weil ich nicht alles so offen herumstehen lasse wie sie. Sie vergisst häufig sogar ihr Auto abzuschließen, letztens ist etwas daraus gestohlen worden, aber sie scheint das nicht wirklich zu tangieren. Ich hänge eben an meinen Sachen, während Charlie vieles als wertlos ansieht und sogar für Ballast hält. Unvorstellbar, wenn plötzlich mein Laptop oder mein iPhone weg wären.

Minutiös versichere ich mich der Vollständigkeit der Tascheninhalte. Beruhigt ziehe ich die Leinenhose hervor. Die kann ich morgen anziehen, beschließe ich, weil sie so schön weit ist an den Beinen. Das korallenrote neue Kleid falte ich sorgfältig und lege es zuoberst, dann schließe ich den Koffer wieder und schiebe ihn umständlich unters Bett; lieber noch würde ich ihn wegschließen, aber ich darf ja nicht aufstehen. Als ich die Leinenhose über die Stuhllehne werfen will, fühle ich plötzlich Papier in der Hosentasche knistern. Neugierig ziehe ich es hervor. Das gibt's nicht, es ist die Gebrauchsanleitung vom Schwangerschaftstest. Dieses Mal werfe ich einen präzisen Blick auf die Bilder und muss Madame Leblanc recht geben, ich bin eindeutig nicht schwanger. Gut, dass ich Jobst noch nicht informiert habe, aber irgendwie hätte ich doch zu gerne gewusst, wie er reagiert hätte.

Medizinmann

Merwald und ich haben gestern noch die Übergabe gemacht, hinterher bin ich vollends zusammengebrochen. Ich konnte gar nichts mehr essen, so sehr schmerzte mein Magen, und seit ich auf dem Weg zum Flughafen bin, hat sich mein Schwindel auch wieder verstärkt. Soeben werde ich gemeinsam mit einem älteren Ehepaar auf einem kleinen Elektrowägelchen direkt zum Gate gefahren. Das ist äußerst praktisch, keine Kontrollen, nichts, wir werden überall durchgewunken. Der Fahrer lädt mich direkt vor meinem Gate ab und stellt mir die Laptop- und die Handtasche neben einen Sitz, zu dem ich mit den Krücken humpele. Mein Bein inklusive Schiene lege ich auf den freien Stühlen neben mir ab. Von hier aus habe ich freie Sicht auf den Flieger. Mein Hals schnürt sich in Sekundenschnelle zu. Da muss ich gleich rein? In dieses kleine Ding? Ich versuche, meine Atmung unter Kontrolle zu halten, doch mein Herz rast los, und ich bin unfähig, noch irgendeinen klaren Gedanken zu fassen. Meine Hand krallt sich um meinen Hals, und die Hitze, die mir in den Kopf steigt, breitet sich überallhin aus. Was ich auf dem Hinflug erlebt habe, ist gar nichts gegen das Gefühl, das jetzt in mir aufwallt; ich vermute, das wird eine richtige Panikattacke. Die Angst vor der Angst kriecht in mir hoch, ich werde die Kontrolle über mich verlieren, ich spüre, wie der Schweiß meine Bluse unter den Armen regelrecht durchnässt. In meiner Not winke ich einer Stewardess zu, die auch tatsächlich sofort zu mir herüberkommt.

»Sie werden gleich als Erste in das Flugzeug gebracht«, will sie mich beruhigen, erreicht damit aber genau das Gegenteil.

»Ich … ich … kann … nicht!«, stammle ich.

»Die Helfer wissen schon Bescheid, natürlich können Sie da nicht alleine hinein«, deutet sie auf das Flugzeug.

»Ich kann da gar nicht rein!«

»Doch, machen Sie sich keine Sorgen, wir schaffen das. Das ist ja nicht der erste Krankentransport!«, zwinkert sie mir aufmunternd zu.

»Nein, Sie verstehen nicht. Ich werde nicht einsteigen«, zeige ich jetzt ebenfalls auf die wartende Maschine.

»Oh«, lässt sie zaghaft verlauten und setzt sich neben mich auf den Sitz. Instinktiv spürt sie genau, was mit mir los ist. »Flugangst oder Panikattacke?«

»Letzeres!«, reibe ich mir hektisch den Hals.

»Ich kenne das!«, nickt sie verständnisvoll. »Wie kann ich Ihnen helfen?«

»Keine Ahnung. Ich weiß nur, dass ich nicht fliegen werde, nicht heute und nicht morgen.«

»Soll ich Ihnen eine Zugverbindung raussuchen?«, bietet sie mir netterweise an.

»Aber das ist doch gar nicht Ihre Aufgabe«, stelle ich verwundert fest.

»Kundenservice, und außerdem kann ich Sie in dem Zustand ja wohl schlecht alleine losschicken«, erhebt sie sich wieder.

»Gerne. Das wäre schön«, nehme ich ihren Vorschlag dankbar an. »Ich rufe mal eben meine Schwester an, sie wollte mich nämlich in Köln am Flughafen abholen.«

Nachdem sich die Frau entfernt hat, wähle ich Charlies Nummer. Sie geht nicht ran. Ich schicke ihr eine SMS und überlege dann, wie ich am geschicktesten vorgehen sollte. Der Gedanke an die lange Zugfahrt lässt mich ein Gesicht ziehen, als hätte ich in eine Zitrone gebissen. Ich hasse Zugfahren! Ich könnte mich tagelang in ein Auto setzen, aber ein Zug ist wahre Folter. Zu dumm, ich werde wohl nicht darum herumkommen. Plötzlich beschleicht mich wieder diese Panik. Das Schlimme am Zugfahren ist, dass man nicht gleich aussteigen kann. Man ist dem Fahrplan ausgeliefert, wieder legt sich die Schlinge um meinen Hals. Was soll ich nur tun? Vielleicht rufe ich Jobst an. Er könnte doch kommen, und wir fahren dann gemeinsam mit dem Auto, schließlich haben wir ja noch vier Tage.

Mein Anruf bei Jobst war nutzlos. Er hat kein Wort von dem verstanden, was ich von ihm wollte. Natürlich würde er kommen und mich holen, aber die Aktion mit dem Auto verstehe er nicht. Der Zug sei doch die beste Alternative blablabla ... Männer sind manchmal so unsensibel. Axel!, schießt es mir da durch den Kopf, der wollte doch mit dem Auto nach Deutschland. Dazu hat er noch diesen großen, geräumigen Jeep, ich könnte mich prima auf die Rückbank legen. Der Gedanke an diese Möglichkeit beruhigt mich ungemein. Ich werde ihn anrufen. Sofort.

»Ihr aufgegebenes Gepäck wird weitergeleitet, das können wir leider nicht mehr zurückfordern, es ist bereits im Flugzeug. Ich werde allerdings eine Information nach Köln schicken, dass die Koffer direkt zu Ihnen nach Hause transportiert werden«, erscheint die Stewardess wieder auf der Bildfläche. »Heute Abend oder spätestens morgen früh werden sie bei Ihnen sein.«

»Das ist ja nur so ein kleiner Trolley!«, wende ich mit schlechtem Gewissen ein, weil ich ihr so viel Mühe mache.

»Egal«, lächelt sie freundlich, »Sie können sich ja momentan nicht darum kümmern.« Sie zückt einen Stift und einen Block: »Wenn Sie mir jetzt noch Ihre Handynummer nennen, dann erhalten Sie eine SMS, die Sie über den aktuellen Aufenthaltsort Ihres Koffers informiert.«

Nachdem ich ihr die Handynummer gegeben habe, verstaut sie Stift und Block in ihrer Hemdblusentasche. Mit einem »So« drückt sie mir die Zugverbindungen in die Hand. »Sie können ab Avignon Centre fahren, die Fahrt dauert vierzehn Stunden zehn, Sie müssten dann aber nicht um ...«

Von da an klinke ich mich aus. Das Zugfahren hatte ich ja eh schon abgeschrieben. Die Lösung, gemeinsam mit Axel im Wagen nach Deutschland zu fahren, scheint mir die beste. Aber ich sage ihr das jetzt nicht, sie ist so unglaublich freundlich und bemüht.

»Ich lasse Sie jetzt zum Taxistand bringen, in Ordnung?«, schlägt sie vor.

»Gut!«, nehme ich ihr Angebot dankbar an.

Als mich das Elektrowägelchen von eben wieder zum Ausgang kutschiert, versuche ich, Axel anzurufen. Doch ich bekomme keinen Empfang. Nachdem ich endlich ins Taxi verfrachtet werde und der Fahrer bereits ungeduldig auf meine Anweisung wartet, bitte ich ihn, noch einen Moment zu warten.

Endlich habe ich Empfang, und begeistert stelle ich fest, dass Axel drangeht.

»Axel, hier ist Antonia!«

»Antonia!«, stellt er trocken fest.

»Ich habe ein Problem!«

»Ich sagte dir ja bereits, dass ich dir dabei nicht helfen kann!«, will er mich abwimmeln.

»Es geht nicht um den Job, es geht um etwas anderes!«

»Ach ja«, kommt es skeptisch aus dem Hörer.

»Wann gedenkst du nach Deutschland zu fahren?«, falle ich mit der Tür ins Haus.

»Morgen früh!«

»Nimmst du mich mit?« Wie gut, dass er meinen bettelnden Gesichtsausdruck nicht sieht.

»Ich denke, du fliegst!«, wundert er sich.

»Habe es mir anders überlegt!«

»Aha. Gut, na klar kannst du mitfahren!«

»Kann ich vielleicht jetzt gleich schon zu dir kommen, ich habe kein Hotelzimmer mehr!«

»Na ja,«, sagt er zögerlich, »gut, von mir aus, komm vorbei. Ich bin jetzt allerdings gerade unterwegs, aber der Schlüssel liegt unter dem Blumentopf rechts am Eingang. So ein kleiner grüner Topf mit einer Agave.«

Klar, dass er keine Angst hat, dass man den Schlüssel finden und bei ihm einbrechen könnte. Er passt wirklich hervorragend zu Charlie. Ich bin schon auf ihr Gesicht gespannt, wenn ich ihn ihr vorstelle.

Erst nachdem ich die Rücklichter vom Taxi sehe, traue ich mich, den Schlüssel unter dem Blumentopf hervorzuholen. Hinterher beobachtet mich der Taxifahrer noch, denke ich misstrauisch, der war mir eh nicht ganz geheuer.

Entspannt lasse ich mich in den Ohrensessel neben dem Kamin fallen. Die Krücken lege ich auf den Boden, und das Bein hebe ich vorsichtig auf einen kleinen Beistelltisch, den ich ein Stück näher zu mir heranziehe, und genieße das geschmackvolle Ambiente, besonders nach dem sterilen Krankenhaus-Inventar. Mein Blick wandert hinaus zu dem Sonnenblumenfeld. Heute drehen mir die Blumen den Rücken zu. Das wirkt irgendwie nicht sehr einladend, denke ich fast schon beleidigt, weil ich ihr Verhalten mit Axels assoziiere. Gerne würde ich jetzt ein einen Schluck Wasser trinken, aber ich schaffe es nicht, mich aufzuraffen, um in die Küche zu humpeln; lieber schicke ich Charlie noch mal eine SMS.

Komme doch nicht mit dem Flieger.
Mach dir keine Sorgen, melde mich später.
Toni

Irgendwann nicke ich ein, und als ich erwache, dämmert es draußen bereits. Ich höre einen Wagen vorfahren, ein

Schlüssel wird ins Schloss gesteckt, und dann steht Axel im Raum. Ich bin so unglaublich froh, ihn zu sehen, dass ich fast schon erleichtert bin, ein gebrochenes Bein zu haben, sonst wäre ich ihm womöglich noch in die Arme gesprungen.

»Ach du meine Güte«, stellt er die Einkaufstaschen in die Ecke und kommt direkt auf mich zu. Mit sorgenvoller Miene kniet er sich neben mich auf den Boden. »Was ist passiert?«

»Ein Autounfall. Nichts Schlimmes. Glatter Bruch. Aber mit dem Fliegen ist das jetzt so blöd. Ich glaube, es ist besser, wenn ich mit dem Auto fahre.«

»Aber die haben doch extra Krankentransportflüge!«

»Hm, schon, aber das ist so aufwendig. Und wenn das für dich kein Problem ist, dann fahre ich, wie gesagt, lieber mit dir mit dem Auto!«

»Aber du weißt schon, dass wir dann unglaublich lange unterwegs sind!«

»Wie lange?«, will ich wissen.

»Zur Hochzeit bist du auf jeden Fall pünktlich, wenn dich das beruhigt.«

»Es beruhigt mich ungemein!«

Wenn der wüsste. Es be*un*ruhigt mich sogar so sehr, dass ich mir am liebsten noch das andere Bein brechen würde, um völlig transportunfähig zu sein. Vielleicht hätte ich doch im Krankenhaus bleiben sollen.

»Möchtest du etwas essen oder trinken?«

»Gerne. Beides am besten.« Komisch, in seiner Anwesenheit bekomme ich irgendwie immer Appetit, und Magenschmerzen habe ich dann auch nicht.

»Pasta?«, schlägt er vor.

Ich nicke begeistert.

Aus dem Kühlschrank holt er ein paar Zutaten heraus, und in Windeseile brutzelt er uns ein köstliches Gericht. Dabei beobachte ich ihn und fühle mich ertappt, als er sich ad hoc zu mir herumdreht und fragt: »Kannst du denn mit den Krücken in die Kirche humpeln!«

»Klar, warum nicht!«

»Was sagt denn Jobst?«

»Was soll er sagen«, ziehe ich kurz die Schultern hoch.

»Also, ich würde verschieben, wenn du mich fragst!«

Frage ich aber nicht! Mein Handy klingelt.

»Klingelt das Ding eigentlich irgendwann mal nicht«, fragt er süffisant.

Ich spüre, dass er mich nicht aus den Augen lässt, als ich drangehe. Es ist Charlie, sie hat wahrscheinlich gerade meine SMS empfangen.

»Wollte nur wissen, was jetzt wieder los ist. So langsam machst du mir meine Position als Chaos-Queen streitig. Wie willst du denn jetzt nach Hause kommen?«

»Axel nimmt mich mit!«

»Da ist er ja wieder, der gute Axel. Du bist also momentan bei ihm!«

Ich sehe förmlich ihr breites Grinsen vor mir.

»Ja, ich fahre morgen mit ihm, mit dem Auto. Wir werden so gegen Abend da sein«, blicke ich, um eine Bestätigung von Axel zu erhaschen, in seine Richtung.

Er nickt kurz und verteilt die Teller auf dem Tisch, dann schenkt er mir ein Glas Wasser und sich ein Glas Wein ein.

Nachdem ich eingehängt habe, bitte ich ihn ebenfalls um ein Glas Wein, in der Hoffnung, dass der mich ein bisschen entspannt. Ich bin in seiner Gegenwart immer so verkrampft.

»Ich denke, du trinkst keinen Alkohol«, stellt er jetzt vollends verwirrt fest.

»Man kann seine Meinung doch mal ändern.«

»Du änderst deine aber ganz schön oft!«, konstatiert er und holt mir dann auch ein Glas. »Hoffentlich ist das bei den Männern anders«, grinst er und weiß gar nicht, wie sehr er damit den Nagel auf den Kopf getroffen hat.

Dieses Lachen, diese Zähne, unglaublich, wenn ich nicht aufpasse, dann verwechsle ich ihn noch so stark mit Marc, dass ich ihn frage, warum er mich damals betrogen hat. Nur die Unterarme, »phhhhhhhhhh«, stöhne ich plötzlich laut auf, sind noch besser als Marcs.

»Schmerzen?«, missinterpretiert er mein Stöhnen.

»Ein bisschen«, versuche ich tapfer auszusehen. Dann drehe ich mir Spaghetti auf die Gabel und esse hungrig ein paar Bissen. »Köstlich. Das ist irrsinnig köstlich. Was ist das?«

»Gambas, gerösteter Knoblauch, Kräuter der Provence, ein Schuss Weißwein …«

»Mhm!«, verdrehe ich die Augen und befürchte, dass ich soeben richtig gierig aussehe. Axel lacht, und die feinen Fältchen in seinen Augewinkeln vertiefen sich dabei. Dann nimmt er einen Finger und wischt mir etwas Öl unter dem Kinn ab, das mir anscheinend soeben dort hinunterläuft. »Warte, ich hole dir eine Serviette«, springt er auf.

Stocksteif warte ich, bis er zurückkommt und mir die Serviette reicht. Verhalten esse ich weiter, denn die Berührung eben hat mich zutiefst erschreckt. Es hatte so etwas Intimes, Vertrautes, irrsinnig Schönes, wie damals mit Marc. Warum taucht das Gespenst der Vergangenheit ständig auf? Er war doch so lange in den Untiefen meiner Seele verschwunden. Irgendwo hat er gelauert, um ausgerechnet beim Bruder meines Bräutigams wiederaufzutauchen, das ist nicht fair.

»Mar… ähem, Axel«, wie blöd von mir, »danke, dass du mich so nett versorgst und dass ich hierbleiben darf. Ja, und auch dafür, dass du mich morgen mitnimmst.«

Räuspernd steht Axel auf. Er geht auf Distanz, das spüre ich. Wahrscheinlich hat er Angst, dass ich ihm wie beim letzten Mal wieder auf die Pelle rücke. Denn das bin ich ja wirklich, gestehe ich mir ehrlich ein. Aber er hat auch so nette Sachen über mich gesagt, von wegen, dass ich tief in mir drinnen eine Romantikerin und Idealistin bin und dass ich geheimnisvoll sei. Natürlich habe ich das alles nicht vergessen, und es steht auch im Moment wieder zwischen uns. Schlagartig wird mir bewusst, dass ich ihm in den letzten Tagen näher gekommen bin als Jobst jemals zuvor. Er hat mich tief in meinem Inneren berührt, besonders an Stellen, die schon lange brachliegen. Sicherlich liegt es an der offensichtlichen Ähnlichkeit mit Marc. Andererseits kann es nicht sein, dass in meinem Kopf, Herz und Gehirn seit Tagen Jobst, Axel, Marc und dieser geheimnisvolle Unbekannte mit den Mandelaugen kreisen. Erst habe ich es ja auf den Hormonspiegel geschoben, jetzt frage ich mich, ob das doch mit dem Burn-out zusammenhängen kann, vielleicht sollte ich tatsächlich mal mit einer Therapeutin darüber reden. Charlie ist zu befangen, Steffi habe ich zu lange nicht mehr gesprochen. Meine Eltern würden das nicht verstehen, also, warum vielleicht nicht doch wirklich mal einen Profi kontaktieren. In der Firma hatten wir mal ein Seminar bei dieser Gesprächspsychologin, dieser, dieser Frau … wie hieß sie noch gleich, schnipse ich unbewusst mit den Fingern, irgendwo im Büro muss ich noch die Adresse haben, vielleicht kann ich einen kurzfristigen Termin bei ihr bekommen. Ich bin erstaunt, wie sehr mich dieser Gedanke auf einmal beruhigt, und auch der Blick auf Axel holt mich wieder zurück auf diesen Planeten. Selbstvergessen schaut er aus dem Fenster und wippt leicht mit dem Oberkörper zur Musik, die er gerade angestellt hat. Plötzlich muss ich an das Weingut denken, an den irrsinnig schönen Ausblick, an die fremden Gerüche, an den duftenden Lavendel, und genau in dem Moment dreht sich Axel zu mir herum.

»Wie ist das Gespräch mit Madame Jacardie gelaufen?«

»Nicht gut. Wir sind raus!«

»Ist das meine Schuld?«, sieht er mich halb herausfordernd, halb schuldbewusst an.

»Nein, natürlich nicht. Wir hätten sicherlich auch nicht den Zuschlag erhalten, wenn du tatsächlich den philosophischen Zirkel geleitet hättest. Madame Jacardie war von Anfang an klar, dass es die anderen sein werden. Vielleicht ... oder sogar ganz sicher liegt es auch daran, dass es eine französische Hotelkette ist und wir eine deutsche sind.«

Axel zuckt die Schultern: »Das kann sein. Ich weiß nicht, ja, wahrscheinlich hatte das auch eine gewisse Bedeutung – aber ich hatte den Eindruck, Madame Jacardie handelt nach dem Motto, *der Bessere möge gewinnen.*«

»Keine Ahnung. Mag sein. Dann war ich eben nicht die Bessere!«

»Doch, das warst du bestimmt. Du hast das Produkt prima verkauft, man hätte es nicht besser machen können, aber es steckte halt nicht mehr drin in eurem Programm.«

»Ja, ich finde auch, dass ich alles gegeben habe. Jetzt muss mein Kollege ran.«

»Aber ich denke, ihr seid raus!«, sagt Axel perplex.

»Mein Chef gibt nie auf, nie!!!«

»Ich verstehe, er gehört zu den Typen, die nicht wissen wann Schluss ist, und die nicht sportlich verlieren können. Jobst ist auch so einer«, murmelt er vor sich hin.

»Was hat das denn jetzt mit Jobst zu tun?«, hake ich nach und bedauere, dass meine Stimme etwas schärfer klingt, als ich eigentlich wollte.

»Lass uns nicht über Jobst reden, okay?«

»Aber du bist sein Trauzeuge *und* sein Bruder!«

»Ich liebe ihn, aber ich verstehe ihn nicht. Manchmal wünschte ich mir den alten Jobst zurück, aber dass das nicht geht, weiß ich natürlich auch.«

Seltsam, Charlies Standardspruch ist, dass sie sich ihre alte Schwester zurückwünscht. Was ist mit uns passiert, dass wir uns so verändert haben? Hätte der alte Jobst wohl auch so gut zur alten Toni gepasst, oder die alte Toni zum neuen Jobst? In meinem Kopf braut sich wieder ein Gedankengewitter zusammen, das ich jetzt wirklich nicht gebrauchen kann.

»Ich rufe mal eben den Kollegen an, und dann würde ich gerne ins Bett gehen!«, lasse ich verlauten.

Mehr aus Pflichtgefühl als aus Interesse wähle ich die eingespeicherte Nummer von Merwald, seine aufgesetzt dynamische Stimme löst bei mir eine unbeschreibliche Aversion aus.

»Haben Sie sie erreicht?!«

«Ich habe beschlossen, Madame Jarcadie morgen einen Überraschungsbesuch abzustatten«, triumphiert er.

»Na, dann viel Glück!«

Nachdem ich eingehängt habe, rekle ich mich und gähne ungeniert. »Oh, Entschuldigung!«

Axel reicht mir die Hand. »Komm, ich bringe dich ins Bett!« Als er mich zu sich hochzieht, stoße ich mit dem Kopf gegen seine Brust. Sein warmer, leicht herber Duft lässt mich kurzfristig die Augen schließen. Würzig, denke ich, und muss an den Hochzeitswein denken. Das machen wohl die Luft und die Erde hier. Axel hält meinen verträumten Zustand für Müdigkeit und geleitet mich hinüber in sein Schlafzimmer. In Windeseile bezieht er das Bett frisch und verabschiedet sich mehr oder weniger hektisch. An der Tür dreht er sich noch einmal zu mir herum. »Wenn du noch etwas brauchst, dann ruf einfach.«

»Kannst du mir wohl ein T-Shirt geben? Ich habe kein Nachthemd mit, und die Sachen, die ich am Leibe trage, muss ich wohl oder übel morgen wieder anziehen. Mein Koffer dürfte nämlich soeben in Köln landen«, grinse ich.

Axel öffnet eine Schranktür, stellt sich auf die Zehenspitzen und reicht mir ein T-Shirt. Leider ein frischgewaschenes T-Shirt, ein mit seinem Duft getränktes wäre mir lieber gewesen. Viel lieber!

»Wieso ist denn dein Koffer eigentlich im Flieger?«

»Ein Versehen«, sage ich schnell, als ich merke, dass ich mich verplappert habe, schließlich braucht er nicht zu wissen, dass ich schon so gut wie im Flugzeug saß.

»Gut, dann also gute Nacht!«, verabschiedet er sich an der Tür und verharrt doch noch einen kurzen Moment, als könne auch er sich nicht trennen. »Sag mal, Antonia ...«, schiebt er verlegen die Ärmel seines T-Shirts hoch.

»Ja?«

»Bilde ich mir da etwas ein?«

»Was genau?«

»Ach nichts, gute Nacht!«

»Gute Nacht!«

»Also, ähem«, räuspert er sich, »wenn du was brauchst, dann ruf einfach!«, wiederholt er sich.

»Ja, mach ich. Danke!«

Dann löscht er das Licht und schließt die Tür hinter sich.

Ob Merwald jetzt wohl in meinem Hotelbett liegt? Ob Jobst ähnliche Zweifel bezüglich der Hochzeit hat wie ich? Ob Charlie recht hat, dass Jobst nicht der Richtige für mich ist? Immer diese *Obs*, seufze ich. Ich lasse meinen Kopf ins Kissen fallen, kein Gedanken-Googeln mehr, Antonia, ermahne ich mich, schlaf jetzt. Da durchzuckt mich auf einmal ein pochender Schmerz. Mein Bein, ahhh, vielleicht sollte ich doch besser eine Tablette nehmen.

»Axel!«, rufe ich laut, doch es rührt sich nichts. »Aaaaaxel«, erhebe ich meine Stimme, doch es tut sich immer noch nichts.

Ob er noch mal weggefahren ist? Vielleicht zu Lilly-Prune? Erbost erhebe ich mich, bekomme im Dunkeln die Krücken zu fassen und stakse unsicher zur Tür. Nachdem ich sie umständlich geöffnet habe, rufe ich erneut: »Aaaaxel!«

Durch die Verandatür sehe ich eine dunkle Gestalt mitten im Sonnenblumenfeld stehen und in den Nachthimmel stieren, es ist Axel.

Leise trete ich durch die großen Flügeltüren zu ihm ins Freie: »Was machst du denn da?«

»Sternschnuppen zählen«, sagt er selbstvergessen, und dann ruft er erstaunt aus: »Hey, und was machst du hier?«

Mir wird bewusst, dass ich mit nichts als seinem T-Shirt auf der Veranda stehe, aber es ist eine so schöne, angenehme Luft, und ich blicke ebenfalls nach oben. »Ich wollte dir beim Zählen helfen!«, necke ich ihn. »Na ja, eigentlich wollte ich dich bitten, mir eine Schmerztablette und etwas Wasser zu bringen.«

Axel geht an mir vorbei ins Haus. »Warte, ich hole sie dir!«

»Die müssen irgendwo in meiner Handtasche sein, eine grüne Schachtel mit roter Schrift«, rufe ich ihm hinterher, setze mich auf die Holzbank und lausche dem Gesang der Zikaden.

Kurze Zeit später kommt er mit einer Tablette und einem Wasserglas zurück.

»Hier, bitte«, hält er mir die Tablette in seiner offenen Handfläche entgegen, dann sagt er grinsend: »Du bist die erste Frau, die ich kenne, die eine akribisch aufgeräumte Handtasche hat.«

»Wie meinst du das?«, frage ich unsicher.

»Na ja, du bist so sortiert und strukturiert.«

»Ich weiß ja nicht, in wie viele Frauenhandtaschen du schon geschaut hast, aber ich finde das ganz normal«, sage ich gekränkt, weil es sich so anhört, als wäre ich nicht normal.

»Sei doch nicht immer gleich eingeschnappt!«

»Bin ich gar nicht!«, schlucke ich die Tablette hinunter, schnappe mir die Krücken und stemme mich hoch.

»Doch, du bist immer gleich beleidigt, wenn ich irgendwas sage!«

»Das stimmt nicht, Axel, das bildest du dir ein!«, entgegne ich sauer und will an ihm vorbei ins Haus humpeln, da hält er mich plötzlich am Arm fest. Erstarrt durch die Berührung, bleibe ich stehen und schließe für einen Moment die Augen. Mein Herz schlägt mir bis zum Hals, und ich wünsche mir nichts sehnlicher, als dass er mich jetzt küsst. Dabei verdränge ich den Gedanken, dass es wohl mehr als pervers ist, seinen eigenen Schwager kurz vor der Hochzeit zu küssen.

Axel steht jetzt ganz nah vor mir, legt seinen Zeigefinger unter mein Kinn und hebt es zärtlich hoch. Wir sehen uns in die Augen, lange, ganz lange, so lange, bis Axels Mundwinkel zucken. »Das ... das ... ist nicht richtig«, murmelt er noch, und dann berühren sich unsere Lippen, sie brennen richtig, und es ist, als saugten wir uns aneinander fest. Ich sacke leicht in den Knien weg, und als er das merkt, hebt er mich hoch und trägt mich hinüber ins Schlafzimmer. Zum ersten Mal in meinem Leben schalte ich mein Gehirn komplett aus, und als mir Axel das T-Shirt über den Kopf zieht, bebe ich vor Verlangen.

»Du riechst so gut!«, wispere ich und vergrabe mein Gesicht in seiner Brust.

Axel stöhnt lustvoll auf, als ich seinen Körper mit unzähligen Küssen bedecke, während meine Hände seine Gürtelschnalle öffnen und ihm die Jeans vom Körper streifen. Wehrlos liegt er nun unter mir, und ich setze mich – so gut, wie es mit meiner Schiene eben geht – auf ihn. Seine Hände schieben sich über meine Oberschenkel und über meinen Bauch bis zu meinen Brüsten, die er erst sanft und dann immer fester umfasst. Er richtet seinen Oberkörper auf und umschließt sie zärtlich mit den Lippen. Meine Hände vergraben sich in seinen Haaren, sanft ziehe ich seinen Kopf zurück in den Nacken, und dann finden sich unsere Lippen wieder. Dieser Kuss ist noch heißer, noch leidenschaftlicher, er schmeckt wie ausgehungert. Ich will mehr, ich will ihn spüren, und vorsichtig rolle ich mich von ihm herunter auf die Seite, zärtlich schiebt er seine Hand zwischen meine Schenkel, doch ich ziehe sie blitzartig zurück. »Bitte nicht ... sonst ist alles vorbei«, flüstere ich noch, aber dann kann ich mich selber nicht mehr bremsen, ich bin erschrocken, wie erregt ich bin, und höre mich sagen: »Nimm mich«. So etwas habe ich noch nie gesagt, im Gegenteil, normalerweise bin ich beim Sex stumm wie ein Fisch, und auch Jobst lässt keinen Mucks verlauten. Jobst! Wer ist Jobst?

Zufrieden und eng an ihn gekuschelt wache ich irgendwann am frühen Morgen neben Axel auf. Gleißendes Sonnenlicht fällt durch die Vorhänge, und ich erforsche sein Profil mit dem Zeigefinger. Plötzlich habe ich Bilder von meinem ersten Mal vor Augen. Ich war sechzehn und Marc neunzehn, wir haben uns den dritten Sommer auf Amrum getroffen und waren dieses Mal wie elektrisiert, als wir uns sahen. Wir wussten, dass es passieren würde. Eines Nachts wollten wir uns heimlich mit ein paar Freunden am Bootshaus zum Lagerfeuer treffen. Doch die anderen wurden erwischt, als sie sich hinausschleichen wollten, und Charlie sagte, sie bliebe zu Hause, dann würde es nicht so auffallen, falls unsere Eltern wach würden. Somit waren Marc und ich die einzigen Menschen in dieser Nacht, an diesem Strand. Meine Taschenlampe leuchtete mir den Weg durch die Dünen, er war vor mir da, und als ich mich neben ihn in den Sand legte, fielen wir regelrecht übereinander her. Gemeinsam kullerten wir hinunter bis zum Meer. Es war unglaublich, es war Verschmelzung, es war Urgewalt, es war perfekt.

Das habe ich die ganzen Jahre über gesucht und nie wieder gefunden. Ich hätte es auch gar nicht finden können, weil ich Angst davor hatte. Somit habe ich mir Männertypen gesucht, die mir dieses Gefühl gar nicht geben konnten. Aber das mit Axel heute Nacht, das war irrsinnig schön, und es kam ganz nah ran, auf jeden Fall hat es etwas in mir neu erweckt, nämlich die alte Toni, die sich nicht mit etwas zufrieden geben sollte, was sie nicht hundertprozentig erfüllt.

Endlich begreife ich, was Charlie mir die ganzen Jahre über sagen wollte. Sie kennt mich tatsächlich besser als ich mich selbst, lächle ich, Charlie will einfach nur mein Glück, und sie hat recht, wenn sie glaubt, dass die Beziehung zu Jobst mehr Vernunft als Leidenschaft ist. Aber Leidenschaft hat mich damals nur verletzt. Erstaunlicherweise ist die Wunde, die sich um mein Herz gelegt hat, doch noch nicht richtig vernarbt gewesen, sonst hätte Axel die Kruste heute Nacht nicht lösen können. Dafür bin ich ihm unendlich dankbar, und deshalb hält sich mein schlechtes Gewissen Jobst gegenüber in Grenzen, auch wenn das, was wir hier getan haben, wohl das Mieseste war, was man tun kann, und ich eigentlich auch nicht besser bin als Marc damals. Ich bereue es trotzdem nicht. Vorsichtig kuschle ich mich näher an Axel heran, seine Haare kitzeln mich, und ich streiche sie aus meinem Gesicht. Davon wird er wach.

»*Bonjour*«, sagt er heiser und lächelt mich unsicher an. »Wir haben etwas ganz Schreckliches getan.«

»Ich weiß!«

»Das wird Jobst mir nie verzeihen!«

»Mir auch nicht!«, dann zupfe ich ihn an einer Haarsträhne. »Was wird Lilly-Prune dazu sagen?«

»Sie wird es mir auch nicht verzeihen«, sagt er überzeugt.

»Tut es dir leid?«, will ich wissen.

»Nein, das ist ja das Seltsame, es tut mir kein bisschen leid. Ich konnte dir nicht aus dem Weg gehen. Es klingt kitschig, aber ich wusste, dass es passieren musste!«

»Ja, seltsam nicht wahr, ich habe das auch sofort gespürt, obwohl ich mich die ganze Zeit dagegen gewehrt habe.«

»Ist das Liebe?«, fragt er nach.

Ich zucke mit den Schultern: »Oder sexuelle Anziehungskraft?«

»Keine Ahnung«, grinst er, »aber es hat sich gut angefühlt.«

»Ja«, bestätige ich ihm, »aber es darf nie wieder vorkommen.«

»Schade«, grinst er und schiebt seine Hände unter die Decke, um meine Schenkel zu streicheln.

»Axel!«, sage ich ernst.

»Ja!«

»Du musst mir etwas versprechen!«

»Gerne«, nuschelt er, während er mich auf den Hals küsst.

»Nein, ehrlich«, ich ziehe ihn unsanft an den Haaren zurück, »das mit uns darf nicht weitergehen.«

»Okay«, klingt er abwesend und vergräbt sein Gesicht jetzt zwischen meinen Brüsten.

Lachend schlage ich ihm auf den Rücken, als er seinen Oberkörper wölbt, sich wie eine Kobra über mich schlängelt und bettelt: »Nur noch *ein Mal*!«

Später, als ich hinten im Jeep liege und wir schon ein paar Stunden gefahren sind, unterhalten wir uns angeregt über unser Leben. Ich bin erstaunt, wie falsch ich diesen verletzlichen und sensiblen Mann eingeschätzt habe. Ich bin froh, dass er *mein Medizinmann* war, wie ich ihn seit gestern heimlich nenne, weil er mich auf unerklärliche Weise geheilt hat.

»Wirst du es Jobst sagen?«, sucht er im Rückspiegel meinen Blick.

»Ich weiß es nicht. Erst mal muss ich die Hochzeit absagen. Nach alledem kann ich ihn nicht mehr heiraten.«

»Das wird ein Schock für ihn!«

»Ich weiß«, nicke ich bestätigend, »aber es würde ein

noch größerer Albtraum, wenn wir beide feststellen, dass wir eine reine Vernunftehe eingegangen sind. Außerdem will Jobst keine Kinder, und ich habe in den letzten Tagen festgestellt, dass ich gerne welche möchte.«

»Meinst du, mit uns beiden könnte es *irgendwann* etwas werden?«

»Keine Ahnung, ich brauche jetzt erst mal eine Auszeit. Verstehst du? Es wäre falsch, sich in eine neue Beziehung zu stürzen, und erst recht mit dem Bruder des Bräutigams, das wäre nicht richtig. Nein, momentan sehe ich da keine Zukunft!«

»Das klingt wieder sehr rational«, sagt er verletzt.

Beschwichtigend lege ich meine Hand auf seine Schulter: »Das soll es nicht, Axel, ganz bestimmt nicht. Ich merke nur, ich brauche erst einmal viel Zeit für mich. Ganz viel Zeit.« Dann berichte ich ihm von der Ärztin und dem Vorschlag mit der Therapie und von Marc, und ich erzähle ihm sogar von der vermeintlichen Schwangerschaft, denn ich möchte unbedingt, dass er versteht, warum ich mich im Moment auf nichts einlassen möchte.

»Ich wüsste momentan, ehrlich gesagt, auch nicht, wie wir Jobst das beibringen sollten«, klingt er betrübt.

Dann schweigen wir eine Zeit lang, und als wir an einer Raststätte hinter Freiburg rausfahren, um zu tanken und eine Kleinigkeit zu essen, fühle ich mich seit Langem mal wieder richtig frei. Es wäre falsch, Axel jetzt Hoffnungen zu machen, es wäre auch falsch, Jobst zu erzählen, dass ich mit seinem Bruder geschlafen habe. Über mich wird Jobst eines Tages hinwegkommen, aber über die Tatsache, dass sein Bruder auch noch mit seiner Braut geschlafen hat, bestimmt nicht. Axel und ich einigen uns darauf, dass wir das Geheimnis besser mit ins Grab nehmen.

»Darf ich dich anrufen?«, fragt Axel vorsichtig, nachdem er mir nach unserer Ankunft in die Wohnung geholfen hat.

»Das darfst du!«

Als ich mich noch einmal fest an ihn schmiegen will, klingelt mein Handy.

»Hallo, Jobst! Ja, ich bin wieder da ...«

Axel macht mir ein Zeichen und schleicht sich leise hinaus.

»Wiedersehen, Medizinmann«, wispere ich ihm traurig hinterher.

»Seit wann bist du da?«, hallt es mir freudestrahlend entgegen.

»Gerade zur Tür reingekommen!«

»Hast du eine gute Fahrt gehabt?«

»Ja, sehr gut, danke!«

»Ich bin gleich bei dir, soll ich etwas zu essen mitbringen? Hier ist so ein toller Sushi-Laden!«

»Ich hasse Sushi!«

»Ach, wirklich?! Was möchtest du denn?«

»Bring nur dir etwas mit, ich habe gerade keinen Appetit!«

»Gut, dann bin ich in circa zwanzig Minuten bei dir!«

Aufgewühlt humpele ich ins Badezimmer, um mich schnell noch ein bisschen frisch zu machen, bevor Jobst kommt. Was ich im Spiegel sehe, als ich mit der Noppenbürste kreisend die Waschlotion im Gesicht verteile, sind zwar immer noch müde Augen, aber auch ein zufriedener Zug um den Mund. Es geht mir endlich mal wieder gut, kein Schwindel, keine Magenschmerzen, ich muss einfach nur an Axel und an die wunderschöne Nacht denken und an die Erinnerungen, die in der Nacht in mir wachgerufen wurden. Endlich wurden mir die Augen geöffnet, dass ich nach der Verletzung durch Marc vor Jahren den falschen Weg eingeschlagen habe, als ich an der Weggabelung des Lebens stand. Jetzt bin ich wieder dorthin zurückgekehrt und werde es mit dem anderen Weg versuchen. Ob der der richtige ist, weiß ich natürlich auch nicht, aber vielleicht kann mir dabei die Therapeutin helfen. Meine Güte, so viele Punkte auf meiner Agenda, und alle betreffen nur mich, das ist mal ein ganz neues Gefühl, dass sich nicht nur alles um meinen Job dreht.

Ich lege etwas getönte Tagescreme auf und tupfe mit den Fingerspitzen Rouge auf meine Wangenknochen, dann halte ich kurz inne, vielleicht sollte ich noch Lippgloss nehmen. Jobst mag dieses klebrige Zeugs, wie er es nennt, nämlich gar nicht gerne, dann kommt er auch nicht in Versuchung, mich länger zu küssen, entscheide ich vorsätzlich. Kurzerhand pinsle ich mir die farblose Schmiere dick auf die Lippen. Als es klingelt, schnappe ich mir meine Krücken, die an den Badewannenrand gelehnt sind, und humple zur Tür. Im selben Moment, als ich den Knopf für den Türöffner drücke, klopft bereits oben jemand an meine Wohnungstür. Wahrscheinlich hat ein Nachbar Jobst unten reingelassen, vermute ich und finde es auf einmal befremdlich, dass ich ihm nach vier Jahren noch keinen Schlüssel gegeben habe.

Schwungvoll öffne ich die Tür, doch zu meinem Erstaunen steht Frau Faust von gegenüber vor mir.

»Ich habe einen Koffer für Sie angenommen, er ist gestern angekommen«, schiebt sie den Trolley mit einem dicken Fragezeichen auf der Stirn zu mir herüber, und ich bin sicher, sie stirbt soeben wieder vor Neugierde. Als es erneut klingelt, bleibt sie wie angewurzelt stehen. Das muss jetzt Jobst sein, ich drücke erneut auf den Türöffner.

»Was haben Sie denn mit Ihrem Bein gemacht?«, schlägt sich Frau Faust erschrocken die Hand vor den Mund.

»Abgestürzt. Beim Paragliden. Wissen Sie, bei so einem Tandem-Sprung aus zweitausendachthundert Metern Höhe. Es war unglaublich!«

»Ja, wirklich unglaublich, was du da erzählst«, schiebt mich Jobst kopfschüttelnd in meinen Flur hinein und verabschiedet Frau Faust mit einem »Schönen Tag noch!«. Wie es scheint, findet er meine Story gar nicht komisch. »Warum schwindelst du die arme Frau denn so an?«

»Sie will es ja nicht anders!«

»So ein Quatsch! Wie geht es deinem Bein?«

»Ganz gut, ich habe vorhin eine Schmerztablette genommen!«

»Die Schiene sieht echt sexy aus«, grinst er, dann stellt er sein Essen auf die Vitrine im Flur und reibt sich die Hände. »So, bevor ich das hier vernasche«, zeigt er auf die Sushi-Portion, »knabbere ich erst einmal ein wenig an dir.« Unaufhaltsam nähern sich seine Lippen meinem Mund. »Äh, wieso hast du denn dieses klebrige Zeugs auf den Lippen?«

Wie erwartet, wird der Kuss irrsinnig kurz, unsere Lippen berühren sich nur flüchtig. Unwillkürlich wischt er sich die Glossreste mit dem Handrücken ab, bevor er entschlossen nach seinem Essen greift: »Gut, dann doch erst Sushi.« Zielstrebig marschiert er in die Küche und trällert auf dem Weg dorthin: »Woho hast du denn eine Gahabel?«

»Weißt du wirklich nicht, wo die Schublade mit dem Besteck ist?«, frage ich ehrlich erstaunt.

»Nein, natürlich nicht. Das ist doch deine Wohnung. Da gehe ich doch nicht einfach an die Schubladen.«

»Jobst, findest du das normal?«

»Aber sicher. Du weißt doch auch nicht, wo bei mir das Besteck ist?«

»Doch, das weiß ich!«

»Na ja gut, das vielleicht schon, aber sonst kennst du dich auch nicht in meinen Schränken aus.«

»Ist das nicht seltsam?«

»Nein, wir achten eben beide die Privatsphäre des anderen!«

»Auch wenn wir verheiratet sind?«

Jobst stellt sein Essen auf die Küchentheke, stützt seine Hände auf der Arbeitsplatte ab und sieht mich ernst an: »Was ist los, Antonia?«

Ja, wo fange ich an? Meine Hände verkrampfen sich an den Haltegriffen der Krücken. »Ich kriege … ich habe kalte Füße«, stammele ich unbeholfen, weil es doch viel schwieriger ist, als ich dachte.

»Soll ich dir ein paar Socken holen? Dann musst du mir nur sagen, wo sie sind«, kneift er ein Auge zu.

»Klar«, ich deute in Richtung Schlafzimmer, »im Schiebeschrank, ganz rechts, in der mittleren Schublade.«

Mein Gott, jetzt hat er das mit den kalten Füßen völlig falsch verstanden.

In null Komma nichts ist er zurück. »Hier, ich habe dir gleich die dicken Winterwollsocken mitgebracht, damit du nicht frierst.«

»Das ist lieb von dir«, ich lasse mich auf den Küchenhocker fallen und schinde Zeit, indem ich mir die Socken im Zeitlupentempo überstreife. Wobei ich an dem Bein mit der Schiene erfolglos aufgebe.

»Soll ich dir helfen?«, bietet Jobst mir an, der soeben mir gegenüber Platz nimmt und den Plastikdeckel der Sushi-Verpackung öffnet.

»Danke, geht schon«, winke ich ab.

Aus der Tüte zieht er ein Paar Essstäbchen hervor und schnappt damit nach einem in Algen gekleideten Sushi-Stück, das er mehrfach in Soja-Wasabi-Sauce dippt.

»Hier, iss mal was, vielleicht geht es dir dann besser!«, hält er es mir vor die Nase.

»Danke, Jobst, ich mag das gar nicht, aber du könntest mir vielleicht doch etwas Salami aus dem Kühlschrank holen, und da vorne«, deute ich auf die Brotdose, »müsste noch etwas Toast sein.«

Jobst springt sofort auf und richtet mir umständlich etwas auf dem Teller an, ganz anders als Axel, der einfach viel mehr Selbstversorger zu sein scheint als der personifizierte Restaurantführer Jobst. Hätte ich jetzt nicht den Vergleich gehabt, wäre mir das womöglich gar nicht aufgefallen, außerdem habe ich mich auch selber daran gewöhnt, auswärts essen zu gehen. Andererseits liebe ich es zu kochen, und ab und zu mache ich es mir mit Charlie gemütlich, und wir brutzeln dann häufig einfach etwas zusammen, das wir im Kühlschrank finden, und nennen es »Restemampf«. Das haben wir als Kinder schon immer gemacht, und meistens schmeckt es köstlich, vor allem aber haben wir dabei irrsinnigen Spaß, weil wir nie wissen, was am Ende herauskommt.

»Jobst!«

»Ja!«, sagt er und setzt sich wieder zu mir an den Tisch. Dann kläre ich ihn auf, »das mit den kalten Füßen vorhin, das war eher metaphorisch gemeint.«

»Aha!« Er scheint immer noch nicht zu begreifen, worauf ich hinauswill.

»Also, du kennst doch diesen Film mit Julia Roberts!«, versuche ich es jetzt mit einer Allegorie.

»*Pretty Woman*, klar kenn ich den. Ist das dein Lieblingsfilm?«, pickt er sich wieder etwas aus der Schale. »Alle Frauen lieben ihn«, sagt er grinsend und führt geschickt ein Reisbällchen zum Mund.

»Nein, ich meine eher *Die Braut, die sich nicht traut*!«

Jobst schluckt schwer an dem Reisbällchen, das ihm im Hals festzuhängen droht. Schnell humple ich zur Theke, hole eine Wasserflasche und reiche sie ihm. »Trink!«

»Hast du kein Glas?«, hüstelt er halb erstickt.

»Egal, trink aus der Flasche!«

Wenn das Charlie wüsste, schmunzle ich, denn ich erinnere mich, dass ich ihr vor ein paar Tagen noch die Milchtüte aus der Hand gerissen habe, um ihr ein Glas aufzuzwingen.

»Du hast also keine kalten Füße? Ich meine, sie sind also nicht wirklich kalt. Sondern du hast Angst! Angst vor der Hochzeit!«, fasst er meinen Zustand zusammen und tupft sich mit der Papierserviette den Mund ab.

Langsam nickend fühle ich Anspannung und Erleichterung zugleich.

»Du willst nicht mehr?«

Mir kommt kein Wort über die Lippen.

»Du liebst mich nicht mehr? Nein, anders, du willst nicht dein ganzes Leben mit mir verbringen?«

Ich schweige immer noch.

»Aber warum? Vor ein paar Tagen war doch alles noch in Ordnung? Was ist passiert? Hat es irgendwas mit Axel zu tun?« Bei der Frage frieren seine Gesichtszüge in Sekundenschnelle ein.

»Nein, nein, wirklich nicht, es hat nichts mit Axel zu tun«, widerspreche ich vehement.

»Was ist denn plötzlich passiert, Antonia?«

»Ach, Jobst, eigentlich ist nicht plötzlich etwas passiert, es war eher so ein schleichender Prozess, es waren viele Momente und Situationen, die mir die Augen geöffnet haben. Die mir klargemacht haben, dass es eine Zeit gab, in der ich andere Träume und Wünsche hatte, als ...«

»... als mich zu heiraten!«

»So meine ich das nicht.«

Ach, Jobst, warum siehst du mich nur so todtraurig an.

»Nein, Charlie hatte recht ...«, will ich fortfahren, da unterbricht er mich aufbrausend.

»Ich wusste, dass deine Schwester ihre Hände im Spiel hat, sie konnte mich noch nie ausstehen ...«

»Nein, ich meinte, Charlie hatte recht, dass sie mich daran erinnerte, wer ich einmal war, und dass ich immer Kinder haben wollte. Ich war seit Jahren nicht mehr im Theater, dabei ist das Theater meine Leidenschaft.«

»Warum bist du nie gegangen?«

»Keine Ahnung, ich hatte wohl Angst!«

»Du? Angst? Wovor?«

»Zu erkennen, dass ich damals das Richtige aufgegeben habe, um das Falsche zu beginnen!«

»Was? Einen tollen Beruf zu haben, erfolgreich zu sein, eine Menge Geld zu verdienen – war *das Falsche*?«

»Um genau zu sein, war das für mich das Falsche. Für manche mag es das Richtige sein, aber ich habe zu viel von mir aufgegeben. Ich habe funktioniert, war nur noch für meinen Beruf da!«

»Was ist daran nicht in Ordnung?«, fragt er jetzt völlig verwirrt. »Ich verstehe dich plötzlich nicht mehr!«

»Das Kuriose daran ist, dass *ich* mich aber jetzt plötzlich wieder verstehe, Jobst. Ich bin wieder bei mir angekommen. Ich will nicht nur als geklontes Doppelpack durch die Welt reisen, satt am Strand liegen, überlegen, gehe ich in das eine Restaurant oder in das andere, bestelle ich mir einen Flachbildschirm mit oder ohne eingebautem Receiver, ... ich will Herausforderungen, Leidenschaften, Kinder!«

Jobst setzt sich auf dem Hocker zurück, schlägt die Beine übereinander und lässt die Hände in den Schoß fallen.

»WAS IST IN FRANKREICH PASSIERT?????«

»Frankreich war nur der Auslöser, ich hatte Distanz zu all dem hier. Zu dir, zur Hochzeit, zu Melcher ... ich konnte nachdenken. Klar ist das schwer verständlich, schließlich waren es nur ein paar Tage, aber ich sagte ja schon, es war ein schleichender Prozess. Das kam nicht wirklich von heute auf morgen!«

»Und jetzt?«, sackt er in sich zusammen, als steche man eine Nadel in einen Luftballon.

»Wir müssen die Hochzeit absagen!«, klinge ich bestimmt und bin froh, es ausgesprochen zu haben.

»Aber das geht doch nicht. Du weißt doch, was das kostet?«

»Das ist mir ziemlich egal!«, sage ich ehrlich erstaunt über die Tatsache, dass mir das wirklich völlig egal ist.

»Und die Leute. Wer sagt ihnen ab?«

»Ich könnte es machen, es sei denn, du möchtest«, biete ich ihm zerknirscht an.

»Was soll ich ihnen sagen?«, lässt er niedergeschlagen den Kopf sinken.

Ich beuge mich zu ihm vor und greife nach seinen Händen: »Es tut mir sooo leid, Jobst, wirklich, so unendlich leid, und von mir aus kannst du auch sagen, dass du es dir anders überlegt hast. Wie du möchtest. Wir machen alles so, wie es für dich am angenehmsten ist!«, komme ich ihm entgegen.

»Dann heirate mich«, sagt er mit bebender Stimme.

»Ich kann wirklich nicht!«

Nach endlosen Diskussionen geht Jobst irgendwann mitten in der Nacht. Ich bin völlig übermüdet, kann aber dennoch nicht einschlafen. Zweifel überkommen mich, ob ich richtig gehandelt habe und Jobst nicht vielleicht doch der Richtige ist. Kann ja sein, dass man vor einer Hochzeit zu Überreaktionen neigt. Grübelnd liege ich bis in die frühen Morgenstunden auf der Couch, und als Jobst mich gegen sieben Uhr anruft, bin ich immer noch wach.

»Ist das wirklich dein Ernst, Antonia?«

»Ja, Jobst, wirklich. Ich kann nicht!«

»Jetzt nicht, okay! Dann vielleicht später?«

»Die Frage kann ich dir noch nicht mal beantworten, Jobst.«

»Gut, dann sagen wir ab!«

Ich humple in die Küche und räume Jobsts Essenreste von gestern Abend weg, dann mache ich mir eine Latte macchiato. Als ich die Milch aufschäumen will, stelle ich fest, dass sie bereits schlecht ist und kippe den Rest der angebrochenen Tüte in den Ausguss. Irgendwo hatte ich doch noch H-Milch. Ich öffne einen Küchenschrank und lasse mich auf einen Hocker fallen. Tatsächlich, H-Milch, Kaffee und etwas Karamelsirup. Und das alles genieße ich ohne schlechtes Gewissen.

Mit der dampfenden Tasse sehe ich mich in der Küche um, komisch, hier ist alles noch wie vor ein paar Tagen, als wäre ich gar nicht weg gewesen. Blitzartig kommt mir ein Buch in den Sinn, das ich während meines ersten Semesters verschlungen habe, damals, als ich noch Theaterwissenschaften und Filmgeschichte studierte, bis ich während eines Praktikums bei der Melcher-Hotelkette die Möglichkeit bekam, dort einzusteigen. Das Angebot war für eine Studentin, die ständig knapp bei Kasse war, aber auch zu verlockend. Melcher bot mir neben einem unglaublichen Gehalt auch noch die Aussicht auf die spätere Projektleitung im Hotel-Management an. Von Anfang an hat er mich protegiert und sogar mein Marketing- und BWL-Studium finanziert, das ich im Schnelldurchlauf an der Fernuni absolvierte. Nicht dass es mir nicht Spaß gemacht hätte, und mein Notendurchschnitt gab Melcher recht, aber meine Leidenschaft lag eindeutig bei den Theaterwissenschaften. Mein Gott, wie lange habe ich nicht mehr an mein Studium gedacht, das muss alles in einem anderen Leben gewesen sein. Das Buch! Genau, wie hieß es noch gleich, es war von einem gewissen Christopher Vogler, der darin beschreibt, dass jeder Geschichte ein Monomythos zugrunde liegt. Der Protagonist muss während seiner Reise Tests, Herausforderungen und Probleme durchlaufen, die Vogler als den Weg der Seele durch das Leben versteht. Somit startet man im Theater, Film oder Buch genau wie im wahren Leben an irgendeinem Punkt, geht dann auf eine innere oder äußere Reise und kommt als komplett veränderter Mensch zu seinem Ausgangspunkt zurück. Im Hinblick auf mein Leben würde das bedeuten, dass ich vor ein paar Tagen in dieser Küche gestartet bin, mich auf die Reise in die Provence machte, dort mit diversen Tests, Herausforderungen und Problemen konfrontiert wurde – und jetzt hier in der Küche eine komplett andere Antonia sitzt. Genau, jetzt fällt mir der Titel wieder ein: *Die Reise des Helden!*

Alles nimmt seinen Gang. So perfekt, wie wir uns um die Organisation gekümmert haben, so perfekt wickeln Jobst und ich bereits am nächsten Tag alles für die geplatzte Hochzeit ab. Hand in Hand. Wir sind eben ein gutes Team. Trotz allem. Es zeugt schon von einem anständigen Charakter, dass Jobst mich nicht alles Unangenehme alleine machen lässt, nur den Sommelier vom *Savoir Vivre*, den überlässt er mir dann doch, wahrscheinlich ist das eine kleine Bestrafung, die er sich nicht verkneifen kann, vermute ich. Seltsamerweise nimmt es Monsieur Chabrel sehr gelassen auf, doch sind die Kosten für die Absage im Restaurant wirklich gesalzen. Dreitausend Euro wollen sie fürs Canceln haben. Das ist schon ein bisschen dreist, finde ich, vor allem, weil die unsere Menüauswahl doch bestimmt auf die Tageskarte setzen werden. »Die übernehme ich natürlich«, habe ich Jobst sofort angeboten. Er war einverstanden, so wie er mit allem einverstanden ist. Es tut weh, ihn so zu sehen.

Charlie kommt hereingestürmt, natürlich hat sie einen Zweitschlüssel. Privatsphäre gibt es bei uns beiden so gut wie nicht, und ich fühle mich wohl damit, sehr sogar.

»Ich bin ja so glücklich«, umarmt sie mich freudestrahlend.

»Na, ein bisschen mehr Trauer wäre schon angebracht!«, erhebe ich mahnend den Zeigefinger.

»Hach, komm, das wäre Heuchelei, du weißt doch

genau, wie ich zu eurer Hochzeit stand«, winkt sie ab. Dann fläzt sie sich neben mich aufs Bett. »Jetzt will ich aber wissen, was dich umgestimmt hat, oder sollte ich besser sagen: WER!«, boxt sie mich feixend in die Rippen. Dann fragt sie noch schnell mit besorgtem Blick auf mein Bein: »Besser?«

»Ja, besser. Ist halt gebrochen. Noch drei Monate die Schiene, und ich bin ein neuer Mensch!«

»Nun schieß schon los«, bohrt sie mir jetzt ungeduldig ihren Daumen in den Oberarm.

»Du hast recht gehabt!«

»Klar!«, sie zwinkert mit den Augen. »Aber womit?«

»Leider mit fast allem!«

»Aha!«

»Jobst und ich sind uns zu ähnlich. Unser Leben wäre superelendigsaulangweilig geworden.« Beim Erzählen starre ich an die Wand und fokussiere ein Stück Tapete, das sich von der Wand löst. »Erinnerst du dich noch an unseren Lebensplan?«

»Na klar, wir haben ihn in Omas Garten verbuddelt!«

»Ach, siehst du, *das* wusste ich schon gar nicht mehr!«

»Du wolltest auf jeden Fall im Theater arbeiten, dann das Haus auf dem Land und die Kinder ...«

»Mit Jobst hätte ich nie Kinder haben wollen ...«

»Aber mit Axel?«, quatscht sie forsch dazwischen.

»Mhm, weiß nicht«, stülpe ich meine Lippen nach außen und zucke mit den Schultern.

»Wie war's mit ihm?«

»Woher weißt du?«

»Reine Spekulation, aber jetzt hast du's ja gerade bestätigt!«, lacht sie feist. »War's gut?«

Stumm nickend beschließe ich, dass ich Details für mich behalten will. Allerdings erkläre ich ihr, dass Axel für mich eine Art Medizinmann war und was das alles mit Marc zu tun hat.

Schwer schluckend sagt Charlie: »Damals, auf Amrum, ich weiß es noch ganz genau, wie du vom Strand zurückgekommen bist, ich werde nie vergessen, wie traurig und verzweifelt du warst. Ich weiß, dass du ihn geliebt hast, richtig geliebt, auch wenn Mama sagte, du wärst noch viel zu jung, um solche Gefühle zu haben. An dem Tag hat sich alles verändert, DU hast dich verändert. Ich bin so froh, so froh, dass du endlich wieder die Alte bist«, sagt sie gerührt, und dann reißt sie mich stürmisch an sich.

»Hey, du erwürgst mich ja«, protestiere ich prustend.

»Jetzt wird unser Leben wieder spannend, Toni, jetzt fangen wir noch mal von vorne an, aber ohne Kompromisse«, wirft sie begeistert die Arme in die Luft.

»Ich wünschte, es wäre so einfach, Charlie«, runzle ich skeptisch die Stirn.

»Es ist einfach, glaube mir«, nimmt sie meine Hand. »Wirst du Axel wiedersehen?«

»Keine Ahnung!«, zucke ich die Schultern. »Im Moment muss ich erst mal die Sache mit der Hochzeit oder besser gesagt der Nicht-Hochzeit zu Ende bringen. Dann werde ich eine Therapie anfangen ...!«

»Halt! Stopp!«, erhebt Charlie die Hand, um mich in meinem Aktivismus zu bremsen. »Da kommt man ja gar nicht mehr mit!«, lacht sie.

»Kannst du mich am Donnerstag in die Firma fahren?«, bitte ich sie.

»Du hast doch einen Krankenschein!«, entgegnet Charlie verständnislos. »Außerdem sagtest du doch gerade, dass du dein Leben ändern willst. Bei Jobst hast du angefangen, dein Job sollte *unbedingt* der nächste Punkt sein«, ermahnt sie mich.

»Melcher kommt dann aus dem Urlaub zurück. Ich will und muss ihm den Bericht über den geplatzten Deal in der Provence noch persönlich abliefern, das bin ich ihm schuldig. Danach wird er mich womöglich eh rauswerfen.«

»Ich könnte in meiner Pause kommen und dich fahren. Das wäre dann so gegen zwölf!«, schlägt sie vor.

»Perfekt!«

»So«, küsst sie mich auf die Wange, »und jetzt bestellen wir uns eine Pizza und gucken …«

»*Sinn und Sinnlichkeit!*«, lachen und weinen wir gleichzeitig.

Donnerstag Mittag fährt Charlie mich pünktlich um zwölf ins Büro. Mit einem »Toi, toi, toi« verabschiedet sie mich, und ich schlage ihr vor, dass ich mir für den Rückweg doch besser ein Taxi nehme, da ich nicht weiß, wie lange mein Gespräch mit Melcher dauern wird.

Meine Sekretärin reißt mir die Glastür auf, als sie mich aus dem Fahrstuhl humpeln sieht.

»Hallo, Andrea!«, begrüße ich sie freundlich.

Andrea schnieft laut auf: »Es tut mir so leid!«

»Ja, ist dumm gelaufen! Melcher wird es schon verkraften«, versuche ich ein schiefes Grinsen.

Wir beide wissen natürlich ganz genau, dass der Gedanke utopisch ist. Melcher würde nie einen Misserfolg verkraften. Ich sehe, wie ihre Augen feucht werden, Andrea ist so unglaublich mitfühlend.

»Das meine ich doch gar nicht«, schüttelt sie heftig den Kopf. »Ich meine doch die Sache mit Ihrer Hochzeit«, sagt sie verlegen.

»Ach so. Ja. Ja, natürlich.«

Jobst hat also meine Firma bereits unterrichtet. Anscheinend hat er meinen Vorschlag umgesetzt, dass er derjenige ist, der die Hochzeit abbläst. Nun gut, war ja so ausgemacht.

»Tja«, winke ich ab, »aber Sie wissen ja, andere Mütter haben auch schöne Söhne…«

Was soll denn die idiotische Binsenweisheit, wundere ich mich über mich selbst. Aber mir fehlen, ehrlich gesagt, die Worte, ich kann Andrea ja wohl kaum erklären, dass die Absage auf meinem Sinneswandel beruht. Persönliche Sachen, die mich emotional betreffen, werde ich jetzt eh nicht mir ihr besprechen, das ist mir noch zu fremd.

Apropos. »Sagen Sie mal, wir hatten doch mal diese Psychologin hier«, versuche ich betont beiläufig zu klingen, »die damals das Mitarbeiter-Coaching mit uns gemacht hat, und was war das noch …?«

»Business-Optimierung!«

»Genau!«

»Wenn Sie mir wohl freundlicherweise von der Dame mal die Anschrift und Telefonnummer raussuchen könnten …«

»Wird sofort erledigt!«

Die mitleidige Art, wie sie mich ansieht, sagt mir, dass sie glaubt, ich bräuchte psychologischen Beistand, weil mein Verlobter die Hochzeit platzen ließ. Andrea hält mir noch die Tür zu meinem Büro auf, dann wieselt sie flink zu ihrem Schreibtisch.

Langsam bewege ich mich um meinen Schreibtisch herum, werfe einen Blick aus dem Fenster, von wo aus ich die Spitze des Kölner Doms sehen kann. Dann lehne ich die Krücken an das Bücherregal und lasse mich auf meinen Bürostuhl gleiten. Das Bein lege ich auf dem Papierkorb ab. Neben der Tür ist eine Glasscheibe, und als ich da durchblicke, senkt Andrea schnell ihren teilnahmsvollen Blick, um in ihrem Rolodex für mich nach der Telefonnummer zu stöbern. Laut aufseufzend nehme ich den Hörer in die Hand und wähle Melchers Nummer.

»Aha, wieder da!«, dröhnt es mir entgegen.

Kein *Wie geht es Ihnen?*, keine freundlichen Begrüßungsfloskeln. Was hatte ich erwartet? Ich habe jahrelang für einen Mann gearbeitet, dem alles Menschliche abgeht, der nur leistungs- und profitorientiert denkt. Wenn ich weiter für ihn arbeite, werde ich wahrscheinlich irgendwann genau so.

»Sie können jetzt kommen!«, fordert er.

Eine innere Anspannung lässt mich wie paralysiert sitzen bleiben. Bloß keine Panikattacke, jetzt nicht, die Abstände scheinen sich langsam zu verkürzen. Mein Herz verkrampft sich, und ich habe Angst. Angst vor der Konfrontation, Angst, mir einzugestehen, dass ich doch nicht so belastbar bin, Angst vor Veränderungen, Angst vor der Kündigung. Gestern dachte ich noch, es geht mir gut. Schließlich habe ich es geschafft, die Hochzeit abzusagen, und festgestellt, dass ein großer Ballast von mir abgefallen ist, doch jetzt muss ich mich Melcher und meinem beruflichen Versagen stellen. Hoffentlich habe ich genug Kraft dafür. Die Schultern straffend raffe ich mich auf und stütze mich mit den Händen auf dem Schreibtisch ab, dann nehme ich die Krücken und verlasse mein Büro. Auf dem Weg zum Fahrstuhl höre ich ein geflüstertes »Viel Glück!«, als ich an Andrea vorbei zum Fahrstuhl wanke.

Melcher steht braungebrannt und gut erholt auf seinem Laufband, als ich eintrete. Von Jetlag keine Spur. Mit einer Handbewegung bedeutet er mir, Platz zu nehmen.

»Kaffee? Wasser?«, tupft er sich mit einem Handtuch den Schweiß von der Stirn und geht zu seinem Schreibtisch.

»Lieber Wasser, bitte!« Ich bin schon ohne Koffein aufgedreht genug.

»Schmitti«, drückt er einen Knopf auf der Telefonanlage, »einen Kaffee bitte und zwei Wasser!« Dann deutet er auf mein Bein: »Wie lange werden Sie die Schiene tragen müssen?«

»Noch drei Monate!«

»Sie wissen, Frau Scheller, dass ich immer schnell auf den Punkt komme.«

Nickend starre ich auf die Abdrücke, die meine Fingernägel in meinem Handrücken hinterlassen, nachdem ich sie dort tief hineingebohrt habe.

»Ich habe Sie in die Provence geschickt, weil Sie meine beste Mitarbeiterin sind. Wir beide sind von einem Schlag, ich schätze Ihren hohen Einsatz für unser Unternehmen sehr und bin mir durchaus im Klaren darüber, dass Sie eine Hochzeit vorbereitet haben. Ähem«, unsicher reibt er sich mit gespreiztem Daumen und Zeigefinger die Augenbrauen. »Also, ich habe schon davon gehört, dass diese abgesagt wurde. Das tut mir sehr leid«, nuschelt er kaum verständlich. »Wahrscheinlich habe ich Sie doch überschätzt. Oder, na ja«, er scheint nach den passenden Worten zu suchen, »einer zu starken Belastung ausgesetzt. Merwald ist auch wieder auf dem Rückweg, er sagt, dass das Geschäft von Anfang an aussichtslos gewesen sei. Gut. Also, mein Plan war«, fährt er fort, »dass Sie Ende des Jahres das komplette Projektmanagement für den Immobilien-Einkauf übernehmen!«

Das *war* sein Plan. War. Okay, Imperfekt. Klar.

»Im Hinblick auf die Tatsache, dass Sie nicht heiraten und uns somit weiterhin voll zur Verfügung stehen«, er nimmt sein leeres Wasserglas in die Hand, »vertraue ich Ihnen die neue Position ab sofort an. Das bedeutet allerdings auch noch mehr Arbeitseinsatz, zudem zusätzliche Überstunden, die durch die wachsende Komplexität der Prozesse am Anfang unvermeidbar sein werden.« Er fixiert mich mit seinen flinken Raubtieraugen. »Trauen Sie sich das zu?«

Bevor ich antworten kann, öffnet sich die Tür, und Frau Schmitt bringt den Kaffee und das Wasser. Froh über diese Unterbrechung, atme ich erst einmal tief durch. Wahnsinn, jetzt bin ich endlich am Ziel! Gerade noch war ich mir hundertprozentig sicher, dass Melcher mir die Kündigung ausspricht, und jetzt werde ich befördert. Nachdem seine Sekretärin das Büro wieder verlassen hat, schenkt er uns Wasser ein, sein Glas leert er in einem Zug.

»Ich werde Sie morgens von meinem Fahrer abholen

lassen, solange Sie noch die Schiene tragen müssen. Die Hochzeitsreise fällt ja eh ins Wasser«, stellt er unsensibel fest. Dann reicht er mir die Hand und sagt: »Schön, dass Sie in unserem Team eine Führungsrolle übernehmen, Frau Scheller.«

Das klang wie eine Verabschiedung. Hastig trinke auch ich mein Glas aus, sodass ich mich beinahe daran verschlucke. In dem Moment, als ich mich erheben will, sagt er noch: »Sind Sie mit tausendzweihundert mehr pro Monat einverstanden?«

»Ja, ja, ja-a!«, stammle ich.

»Brutto!!!«

Wahnsinn.

»Ich lasse von der Rechtsabteilung einen neuen Arbeitsvertrag aufsetzen und Ihr Gehalt dementsprechend aufstocken.« Sprachlos schließe ich die Tür hinter mir.

Frau Schmitt, die meinen verdatterten Gesichtsaudruck sieht, fragt sichtlich betreten: »Ist alles in Ordnung, Frau Scheller?«

»Alles, bestens, Schmitti, alles bestens!«, stolziere ich innerlich jubelnd an ihr vorbei.

Andrea empfängt mich vor meinem Büro: »Ihre Schwester hat angerufen, sie könnte Sie jetzt gleich abholen, da sie noch in der Nähe ist. Und die Telefonnummer«, sie senkt konspirativ ihre Stimme, »von der Psychologin habe ich Ihnen auf den Schreibtisch gelegt.« Stirnrunzelnd stellt sie fest: »Sie sehen müde aus!«

»Ich *bin* müde!«

»Soll ich Ihnen einen Kaffee machen?«, fragt sie fürsorglich.

Vielleicht doch keine so schlechte Idee, dann kann ich mich besser auf den Beinen halten.

»Ja, gerne!«

Im Büro rupfe ich den gelben Post-it-Zettel von meinem Timer, den Andrea mir gut sichtbar daraufgeklebt hat. Jetzt habe ich Namen, Telefonnummer und Anschrift der Psychologin. Okay, okay, okay, ich rufe an. Ganz sicher. Am besten irgendwann später. Dann muss ich daran denken, dass ich hier ab morgen vollen Einsatz leisten muss und bekomme fast Schnappatmung. Meine Hände wählen ganz automatisch die Nummer der Psychologin.

»Praxis Dr. Wertheim, Niemeyer am Apparat«, begrüßt mich eine freundliche Stimme.

»Ja, guten Tag, Scheller mein Name. Ich habe Frau Dr. Wertheim bei einem Seminar, das sie hier in unserem Unternehmen abgehalten hat, kennengelernt. Melcher Hotels, ich weiß nicht, ob Ihnen das etwas sagt.«

»Sagt mir jetzt ehrlich gesagt nichts«, entgegnet die Stimme unbeeindruckt.

»Nun ist es so, also, tja, wie soll ich das formulieren, also«, ich starre auf das Post-it. »Ich wollte gerne sozusagen Frau Wertheim persönlich aufsuchen!«

»Sie möchten eine Therapie machen?!«

»Ja, ich weiß noch nicht!«

»Wissen Sie, Frau äh ...!«

»Scheller, Antonia Scheller!«

»Also, Frau Scheller, wir haben eine Warteliste von circa drei bis sechs Monaten!«

»Waaaas!«, entfährt es mir entsetzt, damit habe ich nun wirklich nicht gerechnet. »So lange kann ich nicht warten!«

»Privat oder Kasse?«, fragt sie.

»Privat!«

»Gut, dann könnte es auch in zwei Monaten klappen!«, verspricht sie zuversichtlich.

»Ich brauche aber *jetzt* jemanden!« Plötzlich wird mir die Dringlichkeit bewusst. Oder ist es nur mein Kampfgeist, der wieder etwas Unmögliches möglich machen will?

»Wenn Sie mögen, könnten wir Sie an einen Kollegen verweisen. Möchten Sie lieber zu einem Mann oder einer Frau?«

»Keine Ahnung!« Darüber habe ich mir noch gar keine Gedanken gemacht. »Am liebsten zu Frau Dr. Wertheim.«

Pause.

»Gut, dann könnte ich Ihnen den ersten Termin am zwölften Oktober geben. Elf Uhr dreißig, wäre Ihnen das recht?«

Nachdenklich kratze ich mich am Kopf. Nein, eigentlich ist es mir nicht recht, noch so lange zu warten. Wenn man sich schon einmal durchringt, dann muss es auch sofort sein, schließlich weiß ich nicht, wie ich in zwei Monaten arbeitsmäßig ausgelastet bin und ob ich dann überhaupt noch den Mut habe, eine Therapie zu beginnen.

»Am besten, Sie geben mir doch den Namen und die Telefonnummer eines Kollegen!«

Zehn Minuten später habe ich zwei weitere Psychologen angerufen und um Termine gebeten, doch bei beiden sah es ähnlich schlecht aus. Dann lande ich schließlich bei einer Therapeutin in Köln-Ehrenfeld, und dort kann ich bereits am übernächsten Montag zum Vorgespräch vorbeikommen. Ich hätte jetzt jeden genommen, gestehe ich mir ein, ob Mann oder Frau, egal, Hauptsache, ich kann mit jemandem sprechen, der mich berät, mir sagt, was in letzter Zeit mit mir los ist, und der einer Schweigepflicht unterliegt. Das ist mir besonders wichtig, deshalb habe ich mich im Büro auch niemandem anvertraut. Ich habe Bedenken, dass die meisten sowieso alles weitertratschen. Daher geht der Flurfunk auch meistens an mir vorüber, ich will auch über andere nichts zugetragen bekommen. Erleichtert über den relativ kurzfristigen Termin tippe ich das Datum in meinen iPhone-Kalender.

»Charlie«, rufe ich meine Schwester zurück, die sicher schon auf heißen Kohlen sitzt, »ich muss noch hierbleiben, habe einiges zu klären. Ich nehme mir nachher einfach ein Taxi«, versuche ich betont fröhlich zu klingen. »Aber trotzdem vielen Dank für dein Angebot!«

»Alles okay?«, kommt es dennoch besorgt durch den Hörer.

»Melcher hat mich befördert!«

»Mhm, toll, oder?«

»Wie findest *du* es denn?«

»Wenn du ab jetzt noch mehr Arbeit hast, nicht toll!«

»Ja, darauf wird's hinauslaufen!«

»Dann finde ich es nicht toll. Ich finde es sogar saublöd!«

»Ich habe einen Termin bei einer Psychologin gemacht!«

»Das wiederum finde ich toll!«, klingt sie ehrlich begeistert.

Andrea bringt mir den Kaffee.

»Das werden wir heute Abend feiern, ich bring Flüssignahrung mit, kümmere du dich um den Rest.« Damit hängt sie ein.

Wenig engagiert, schalte ich ein paar Minuten später meinen Computer ein, lege die Akten von rechts nach links, blicke wieder aus dem Fenster und stütze die Unterarme auf den Tisch. Mit den Händen reibe ich mir fest über das Gesicht. Was mache ich nur? Mein erster Impuls ist es, Jobst anzurufen. Es ist schwer, ihm nicht die neue Lage mitzuteilen, aber es wäre auch nicht fair, ihn anzurufen, um ihn als Gesprächspartner zu missbrauchen.

»So, ich geh dann jetzt!«, steckt Andrea ihren Kopf durch die Tür.

Bevor mir ein »schon!?« entfährt, werfe ich einen Blick auf die Wanduhr. Es ist sechs Uhr.

»Machen Sie nicht mehr so lange!«, schließt sie langsam die Tür.

»Andrea!«, rufe ich sie zurück.

»Ja!« Sie öffnet die Tür wieder einen Spalt.

»Könnten Sie wohl noch die Kollegen informieren, dass ich für morgen ein Meeting für zehn Uhr ansetze, im großen Konferenzraum!«

»Es ist ja kaum noch jemand da!«

»Gut, dann informieren Sie die, die da sind, und den anderen schicke ich eine Notiz per Mail!«

»Wird gemacht!«

»Wenn Sie morgen bitte für Getränke und ein bisschen Gebäck sorgen könnten.«

Sie nickt.

»Danke, Andrea. Schönen Feierabend!«

Nachdem ich eine Notiz verfasst habe, rufe ich Charlie an, vielleicht ist sie ja hier in der Nähe, und wir können doch noch gemeinsam nach Hause fahren. Leider ist nur ihre Mailbox an. Gerade als ich einhänge, läutet das Telefon. Das ist bestimmt Melcher, der kontrollieren will, ob ich die tausendzweihundert brutto schon abarbeite.

»Scheller!«

»Hier ist noch mal Andrea«, hechelt sie völlig außer Atem, »ich habe ganz vergessen: in dem Spind rechts neben meinem Schreibtisch ist noch ein Paket für Sie.«

Ein Paket?

»Gut, danke, Andrea!«

Während ich in ihr Büro hinübergehe, frage ich mich, was das wohl sein kann. Aus dem Spind ziehe ich ein riesiges Paket hervor und schlage mir mit der flachen Hand vor die Stirn. Ja klar, mein *Rosa-Clará*-Kleid. Mit einer Schere steche ich die Klebebänder auf und klappe den Deckel hoch. Was für eine edle Verpackung. Am oberen Teil der Kleiderhülle bekomme ich einen Bügel zu fassen und ziehe das Kleid vorsichtig heraus. Dann trage ich es hinüber in mein Büro, wo ich es akkurat über die Stuhllehne des Besucherstuhls drapiere. Seufzend setze ich mich auf die Kante meines Schreibtisches und stiere auf die weiße Hülle. Was mache ich jetzt nur damit?

Mit letzter Kraft schleppe ich mich die Treppen zu meiner Wohnung hinauf. Die Kleiderhülle ist sehr unhandlich, und weil ich darunter noch meine Laptoptasche trage, muss ich immer wieder kleine Pausen machen, bis ich oben angekommen bin. Hoffentlich kommt Frau Faust jetzt nicht, sonst müsste ich wieder eine Geschichte erfinden; heute Abend bin ich aber etwas phantasielos.

Am besten, ich hänge das Kleid erst einmal weg. Im Schlafzimmer öffne ich die Schiebetür meines Kleiderschrankes, um sie dann aber postwendend wieder zu schließen, denn ich frage mich gerade, wie es wohl in natura aussieht und ob es tatsächlich passt. Ehrfürchtig ziehe ich den Reißverschluss der Kleiderhülle auf, dann entferne ich Blatt für Blatt das Seidenpapier, in das es sorgfältig gehüllt ist. Endlich halte ich den Traum in Weiß in der Hand. Sachte streichle ich über den ausgestellten Schleppenrock aus Seidenorganza. Die Korsage ist hinten mit Satinbändern geschnürt, die ich jetzt sorgsam öffne. Einmal wenigstens will ich es anziehen. Umständlich schlüpfe ich mit meiner Schiene hinein. Weil ich die Korsage hinten nicht eigenhändig verschließen kann, halte ich sie mit einer Hand vor der Brust fest, damit sie nicht verrutscht. Bewundernd begutachte ich mich im Spiegel. Wahnsinn. Es sieht unglaublich elegant aus und sitzt wie angegossen. Dennoch, so fällt mir auf, wirkt es künstlich und fast schon zu perfekt. Auf einmal schiebt sich das Spiegelbild mit dem Secondhand-Kleid vor mein inneres Auge. Ob die Frau wohl auch kalte Füße bekommen hat … einerseits interessiert es mich brennend, welche Geschichte hinter diesem Kleid steckt, andererseits möchte ich sie doch besser nicht hören, vielleicht ist es ja etwas ganz Trauriges! Oh Gott, ich will gar nicht darüber nachdenken! Gerade, als ich es zum Vergleich aus dem Schrank ziehen will, höre ich den Schlüssel in der Tür, und kurz darauf trällert Charlie aufgekratzt: »It's Partytime!«

»Oh, du hast dich also schon umgezogen für die Party«, bleibt sie erstaunt im Türrahmen stehen.

»Ich hab's mal anprobiert. Es lag im Büro«, erkläre ich mit schuldbewusster Miene mein ungewöhnliches Outfit.

»Ist doch okay, hätte ich auch gemacht. Sitzt wirklich gut!«

Schlagartig wird mir bewusst, dass meine Schwester die einzige Person ist, die zu mir noch das hat, was man einen sozialen Kontakt nennt. Meine Freundin Christina, die zum Junggesellinnenabschied kam, habe ich vor der Feier auch nur äußerst selten gesehen, und meine Kolleginnen sind meine Kolleginnen.

»Möchtest du über den Termin reden?«, lässt Charlie den Korken der Prosecco-Flasche soeben knallen. Sie liebt es, wenn der Korken durch die Gegend schießt.

»Bei der Psychologin?«, tippe ich richtig. »Da gibt es doch gar nichts zu sagen, ich meine, schließlich ist der Termin ja erst noch.«

»Gut«, sie füllt zwei Sektgläser, »dann stoßen wir auf deine Beförderung an. Aber nur, weil *du* dich so freust«, sie mustert mich eindringlich, »du freust dich doch, oder?«

»Natürlich, sicher, ich bin überglücklich«, nehme ich ihr das Glas aus der Hand und stoße es so fest gegen ihres, dass es beinahe zerspringt. Dann leere ich es schlückchenweise und stiere dabei stumpf ins Leere.

»Darf ich sagen, dass du gar nicht glücklich aussiehst.«

In dem Moment läutet es an der Haustür.

»Gehst du bitte mal«, bitte ich meine Schwester und schenke mir ein weiteres Glas nach. Damit humpele ich hinüber ins Wohnzimmer.

»Ja, sie ist da. Ich mach auf! Erste Etage, links.«

Schnell flitzt sie zu mir ins Wohnzimmer, legt die Hände wie einen Trichter vor den Mund und brüllt »Axel!«, dann rast sie wieder pfeilschnell zur Eingangstür zurück.

Ich wohne im ersten Stock und Axel hat einen Siebenmeilenstiefelgang, ich werde es also niemals schaffen, mich jetzt noch umzuziehen. Ich habe noch nicht einmal einen einzigen klaren Gedanken gefasst, da steht Charlie bereits wieder im Wohnzimmer. Mit hochroten Wangen und Augen, die bis auf Desserttellergröße aufgerissen sind, säuselt sie: »Du hast Besuch!«

In dem Moment erscheint Axel hinter ihr im Türrahmen und kommt mit riesigen Schritten auf mich zu: »Habe ich was verpasst?«, bremst er ab und betrachtet irritiert das Brautkleid.

»Nein, nein«, winke ich ab, »ach, das war albern, ich wollte es nur mal anziehen!«

»Du siehst toll aus. Ich würde dich auf der Stelle heiraten«, impulsiv küsst er mich auf den Mund.

»Meine Schwester sagt, dass es Unglück bringt, wenn man die Braut vor der Hochzeit in ihrem Kleid sieht«, gehe ich auf seine Neckerei ein.

»Ich wollte dich noch mal sehen, morgen fahre ich zurück!«, verändert sich seine Miene plötzlich, und er wird todernst.

Charlie räuspert sich. »Ähem, ich gehe dann mal!«

»Nein, Charlie, bitte bleib. Dann kannst du Axel mal kennenlernen.« Ich möchte nicht mit ihm alleine sein.

»Darf ich Ihnen etwas zu trinken anbieten?«, fragt Charlie mit dünner Stimme.

»Gerne. Aber wir können uns ruhig duzen, schließlich wären wir ja beinahe verwandt!«, setzt er sein charmantes Lächeln auf.

»Prosecco? Wir haben nämlich was zu feiern«, erklärt Charlie ihm.

»Oh!«, blickt er verdutzt drein.

»Ja, ich bin befördert worden«, kläre ich ihn unverzüglich auf, damit er nicht denkt, dass wir hier feucht-fröhlich die geplatzte Hochzeit feiern.

»Ja, gerne, dann nehme ich auch ein Glas!«

»Soll ich uns etwas zu essen bestellen?«, dreht Charlie sich an der Tür noch einmal auf dem Absatz zu uns herum. »Pizza, Sushi, Thai-Food?«

»Eine Pizza wäre schön«, sagt Axel und grinst supersüß. »Mit Sardellen und Oliven!«

»Und du, Schwesterherz?«, blickt sie fragend in meine Richtung.

»Wie immer!«

Axel hockt sich neben mich auf die Couch und senkt seine Stimme: »Ich habe gestern lange mit Jobst gesprochen!«

»Du hast ihm doch nichts gesagt«, fahre ich erschrocken hoch und werfe dabei eine der Krücken zu Boden.

»Nein, das haben wir doch ausgemacht«, zieht er mich besorgt wieder auf die Couch und stellt die Krücke griffbereit ans andere Ende. »Indianerehrenwort!«, macht er augenzwinkernd ein Handzeichen.

»Gut!« Erleichtert lehne ich mich zurück. »Es ist schön, dich zu sehen!«

»Du hast die Hochzeit tatsächlich abgesagt. Ich hatte nicht daran geglaubt. Bin ich vielleicht doch der Grund dafür ...?«

Kaum merklich schüttle ich den Kopf: »Nein, das hat nur in zweiter Linie etwas mit dir zu tun.«

»In zweiter Linie?«, klingt er sichtlich enttäuscht.

»Axel, es ist momentan wirklich schwierig für mich, und wir wissen beide, dass wir Jobst *das* nicht antun können.«

»Du hast ja recht!« In dem Moment spüre ich eine vollkommene Vertrautheit mit meinem Medizinmann und streichle ihm über die Wange. Schnell greift er nach meiner Hand und küsst die Innenfläche.

Als Charlie wieder in der Tür steht, sagt er schnell: »Ich bin nur hergekommen, weil ich mal nach deinem Bein sehen wollte«, und kneift ein Auge zu.

»Das ist aber ihre Hand«, stellt Charlie nach Charlie-Art fest.

Wir ignorieren beide ihren Kommentar.

»Na ja, ich muss morgen früh zur Kontrolluntersuchung, und es ist alles etwas umständlich, aber du weißt ja, ich bin eine Kämpfernatur!«, wende ich mich an Axel, dem die Situation etwas unangenehm ist.

»Das weiß ich«, nickt er nachhaltig. »Kann ich mal kurz dein Bad benutzen?«

»Komm mit, ich zeige dir, wo es ist«, bietet Charlie ihm an, um dann kurz darauf zu mir zurückzurasen, sich auf die Couch zu werfen und die Hände vor den Mund zu schlagen: »*Das* ist Jobsts Bruder?« Dabei strampelt sie wie eine Wahnsinnige mit den Beinen. »Wahnsinn! Waaaaahnsinn. Also, ehrlich, wenn du den nicht nimmst, dann bist du völlig beschränkt«, kichert sie hysterisch. »Der Typ ist der Hammer, und diese Ähnlichkeit mit Marc ist wirklich verblüffend.«

»Charlie!«, schnipse ich mit dem Finger, um sie wieder zurückzuholen, »ich finde ihn auch wahnsinnig toll. Aber er ist Jobsts Bruder!«

»Du mit deiner Anständigkeit!«

Stillschweigend kaue ich meine Pizza, während Axel und Charlie sich gegenseitig von der Provence vorschwärmen. Im Gegensatz zu mir ist meine Schwester eine ausgezeichnete Europa-Kennerin.

»Das Licht ist wirklich einzigartig«, schwärmt sie, »und dieser Markt in Apt ein Traum. Ich habe mich damals mit Stoffen, Seifen und Honig eingedeckt«, sie wirft mir einen bedauernden Blick zu, »schade, dass du nicht bis Samstag geblieben bist, der Markt ist wirklich ein Muss. Aber«, wendet sie sich wieder Axel zu: »Mein absoluter Favorit ist der Antikmarkt in Isle-sur-la-Sorgue!«, klatscht sie begeistert in die Hände.

»Letzte Woche erst habe ich dort eine alte Sitzbank aus einem Zug erstanden und sie als Garderobe umfunktioniert.«

»Was für eine tolle Idee …«, ruft Charlie dahinschmelzend aus.

So langsam kann ich den beiden nicht mehr folgen, in Gedanken bin ich schon bei morgen früh. Für sechs Uhr den Wecker stellen, um sieben Uhr zum Arzt zur Kontrolluntersuchung. Wie lange mag das dauern? Doch wohl höchstens eine halbe Stunde, dann muss ich aber ins Büro, das Meeting vorbereiten, die adäquaten Immobilien in Italien ausdrucken …, am besten, ich rufe gleich noch Melchers Fahrer an, damit er Punkt sechs Uhr dreißig hier ist.

»Nicht wahr, Antonia?« Axel sieht mich erwartungsvoll an.

»Sorry, was hast du gerade gesagt?«

»Wahrscheinlich ist sie in Gedanken wieder bei der Arbeit. Sie kann einfach nicht abschalten!«, stellt Charlie mit Vorwurf in der Stimme fest.

»Kann ich wohl«, sage ich schmallippig.

»Was hat dir denn am besten gefallen in der Provence?«, will Charlie wissen, um mich wieder mit einzubinden.

»Mir? Am besten? Mhm.« Nachdenklich zupfe ich an meiner Unterlippe. »Das Weingut von Madame Jacardie, die glühend roten Ockerfelsen von Roussillon, die Gassen und Geschäfte in Apt, das kleine Hotel, in dem ich war, der Blick über die Dächer von Apt, die Familie, die ich abends beim Abendessen beobachten konnte, Axels Haus mit dem Sonnenblumenfeld hinter der Terrasse und …«, mir steigt soeben der Duft in die Nase, »der Lavendel!«

»Ja, nicht wahr«, lächelt Charlie, »es riecht dort überall ein bisschen wie bei Oma früher.«

Es ist so schön, jemanden zu haben, mit dem man gemeinsame Erinnerungen teilt.

»Hör auf«, stöhnt Axel laut auf, »ich bekomme richtig Heimweh!«

»Du fährst ja morgen«, erinnere ich ihn lächelnd.

»Vielleicht können wir«, Charlie deutet auf mich und sich, »ja nächstes Jahr mal gemeinsam in die Provence fahren.«

»Das wäre wunderbar«, springt Axel sofort begeistert auf ihre Idee an, »ihr könntet natürlich bei mir wohnen.«

Wie gut, dass Charlie den Blick nicht sehen kann, den Axel mir zuwirft.

»Mal sehen«, sage ich indifferent. Weil ich erstens nicht weiß, ob es gut ist, bei Axel Urlaub zu machen, und zweitens, weil ich noch nicht sicher bin, ob ich gemeinsam mit Charlie zu ihm fahre. Dann gähne ich hinter vorgehaltener Hand. Axel hat sofort verstanden. »Du bist müde, ich werde dann mal gehen!« Hilfsbereit räumt er mit Charlie den Tisch ab, während ich mein Bein ächzend auf einem Stuhl ablege.

»Du hast ja nur die Hälfte gegessen«, bemerkt Charlie, als sie anfängt, die Teller übereinanderzustapeln.

»Ich habe irgendwie so ein Magendrücken!« Diesmal habe ich wirklich zu viel gegessen.

»Das hast du aber jetzt schon länger!«, legt sie den Kopf schief und sieht mich besorgt an. »Lass das mal untersuchen.«

»Ja, bei Gelegenheit!«

»In Frankreich hat's ihr immer gut geschmeckt«, stellt Axel fest.

»Das liegt an der Luft, und überhaupt ...«

»Die Küche ist ja auch so köstlich«, fällt Charlie mir ins Wort.

»Wir könnten dann ja mal nach Gordes fahren!«, schlägt Axel vor. »Das kennst du doch bestimmt auch noch nicht, Antonia!«

»Oh, Gordes«, verdreht Charlie ekstatisch die Augen,

»Toni, das würde dir gefallen. Da gibt es einen Platz oben am Brunnen ...«, ruft sie begeistert aus, während sie das Besteck in die Spülmaschine räumt und Axel die Teller hineinstellt, »der ist so romantisch.«

»Ja, das wäre wirklich was für dich«, grinst Axel breit, »superromantisch!«

Hahaha.

»Ich würde auch gerne mal auf den Mont Ventoux hinaufwandern«, fängt Charlie schon wieder an.

»Das macht mit einem gebrochenen Unterschenkel bestimmt richtig Spaß«, grunze ich kaum hörbar in mich hinein.

»Ach, bis dahin!«

Als Axel sich verabschiedet, wird mir ganz traurig ums Herz. Betrübt stelle ich fest, wie viel Lebensfreude und Spaß er hier verbreitet hat. Das schafft sonst nur Charlie, aber gemeinsam waren die beiden heute ein unschlagbares Team, muss ich neidvoll anerkennen.

»Du warst ja vielleicht eine Spaßbremse«, schlägt Charlie mir mit dem Geschirrtuch auf den Rücken, als ich ins Badezimmer schleiche.

»Dafür hattet ihr beide ja genug Spaß!«

»Eifersüchtig?«

»Spinnst du?«

»Was denn?«

»Keine Ahnung. Bin müde!«

»War das ein Rausschmiss?!«

»Naja, irgendwie schon. Sei mir nicht böse!«

»Ich bin dir nicht böse«, strahlt sie immer noch aufgekratzt vor sich hin. »War ein toller Abend!«

»Ja, war es«, lasse ich mich von ihr drücken, und als sie die Wohnung verlässt, ist die Stille kaum erträglich. Am liebsten würde ich sie zurückrufen. Beide!

So, jetzt aber nichts wie raus aus dem Brautkleid. In dem Moment, als ich mir mein Nachthemd überstreife, klingelt es an der Haustür. Da Charlie ja einen Schlüssel hat, kann es nur Axel sein, vielleicht will er mir doch noch etwas unter vier Augen sagen, oder er hat etwas vergessen.

»Hast du etwas vergessen?«, rufe ich durch die Gegensprechanlage.

»Kann man so sagen!«, kommt es düster zurück. Das ist nicht Axel, es ist Jobst.

In Windeseile flitzt er die Treppen herauf und nimmt zwei Stufen auf einmal. Als er mich im Nachthemd sieht, ist er verlegen. Und dann plötzlich macht er mir eine Szene. Ausgerechnet Jobst. Fassungslos starre ich ihn an.

»... ja, und dann möchte ich mal wissen, was mein Bruder ausgerechnet bei meiner Ex-Braut macht?«, brüllt er, völlig untypisch für ihn.

»Jetzt beruhige dich doch erst mal. Axel wollte sich nur verabschieden, weil er zurück nach Frankreich fährt und außerdem war Charlie auch hier.«

»Das habe ich gesehen!«, scharrt er mit den Schuhen über den Dielenboden. »Wahrscheinlich habt ihr drei euch alle prima verstanden und köstlich über mich amüsiert!«

»So ein Quatsch«, winke ich ab.

»Du hast ein Verhältnis mit ihm, gib es zu!«, kommt er mir näher, und ich rieche Alkohol.

»Sag mal, hast du getrunken?«

»Ja, ich war im *Savoir Vivre*. Wollte mal wissen, wie es an meinem Hochzeitstag so ist, wenn da andere Leute sitzen und mein Menü essen und meinen Wein trinken! Der war übrigens hervorragend, hast du gut ausgesucht«, lacht er hämisch.

Oje, stimmt. Heute ist der achtzehnte.

»Es tut mir leid, so leid!«

Jobst schießt an mir vorbei in die Küche, da sieht er die leere Prosecco-Flasche auf der Theke. »Aber ich sehe ja, du hast den Tag gebührend gefeiert.« Plötzlich hält er inne und starrt mich todtraurig an: »Bist du so froh, dass du mich los bist?«

»Hör doch auf, Jobst. Wir haben Prosecco getrunken, ja, aber doch nicht, weil wir diesen Tag heute feiern wollten, also wir haben schon auf etwas angestoßen, allerdings auf meine Beförderung!«

»Du bist Projektleiterin«, fährt er einen Schritt zurück und hält sich an der Wand fest. »Herzlichen Glückwunsch«, nickt er bewundernd. »Da hast du es ja *beruflich* zumindest geschafft.« Dann blitzen seine Augen wieder wütend. »Und wieso hast du deinen Erfolg *mit meinem Bruder* gefeiert und nicht *mit mir?*«, schlägt er sich fest mit der Faust auf die Brust. »Bin ich jetzt völlig abgeschrieben? Existiiiiiiiere ich nicht mehr?«, schreit er verzweifelt.

»Doch, natürlich. Ich wollte dich sogar anrufen«, will ich ihn beruhigen, »das war mein erster Impuls, dann dachte ich, dass du vielleicht glaubst, dass ich dich als Gesprächspartner missbrauche, ach, ich weiß doch selbst nicht, wie ich mit dieser neuen Situation umgehen soll!«, lasse ich die Schultern mutlos sinken.

Jobst schwingt sich auf die Arbeitsplatte und mustert mich. »Und du schwörst, dass du mit meinem Bruder nichts hattest?«

Natürlich weiß ich, wie tief der Stachel von damals sitzt, Axel hat mir ja alles erzählt, aber dass er mich jetzt schwören lässt, treibt mich ganz schön in die Enge.

»Das ist doch albern!«

»Schwör!«

»Gut«, sage ich halbherzig und hoffe inständig, dass er mir kein Indianerehrenwort abringt, das wäre ihm bestimmt sowieso zu albern. »Ich schwöre!«

»Dann glaube ich dir!«, sagt er zufriedengestellt.

Halb erleichtert, halb platzend vor schlechtem Gewissen nestle ich an meinem Nachthemd herum.

»Tut mir leid, dir ist bestimmt kalt, und müde siehst du

auch aus«, ändert er auf einmal seinen Gesichtsausdruck und seinen Tonfall. Auf einmal ist er wieder ganz der Alte und hat sich wieder völlig unter Kontrolle. »Weißt du, mein Bruder hat mich einmal sehr verletzt, und vorhin kam schlagartig alles wieder in mir hoch. Entschuldige bitte, aber das war heute ein sehr, sehr schwerer Tag für mich.«

Schweigend halten wir uns in den Armen, und als ich nachspüre, ob da doch noch etwas zwischen uns ist, bin ich erschrocken, wie *ausgekühlt* ich bereits bin.

»Schlaf schön, und das ist wirklich großartig mit deinem Job. Ich weiß ja am besten, wie lange du gekämpft hast, um diese Position zu erreichen!«

»Danke, Jobst!«

Unsere Hände lösen sich langsam, als er durch die Tür hinaus entschwindet, und ich marschiere einfach nur noch ins Bett, stopfe mir Ohropax in die Ohren und drücke mir ein Kissen aufs Gesicht. Ich will schlafen!!!

In der nächsten Woche laufe ich zur Höchstform auf. Zufrieden und erstaunt stelle ich wieder einmal fest, dass ich zu vielen Dingen auf einmal fähig bin. Ich rotiere und funktioniere, selbst Charlie sehe ich kaum, denn ich vergesse wieder einmal alles um mich herum. Normalerweise befriedigt mich das, aber seit dem Abend, an dem Axel da war, verspüre ich eine unglaubliche Leere. Erleichtert stelle ich fest, dass es nur noch zwei Tage sind, bis ich zur Psychologin gehen kann. Das Wochenende werde ich dazu nutzen, mich darauf vorzubereiten, beschließe ich, als ich die Bürotür hinter mir schließe.

»Was macht Italien?«

»Oh!«

Melcher steht direkt hinter mir. »Ich habe zwei wirklich interessante Projekte an Land gezogen.«

»Würde ich mir gerne mal ansehen!«

»Jetzt gleich?«

»Nein, Montag Vormittag reicht.«

»Ja, natürlich.«

Dann fechte ich einen inneren Kampf aus. Soll ich etwa den Gesprächstermin bei der Therapeutin am Montag absagen? Es wird eine Ewigkeit dauern, einen neuen zu bekommen. Aber eigentlich geht die Arbeit vor. »Vormittags geht es schlecht, ich muss zur Kontrolluntersuchung«, klopfe ich auf meine Schiene und bin froh, dass mir das so spontan einfällt.

»Dann also gegen Mittag, kommen Sie einfach hoch in mein Büro!« Als er mich zum Fahrstuhl humpeln sieht, fragt er netterweise: »Soll mein Fahrer Sie nach Hause bringen?«

»Heute holt mich meine Schwester ab, vielen Dank, Herr Melcher, und ein schönes Wochenende!«

Charlies Auto steht bereits vor der Tür, als ich das Bürogebäude verlasse. Als sie mich sieht, springt sie aus dem Wagen und öffnet mir die Beifahrertür. »Ich habe eine Überraschung für dich!«, verkündet sie.

»Sei mir nicht böse, ich bin total ausgebrannt und will nur noch in meine eigenen vier Wände!«

»Greif mal nach hinten!«

Dort liegt eine Einkaufstüte, die ich mir nach vorne ziehe.

»Was ist das?«

»Ein Abendkleid!«

»Hast du dir das gekauft?«, will ich erstaunt wissen.

»Nein, das habe ich schon länger, ich werde es dir leihen!«

»Charlieeeee!«, hebe ich drohend den Finger.

»In der Tiefgarage vom Theater kannst du dich gleich umziehen!«

»Theater?«

»*Oui!*«

»Da war ich schon ewig nicht mehr!«

»Ich weiß. Deshalb wird's auch Zeit.« Sie steuert auf das Parkhaus zu und stellt den Wagen in der hintersten Ecke ab. Kichernd stülpt sie mir das Kleid über.

»Aber ich wollte doch eigentlich nach Hause«, protestiere ich.

»Wir gehen ins Theater. Ich habe von dem Vater eines Kindergartenkindes Premierenkarten geschenkt bekommen.« Damit steigt sie aus dem Auto, dann beugt sie sich noch einmal in den Wagen: »Wir werden uns amüsieren, und damit basta!«

»Was für ein Stück?«

»Das hat so einen lustigen Titel: *Fettes Schwein!*, oder so, ehrlich gesagt, habe ich gar nicht richtig nachgefragt, ich dachte nur, einem geschenkten Gaul ...«

»Amüsieren? Na, da stellt sich eher die Frage, ob ich dem Stück heute gewachsen bin«, äußere ich leichte Bedenken, weil Neil LaBute menschliche Beziehungen in einer manchmal sehr beunruhigenden Art und Weise darstellt. Unbewusst hat meine Schwester genau den Autor ausgesucht, der mich nicht nur intellektuell, sondern auch emotional berührt.

Charlie geht um das Auto herum, öffnet mir die Tür und verbeugt sich mit einem verschmitzten Lächeln: »Sorry, ich vergaß, dass ich eine ehemalige Studentin der Theaterwissenschaften vor mir habe!«

Wie ich bereits vermutete, lässt mich das Stück nicht kalt. Es gehört zu LaButes Stärken, aus einem scheinbar belanglosen Geplänkel eine dramaturgisch spannungsreiche, bis in alle Einzelheiten durchgeplante Handlung zu entwickeln. Und so ist auch der Eingangsmonolog, der auf eine Liebesgeschichte hinzielt, eine Art Täuschungsmanöver.

»Ich hätte nicht gedacht, dass die Beziehung der beiden am Ende doch scheitert«, sagt Charlie und klingt irgendwie enttäuscht.

»Der, auf den es ankommt, ist im entscheidenden Moment davor zurückgeschreckt, den eigenen Wünschen zu folgen, und hat sich von den Erwartungen anderer leiten und beeinflussen lassen«, analysiere ich und lasse die Theater-Atmosphäre noch etwas auf mich wirken. Inzwischen haben die meisten Gäste die Vorstellung bereits verlassen. Der schwere Samtvorhang, der sich soeben senkt, die spürbare Hochspannung der Schauspieler zu Beginn und ihre Erleichterung am Ende des Stücks, das komplette Abschalten der Realität – das alles hat mir gefehlt.

»Bei dir war es genau anders herum«, knufft Charlie mich in die Seite. »Du bist deinen eigenen Wünschen gefolgt und hast die Beziehung beendet, obwohl alle – bis auf mich – die Erwartung hatten, dass du Jobst heiraten wirst, weil er der Richtige für dich ist.«

Als wir im Wagen sitzen, fährt sie immer noch bewegt fort: »In dem Stück wurde man ganz schön mit den eigenen Abgründen konfrontiert. Irgendwie hatte ich gedacht, das Stück wäre lustiger!«

»Hat's dir nicht gefallen!?«

»Doch, aber es war auch verdammt anstrengend«, stellt Charlie fest. »Sollen wir noch einen Absacker nehmen?«

»Ich weiß nicht!« Augenblicklich überkommt mich wieder dieses beklemmende Gefühl. »Wir könnten ja auch noch zu mir.«

»Och nee, lass uns doch mal unter Menschen gehen.«

»Ich bin den ganzen Tag unter Menschen«, versuche ich es mit einer Ausrede, »da bin ich froh, wenn ich mal etwas Ruhe habe.«

»Mir zuliebe, okay?«, blickt sie mich mit den Augen eines Labradorwelpen an.

»Aber nicht so lange!«

Gerade als wir die Tapas-Bar betreten wollen, in der ich meinen Junggesellinnenabschied gefeiert habe, zuckt Charlie zurück und lässt die Klinke der Eingangstür wieder los: »Ist das okay für dich ..., also, dass wir ausgerechnet hier sind! Ich meine wegen der Erinnerung an deine Hochzeit und so ... ich blöde Kuh habe da gar nicht dran gedacht, war noch so in Gedanken bei dem Stück.«

»Na ja, ist schon okay.«

Nachdem sie mich an einen Fenstertisch verfrachtet hat, entschwindet sie mit den Worten: »Ich stell uns mal was zusammen.« An einer riesigen Glastheke, hinter der die Gerichte ausgestellt und nummeriert sind, wählt sie für uns beide etwas aus; bei Charlie fühle ich mich nicht entmündigt und bin mir sicher, dass sie das Richtige aussucht. Auf einem Notizzettel vermerkt sie die Zahlen der Tapas, für die sie sich entschieden hat, und überreicht den Zettel dem Kellner bei der Bestellung der Getränke.

»Hast du eigentlich noch mal an den Typen von der Kussersteigerung gedacht?«, wendet sich Charlie mir interessiert zu, als der Kellner den Tisch verlässt.

»Hm!«

»Oft? Oder manchmal?«, hibbelt sie auf dem Stuhl herum, »nun erzähl schon!«

»Wie ist es eigentlich bei dir?«, drehe ich den Spieß um, »wir reden immer nur über mich.«

»Ach, ich habe noch nicht das Passende gefunden, oder vielleicht doch, aber er ist wahrscheinlich besetzt.«

»Verheiratet?«

»Nein, das nicht!«

»Aber jetzt sag schon«, fordert sie ablenkend, »wie war das mit dem Kuss-Typen?«

»Bis ich Axel getroffen habe, musste ich tatsächlich viel an ihn denken. Aber letztendlich hat mich wohl Axel aus meinem Dornröschenschlaf wachgeküsst!«

»Aha! Und was ist, wenn der Kuss-Typ wieder auftaucht?«

»Nichts. Was soll dann sein?« Innerlich spüre ich dennoch ein ziemliches Kribbeln. Unsicher lasse ich meinen Blick durch den Raum schweifen. Was will sie mir sagen, ist er womöglich hier?

»Wo bist du mit deinen Gedanken?«, erforscht sie meine Gesichtsmimik.

»Bei meiner Therapie, die Montag startet«, antworte ich ablenkend. »Ich bin gerade ziemlich mit mir selbst beschäftigt, verstehst du, und dann fordert mich der Job auch ungemein ...«

»Siehst du, und das ist dein Fehler. Also, nicht dass du eine Therapie startest, das finde ich großartig, ehrlich gesagt habe ich auch schon mal darüber nachgedacht. Aber fang du mal schön an«, klopft sie mir wohlwollend auf die Schulter. »Dass du seit Jahren nur noch an deinen Job denkst und deine sozialen Kontakte vernachlässigst, sollte Thema Nummer eins sein. Du brauchst jemanden, mit dem du Spaß hast. Als Axel da war, warst du zwar auch nicht wirklich gut drauf, aber deine Augen haben endlich mal wieder angefangen zu leuchten.«

»Ja, das war ein schöner Abend!«

»Was ist, wenn du jetzt in der Therapie feststellst, dass er doch der Richtige ist?«

»Dann bestätigt sich deine Theorie: Gegensätze ziehen sich an!«

Morgens auf dem Weg zur Psychologin frage ich mich ernsthaft, warum ich eine Therapie anfangen will – es gibt doch sicherlich Menschen, die viel größere Probleme haben als ich, komme ich ins Schwanken. Und überhaupt, was genau sind meine Probleme?

Doch als ich dann später Frau Dr. Schulte-Werft gegenübersitze und mich diese mir völlig fremde Person mit sanfter Stimme bittet: »So, dann erzählen Sie mal, warum Sie hier sind!«, lösen sich alle meine Zweifel in Luft auf.

»Ich weiß gar nicht, wo ich anfangen soll!«

Frau Dr. Schulte-Werft blickt mich stumm an.

»Am besten bei Jobst und der Hochzeit«, überlege ich laut.

Anstatt mir eine Empfehlung zu geben, lächelt sie nur freundlich.

Der Kloß in meinem Hals erschwert mir zunächst das Sprechen, dann auf einmal platzt alles ungefiltert aus mir heraus. Seltsamerweise fange ich dann doch nicht mit Jobst und der geplatzten Hochzeit an, sondern erzähle von meinem Verhältnis zu meinen Eltern und meiner Schwester, von dem Hund, den wir hatten, als wir klein waren, der eines Tages überfahren wurde, um den ich nie weinen konnte, weil ich so wütend war, dass er mich verlassen hat, und von Marc, der mich ebenfalls verlassen hat und mir nie gesagt hat, warum es mit uns nicht geklappt hat, und von meiner daraus entstandenen Angst, mich emotional an jemanden zu binden. Dann erzähle ich von meiner Arbeit und wie wichtig sie mir ist. Und die ganze Zeit laufen mir die Tränen die Wangen herunter. Anstatt mich für mein Weinen zu schämen, nehme ich dankbar die Packung Kleenex, die sie mir reicht.

Stück für Stück erleichtere ich mich und mein Herz, und seltsamerweise kommen mir nicht einen Moment lang Zweifel, dass die Person, die mir gegenübersitzt, das alles interessieren könnte.

»Das war eine ganze Menge, Frau Scheller!«, fasst sie zusammen, nachdem ich eine längere Pause gemacht habe.

Schniefend nicke ich und putze mir noch einmal die Nase.

»Wenn Sie mögen, werden wir bei Ihrer Krankenkasse eine Therapie beantragen.«

Langsam nickend signalisiere ich, dass ich damit einverstanden bin.

»Als Grund werde ich ein Burn-out-Syndrom angeben!«

Die Ärztin in Frankreich hatte mit ihrer Vermutung also doch recht.

»Der Begriff sagt Ihnen doch sicher etwas?!«

»Ja …«, krächze ich heiser, weil meine Stimmbänder so beansprucht wurden. »… na ja, man sagt das immer so schnell dahin, aber was das eigentlich bedeutet, nein, damit habe ich mich noch nie wirklich beschäftigt.«

»Das sogenannte Burn-out oder Ausgebranntsein bezeichnet eine ausgeprägte berufliche und oder familiäre Erschöpfung«, beugt sie sich vor und legt die Hände auf die Oberschenkel. »Einige erkennbare Symptome sind die ständig zu hohen Erwartungen an die eigenen Leistungen und die andauernden Überlastungen. Das kann zu Erschöpfungen und zu Schlafstörungen führen, zu Kopfschmerzen oder Magenkrämpfen, typisch sind auch Versagensängste.«

So langsam ahne ich, was in den letzten Wochen und Monaten mit mir los war.

»Man beschränkt seine sozialen Kontakte auf einen Bereich. Bei Ihnen ist das eindeutig Ihre Schwester, ansonsten scheinen Sie, nach dem, was Sie bisher berichtet haben, nicht viele soziale Kontakte zu haben. Der Beruf wird zum hauptsächlichen Lebensinhalt, man verzichtet auf Erholungs- und Entspannungsphasen und arbeitet nahezu pausenlos. Im Großen und Ganzen missachtet man seine eigenen Bedürfnisse.«

»Oje«, unterbreche ich sie, »was kann ich dagegen tun? Kann man das irgendwie stoppen?«

»Der erste notwendige Schritt ist die sofortige Verringerung der Belastung! Aber zunächst muss ich wissen, in welchem Stadium Sie sich befinden. Das Burn-out-Syndrom ist sehr vielfältig und individuell in seinem Ausmaß. Deshalb gebe ich Ihnen diesen Fragebogen mit, den Sie mir bitte ausgefüllt am nächsten Montag mitbringen.«

»Kann ich Ihnen das nicht schon vorher rüberfaxen, ich meine, dann haben Sie es schon vor Montag«, galoppiere ich wieder drauflos.

»Nein, Frau Scheller, das ist sozusagen Ihre Hausaufgabe. Am besten nehmen Sie sich jeden Tag mindestens eine halbe Stunde dafür Zeit.«

Eine halbe Stunde, die hat Nerven.

Doch als ich abends über den Formularen brüte, wird mir bewusst, dass es sehr angenehm ist, sich mal mit sich selbst zu beschäftigen. So lange schon laufe ich hochtourig, dass es mir erst noch sehr, sehr schwerfällt, wieder runterzukommen. Am ersten Tag muss ich mich regelrecht zu der halben Stunde zwingen.

Am zweiten Tag koche ich mir einen Tee, kuschle mich in eine Decke und lasse die Bilder der Vergangenheit an mir vorüberziehen. Der Punkt mit den sozialen Kontakten macht mir die meisten Sorgen. Wer ist von meinen Freundinnen noch übrig geblieben? Niemand. Ute hat sich ewig nicht mehr gemeldet, Steffi vermisse ich besonders, sie war mir so nah, wir hatten die gleichen Träume, Christina und ich hatten Spaß im Studium, sie hat zu Ende studiert und auf meiner Junggesellinnenparty erzählt, dass sie nach Zürich ans Theater geht. Die hat es gut. Und ich rackere mich mit einem Job ab, der mich aussaugt, gestehe ich mir zum ersten Mal ein, und bin plötzlich völlig frustriert. Was steht da? *Die mit Burn-out verbundenen Probleme führen besonders zur Desillusionierung und fordern oft das Aufgeben von wichtigen Lebenszielen. Dies ist sehr schmerzhaft und muss verarbeitet werden.* Hätte Jobst mich nicht die ganze Zeit ermutigt, in meinem Job aufzusteigen, meine Kapazitäten auszureizen und meine Arbeitskraft zu optimieren, wäre ich heute vielleicht nicht ganz so von Ehrgeiz zerfressen. *Um die Aufarbeitung zu vermeiden, kommt es oft zu Schuldzuweisungen.* Na ja, so weit ist es noch nicht, stelle ich eine Selbstdiagnose. Wahrscheinlich bin ich noch im Anfangsstadium, und sieht man mal das Positive daran, dann kann ich durch die Therapie meine alten Lebensziele vielleicht sogar wiedergewinnen. Ich möchte versuchen, diese Ziele zu ergründen, step-by-step. Am nächsten Morgen beschließe ich: ich besorge mir einen Krankenschein.

Ohne mit der Wimper zu zucken hat mich der Arzt für eine Woche krankgeschrieben. Das erste Mal in meinem Leben. Ich habe ein schlechtes Gewissen, das ist ja klar. Mal sehen, ob das nachlässt, starte ich am ersten Tag einen Selbstversuch, als ich beschließe, das Handy klingeln zu lassen. Tatsächlich verspüre ich dabei so etwas wie Phantom-Schmerzen, und als es Mittag ist und ich nichts mehr mit mir anzufangen weiß, bedauere ich fast schon, nicht zur Arbeit gegangen zu sein. Doch dann fällt mir auf einmal etwas ein: Ich habe doch früher Tagebücher geschrieben! In Bademantel und Pantoffeln schlurfe ich mit einer Krücke hinunter in den Keller und stöbere nach der Kiste. Als ich fündig geworden bin, vergrabe ich mich wieder in der Wohnung und lese die nächsten Tage von früh bis spät. Über manches muss ich weinen, über manches lachen, dann wieder bin ich überrascht von Dingen, die ich schon vergessen hatte, über Personen, die meinen Lebensweg gekreuzt und längst wieder verlassen haben, über meine Gedanken- und Gefühlswelt, die ich so lange unterdrückt habe, weil sie mich meiner Meinung nach nicht weiterbrachte.

Als es endlich wieder Montag ist, bin ich äußerlich ein Wrack und innerlich im Aufbau. Wahrscheinlich brauche ich gar nicht so viele Stunden, behaupte ich, bis mir der Punkt *Selbstüberschätzung* auf dem Burn-out-Fragebogen unterkommt. Fortan schließe ich mit mir selbst einen Pakt, ich werde mir Zeit nehmen, um meine Lebensziele neu anzupeilen, das wird bestimmt dauern, aber mithilfe von Frau Dr. Schulte-Werft bin ich auf dem richtigen Weg, das spüre ich.

Drei Monate nach der geplatzten Hochzeit

Metamorphose

»Kannst du mal eben die Windeln wechseln, dann gieße ich uns den Tee auf!«, drückt mir Steffi soeben die dreimonatige Molly in den Arm, nachdem sie ihre Nase kurz an den Popo ihrer Tochter gedrückt hat, »scheint eine größeres Geschäft zu sein.«

»Klar, kein Problem!«, schwinge ich die Kleine fröhlich durch die Luft.

»Soll ich uns Waffeln machen, hast du Lust?«

»Ich kann heute leider nicht so lange ...«

»Therapiestunde«, vermutet Steffi und geht in die Küche, während ich mich über die Wickelkommode beuge, Mollys Body öffne und ihr den Bauch kitzele.

»Nee, ich wollte mich immatrikulieren.«

Pfeilschnell kommt Steffi zurück aus der Küche geschossen und starrt mich erwartungsvoll an, während ich bei den Windeln die Klebestreifen aufziehe.

»Ich habe gestern bei Melcher-Hotels gekündigt!«

»Ehrlich? Toll!«

»Nach meinem wochenlangen Ausfall hätte ich mich da sowieso nicht mehr sehen lassen können.«

»Geht's dir gut damit?«, blickt sie mich besorgt an.

»Seltsamerweise sogar *sehr* gut!« Ich rupfe die Windel von Mollys Allerwertestem und grinse in mich hinein. »Ich habe meine Potenziale jetzt einfach auf andere Bereiche verlagert«, ziehe ich schwungvoll ein Feuchttuch aus der Verpackung, um Molly professionell zu reinigen. »Ich bin so froh, dass ich vor drei Monaten Mollys Geburtsanzeige gelesen habe, ich weiß nicht, ob ich mich sonst bei dir gemeldet hätte. Zumindest nicht so schnell! Molly kam genau zum richtigen Zeitpunkt.«

»Frag mich mal, ich bin auch richtig happy. Habe dich total vermisst, aber wir zwei haben ja auch – seit Henry vor vier Jahren geboren wurde – in Parallel-Universen gelebt!«

»Das haben wir!«, bestätige ich und wundere mich, wie weit ich manche Dinge bereits hinter mir gelassen habe.

»Komm doch einfach heute Abend vorbei, wir machen Raclette?«, lockt sie mich.

»Du nun wieder, du weißt genau, dass ich da kaum widerstehen kann, aber ich wollte mit Charlie ins Theater. Vielleicht kannst du dich ja loseisen und kommst mit. Frag doch Holger, ob der auf die Kinder aufpasst. Was hältst du davon?«

Einen Moment lang überlegt sie, dann greift sie spontan nach dem Telefonhörer.

Flüsternd beuge ich mich derweil zu Molly hinunter und sage: »Wir sind eigentlich fast gleich alt, ich bin zur selben Zeit *geboren* wie du.« Zumindest fühle ich mich so, seit ich meine Therapie vor drei Monaten angefangen habe. Erst ging es quälend langsam, wir haben dann die Termine auf zweimal die Woche verdoppelt, dann endlich habe ich Knoten für Knoten gelöst. Ich bin immer noch dabei, innere Blockaden aufzubrechen. Natürlich bin ich mir bewusst, dass ich noch einen weiten Weg vor mir habe, denn ab und zu merke ich, dass ich wieder in alte Verhaltensmuster verfalle. Aber ich bin stolz auf die Schritte, die ich schon gegangen bin.

»Diesmal war es aber ein wirklich lustiges Stück«, stellt Charlie fest und hakt Steffi und mich unter, als wir durch die Innenstadt gehen.

Vor einem Brautmodenladen bleibe ich abrupt stehen.

»Was denkst du gerade?«, will Charlie wissen.

»Dass ich noch ein Brautkleid zurückgeben muss!«

»Eins?«

»Na ja, eigentlich zwei, aber so ein perfektes wie das aus dem Second-Hand Laden finde ich doch nie wieder.«

»Du willst es behalten?« Charlie reißt ungläubig die Augen auf.

»Warum nicht«, lache ich, »fehlt nur noch der passende Mann. Nein, im Ernst, du weißt doch, dass ich diese Plüschläden hasse, daran hat sich nun wirklich nichts geändert, aber ökonomisch gesehen habe ich mir den Gang dorthin beim nächsten Mal erspart.«

Lauthals lachend erklärt Charlie: »Du bist wirklich unverbesserlich. Aber andererseits hast du recht, etwas Genialeres wirst du nicht finden, es ist wie für dich gemacht.«

»Wie sieht's denn überhaupt so aus«, schnalzt Steffi mit der Zunge.

Anscheinend stehe ich auf der Leitung.

»Na, mit den Männern, meine ich!«

Dabei sehen sich Charlie und Steffi verschwörerisch an.

»Also, hört mal, ich bin vor drei Monaten knapp einer Hochzeit entgangen, habe mit dem Bruder des Bräutigams geschlafen ... so schnell bin ich dann auch nicht bei der Aufarbeitung. Ich warte halt noch auf die große Liebe, so wie Charlie«, ziehe ich eine Grimasse.

»Man muss *daran glauben* und nicht *daran denken*«, klingt Steffi weise.

»Dann steht er also eines Tages, wenn ich nicht daran denke, vor mir«, fasse ich zusammen. »Was ist, wenn er schon da war, und ich ihn übersehen habe?«

»Mal was von Axel gehört?«, kickt Charlie einen Stein mit ihrem Schuh hin und her.

»Ja, wir haben mal telefoniert!«, bestätige ich.

»Wirst du ihn wiedersehen?«

»Klar!«

»Ach, ehrlich«, schießt sie den Stein mit voller Wucht vor einen Abfalleimer.

»Wir wollten doch nächstes Jahr in die Provence!«, grinse ich und ergreife ihre Hand.

»Er ist ganz schön in dich verliebt gewesen!«, stellt sie fest.

»Mhm!«, nicke ich bestätigend.

»Und du? Ich meine, bist du noch in ihn verliebt?«, will sie wissen, und ich sehe ihr an, dass es sie brennend interessiert.

»Charlie?«

»Ja-a!«

»Möchtest du seine Telefonnummer haben?«, stelle ich mich vor sie auf die Zehenspitzen und wackle mit dem Kopf hin und her.

»Ja, ja, ja«, schreit sie ekstatisch auf und sieht dabei aus wie Meg Ryan, als sie in dem Film *Harry und Sally* einen Orgasmus imitierte.

Als einige Fußgänger kopfschüttelnd an uns vorüberlaufen, brechen wir in schallendes Gelächter aus. Nachdem wir uns wieder gefangen haben, zieht Charlie uns kurzerhand in eine Bar. Als wir gerade mit Mojitos anstoßen wollen und Charlie ihren Trinkspruch sagen will: »Auf das Leben und die Lie…«, hält sie auf einmal kurz inne: »Bist du sicher, dass du einen Mann wie Axel nicht doch … also, du sagtest doch mal, Gegensätze ziehen sich an – und wir sind uns, also Axel und ich, glaube ich, ziemlich ähnlich. So wie du und Jobst!«

»Dann widerlege doch einfach deine eigene These«, schlage ich ihr gut gelaunt vor und erhebe mein Glas und ändere den Trinkspruch ab: »Auf den Medizinmann!«

Ein paar Tage später erhalte ich einen Anruf aus der Provence, diesmal erkenne ich sofort Axels Nummer.

»Hallo Axel!«

»Aha, du kennst sogar seine Nummer auswendig«, stellt Jobst misstrauisch fest.

Oje, er scheint in der Provence zu sein. Hoffentlich ist Axel nicht doch etwas herausgerutscht.

»Ich habe ihn ja oft genug um Hilfe gebeten, als ich in Frankreich war, und du kennst mein gutes Zahlengedächtnis«, kontere ich schlagfertig.

»Wusstest du, dass deine Schwester und mein Bruder miteinander telefoniert haben?«, will Jobst scharf wissen.

»Ja, das wusste ich! Was machst du denn in der Provence?«

»Abschalten!«

»Gute Idee!«

»Es ist wirklich herrlich hier«, klingt er plötzlich milde gestimmt. »Warum sind wir eigentlich nie innerhalb Europas verreist?«

»Weil wir vor uns davongerannt sind und dachten, je weiter, desto größer die Distanz zu uns selbst!«

»Sagt das deine Therapeutin?«, fragt er spitz. »Sorry, sollte nicht so zynisch klingen!«

Mit Jobst gab es in den letzten Wochen noch viel zu klären, und bisher hat er meine Therapie komplett abgelehnt, umso erstaunter bin ich, dass er jetzt zugibt, daraus auch Positives für sein eigenes Leben gezogen zu haben: »Ich habe mir übrigens vorgenommen, jetzt auch öfter mal abzuschalten!«

»Das freut mich sehr, Jobst, wirklich!«

»Es ist wirklich schön hier!«

»Ja, nicht wahr!«

»Charlie will wohl auch kommen!«

Will er mich testen, wie ich auf die Neuigkeit reagiere?

»Vielleicht werden wir ja doch noch verwandt«, albert er und ich sehe sein jungenhaftes Grinsen vor mir, zum ersten Mal erlebe ich ihn richtig entspannt.

»Wer weiß!«

Nachdem ich eingehängt habe, überkommt mich so ein

Gefühl, endlich etwas abgeschlossen zu haben. Jobst vermittelt mir plötzlich keine Schuldgefühle mehr, es ist, als hätten wir soeben erst unsere Beziehung beendet. Dann muss ich an Axel denken, im nächsten Leben wäre er der Richtige für mich, in diesem Leben war er mein Medizinmann. Ich lasse auch ihn los. Zum ersten Mal fühle ich mich wieder komplett frei.

Das Studium fällt mir in den ersten Tagen gar nicht so leicht. Erstens bin ich mit Abstand die Älteste unter meinen Kommilitonen, und zweitens powere ich am Anfang wieder direkt drauflos. Bin ich froh, dass ich Frau Dr. Schulte-Werft habe und Charlie und Steffi.

Nach langer Zeit besuche ich auch mal wieder meine Eltern, die gar nicht verstehen können, wie man einen so gut dotierten Job aufgeben konnte. Mama spricht mit mir wie mit einer Schwerkranken und Papa meidet das Wort »Therapie«. Als ich das Thema *Marc* anschneiden will, winkt Mama ab: »Du warst doch damals noch ein Kind! Außerdem hast du alles rational verarbeitet, so war das immer bei dir.« Sie hat's immer noch nicht begriffen. Ich niste mich ein ganzes Wochenende bei ihnen ein, denn ich habe das Gefühl, noch so einiges mit ihnen klären zu müssen. Mir ist wichtig, ihnen begreiflich zu machen, dass ich die Dinge anders wahrgenommen und empfunden habe als sie. Dass ich nicht die emotional unterbemittelte Tochter bin, die alles rational angeht, dass das Gefühlschaos auch in mir tobt und nicht nur in Charlie. Und auch, dass ich ihre Unterstützung gebraucht hätte, damals, mit Marc. Zuerst glauben sie, dass ich ihnen nur Vorwürfe machen will, dann, am zweiten Tag, verstehen sie langsam, was mir wichtig ist, und am letzten Abend weinen wir gemeinsam um uns und unseren Hund.

Auf dem Heimweg halte ich bei Charlie an.

»Was ist denn mit deinen Augen passiert!«, drückt sie

mir einen kalten Waschlappen ins Gesicht, »die sind ja völlig verquollen!«

»War bei Papa und Mama!«

»Oh!«

»Nee, nee, war schon soweit okay, wobei ich nicht weiß, ob sie wirklich alles verstanden haben, was ich ihnen sagen wollte.« Dann deute ich mit den Zeigefingern auf meine Augen. »Wir haben um Tomte geweint!«

Das Einzige, was sie dazu sagt, ist: »Das wurde aber auch Zeit!«

»Jobst hat mich angerufen!«, informiere ich sie.

»Der ist bei Axel!«, klärt sie mich im Gegenzug auf.

»Ja, ich weiß, ich habe auch erst einen ziemlichen Schrecken gekriegt, als er angerufen hat. Eigentlich blöd, denn ich weiß genau, dass Axel nichts sagen wird, er hat mir nämlich«, grinse ich, »sein Indianerehrenwort gegeben!«

Charlie schmunzelt ebenfalls. »Hat er das?«

»Ja!«

»Dann ist er der Richtige für uns!«

»Für dich«, stupse ich sie an.

»Klar für mich, aber für dich als Schwager!«

»Du denkst aber ziemlich zielgerichtet«, bewundere ich ihren Optimismus.

»Toni, so ein Mann muss in der Familie bleiben, und wenn du ihn nicht nimmst ... ich nehme ihn mit Kusshand. Davon werde ich ihn übrigens bald überzeugen. Spätestens wenn wir in drei Wochen den Mont Ventoux hinaufwandern.«

»Ich wusste gar nicht, dass ihr schon etwas ausgemacht habt, aber Jobst hat bereits etwas angedeutet«, klinge ich etwas verschnupft.

»Als ich dich nicht erreicht habe, habe ich dir eine E-Mail geschickt, ich wusste ja nicht, dass du bei Papa und Mama bist, und ich dachte, dein Mail-Account checkst du sofort.«

»Das war einmal!«, strecke ich mich genüsslich.

»Tut mir total leid, ich wollte dir das ehrlich sofort sagen, wirklich, Toni!«

»Das ist doch okay, Charlie«, beruhige ich sie. »Und jetzt hör bitte damit auf, mich so skeptisch anzugucken, ich will wirklich nichts von ihm. Indianerehrenwort.«

Jetzt ist sie endlich beruhigt.

Am nächsten Morgen fällt ein Seminar aus, wir haben uns mit ein paar Kommilitonen zu einer Lerngruppe zusammengeschlossen, um am Nachmittag bei mir zu Hause für eine Seminararbeit zu lernen. Ein bisschen aufgeregt bin ich schon, schließlich ist das hier keine Studentenbutze, sondern die Wohnung einer ehemaligen Business-Frau. Ich hoffe, die kriegen jetzt keinen falschen Eindruck von mir, denke ich unsicher. Dann straffe ich die Schultern – ach, was soll's, ich kann ja meine Vergangenheit nicht ausknipsen. Mein Blick in den Kühlschrank sagt mir, dass der dringend mal wieder gefüllt werden muss, ich schnappe mir mein Portemonnaie und den schönen Provence-Korb und verlasse die Wohnung, um ein paar Besorgungen zu machen. An der letzten Treppe bleibe ich abrupt stehen. Da war doch noch was, ich wollte doch noch irgendwas erledigen? Was war das bloß? Gedankenverloren hocke ich mich auf die unterste Treppenstufe. Reinigung? Nein. Plötzlich schieße ich hoch: »Das Brautkleid!« Eilig haste ich die Treppen wieder zurück in die zweite Etage, nehme das *Rosa-Clará*-Kleid, das in seiner Kleiderhülle steckt, lege es sorgfältig über meinen Arm und schließe den Schrank wieder. Irgendwas hängt dazwischen, etwas Rotes. Verdutzt öffne ich die Tür wieder, ich besitze doch gar nichts Rotes. Da fällt mir das korallenrote Kleid aus Frankreich in die Hände, ich halte es mir an und überprüfe im Spiegel, ob ich es vielleicht mal anziehen sollte. Schnell schlüpfe ich hinein. Der Schnitt ist sehr weiblich, aber bei der Farbe bin ich nicht so sicher, ob sie nicht vielleicht doch zu auffällig für mich ist. Dann werfe ich mir eine Strickjacke drüber, damit fühle ich mich wohler. Ein letzter prüfender Blick in den Spiegel sagt mir, dass ich deutlich entspannter aussehe, dazu unterstreicht die Farbe noch meinen Teint, ich lasse es an.

Eine halbe Stunde später stehe ich vor der Secondhand-Boutique. Damals habe ich mich gefragt, welche Geschichte das ungetragene Brautkleid hat, jetzt trage ich selber eins in den Laden. Das Leben ist schon seltsam. Die Verkäuferin erkennt mich sofort wieder: »Und, hatten Sie eine schöne Hochzeit?«, fragt sie freundlich und nimmt mir die Kleiderhülle vom Arm. »Jetzt wollen Sie es sicher wieder verkaufen, nicht wahr? Das machen ja die meisten, schließlich ist das Kleid nur für diesen einen bestimmten Tag gedacht.«

»Das ist ein anderes Kleid, ich hatte zwei, also, das hört sich jetzt komplizierter an, als es ist, ich hatte ja schon ein Hochzeitskleid, und dann kam meine Schwester auf die Idee, dass es nicht das Richtige ist, dann sind wir bei Ihnen gelandet, und da habe ich dann Brautkleid Nummer zwei gekauft, das jetzt bei mir im Schrank hängt. Das will ich aber noch behalten, für den Notfall!«

Für den Notfall??? Was fasele ich denn da für ein dummes Zeug.

Hinter mir geht die Ladentür auf und ein Kunde betritt das Geschäft.

»Egal, das möchte ich jetzt jedenfalls verkaufen. Ungetragen!«

Die Frau öffnet den Reißverschluss der Hülle und jubelt begeistert: »Das ist ja ein echtes *Rosa Clará*!«

»Ja, das ist es!«, bestätige ich kurz und knapp.

Der Kunde steht mit dem Rücken zu mir, und ich habe das eindeutige Gefühl, dass er sich ganz auf unser Gespräch konzentriert. Ist ja auch nicht unspannend, da verkauft eine Frau ein ungetragenes Hochzeitskleid.

»So, und wie läuft das jetzt bei Ihnen? Bekomme ich jetzt schon das Geld, und Sie schätzen, was es wert ist, oder melden Sie sich, wenn es verkauft ist?«

»Ich würde Ihnen fünfhundert Euro dafür geben ...!«

Mir bleibt der Mund offen stehen, ich habe zweitausend Euro dafür bezahlt.

»Ich weiß natürlich, dass es deutlich mehr wert ist, aber unsere Kunden sind nicht bereit, mehr dafür zu zahlen. Ich hoffe, Sie sind damit einverstanden.«

»Na gut!«, gebe ich mich geschlagen, denn andererseits bin ich froh, es los zu sein.

Nachdem sie mir fünf Hunderteuroscheine in die Hand gedrückt hat, gehe ich zur Tür, der Kunde will ebenfalls gerade das Geschäft verlassen.

»Heute nichts gefunden?«, ruft ihm die Verkäuferin noch nach.

»Doch, nein, Dankeschön!«, stammelt er wirr.

Als er mir die Tür aufhält, berühren sich versehentlich unsere Hände, und dann treffen sich unsere Blicke. Mandelauge! Oh Gott. Lebensecht steht er vor mir.

»Oh«, sagen wir gleichzeitig und ein prickelndes Gefühl erreicht meine Kehle, die Haare im Nacken beginnen sich zu sträuben und meine Atmung beschleunigt. »Wir ... wir kennen uns!«, stottere ich unbeholfen, dann zwinkere ich dreimal mit den Augen, um mich zu vergewissern, dass ich wach bin und das alles gerade nicht träume.

»Ich weiß!«

»Das war schon irgendwie peinlich, damals!«, grinse ich schief.

»Fand ich nicht!«, dann streckt er mir die Hand entgegen. »An dem Abend habe ich es leider nicht geschafft, mich vorzustellen, weil ein paar Freunde draußen auf mich warteten: Tom Hadwig!«

»Antonia Scheller!«

»Vielleicht sollten wir uns duzen, nachdem wir uns ja schon einmal ziemlich nahegekommen sind«, lächelt er und seine Mandelaugen ziehen sich dabei so niedlich zu kleinen Schlitzen zusammen.

»Sie ... ähem, du warst mein Held an dem Abend!«, grinse ich.

»Bevor du diesen seltsamen Typen küssen musstest, wollte ich dich retten! Du hast so verloren ausgesehen.«

»Äh, ja, also, bist du öfter hier?«, versuche ich das Gespräch in eine andere Richtung zu lenken.

»Das zweite Mal!«

»Ich auch«, strahle ich ihn an und freue mich unnatürlich doll über diese Gemeinsamkeit.

»Ehrlich gesagt habe ich auch mal ein ungetragenes Brautkleid hier abgegeben!«

Nein! Das gibt's doch nicht. Wahrscheinlich habe ich das Kleid seiner Ex gekauft. »Empire-Stil in Ecrü?«, wispere ich.

»Es hat meiner Mutter gehört!«, nickt er.

»Deiner Mutter?«

Ungläubig schüttle ich den Kopf. Ich kann kaum glauben, dass ich jetzt endlich die Story meines Brautkleides erfahre. Vor lauter Spannung halte ich die Luft an und stelle mich innerlich schon auf eine dramatische Geschichte ein. »Ja, und wieso hat sie darin nicht geheiratet?«, frage ich zaghaft.

»Ganz einfach, weil ich schon unterwegs war und sie am Tag ihrer Hochzeit nicht mehr hineinpasste.«

Plötzlich kann ich mich vor Lachen kaum noch beherrschen, wir stehen draußen auf dem Bürgersteig, und ich muss mich an seinem Arm festhalten: »Was ich dir jetzt erzähle, glaubst du mir nie!«

Erwartungsvoll sieht er mich an, bis ich mich wieder beruhigt habe: »Ich«, tippe ich mir mit dem Zeigefinger auf die Brust, »ich habe das Kleid gekauft. Das Kleid deiner Mutter hängt bei mir im Schrank!«

»Hast du *darin* geheiratet?«

»Ich habe gar nicht geheiratet!«

»Hast du Lust auf einen Kaffee?«, strahlt er mich an. Ein Kuss wäre mir lieber!, hätte ich beinahe gesagt.

»Ja, gern!«

Gaby Hauptmann

Rückflug zu verschenken

Roman. 304 Seiten.
Piper Taschenbuch

Soviel Mut hat Clara sich selbst nicht zugetraut: Eigentlich wollte sie auf Mallorca ja nur günstig Urlaub machen. Nachdenken, was sie ohne Paul und all sein Geld anfangen soll. Außerdem braucht sie einen Job und zwar schnell. Warum nicht wieder als Innenarchitektin arbeiten, denkt sie spontan, hier sind so viele wundervolle Häuser einzurichten. Und unterstützt von ihren neuen Freundinnen Lizzy, Britta und Kitty stürzt Clara sich ins Abenteuer – sie ahnt nicht, worauf sie sich da bei ihrem mysteriösen russischen Auftraggeber eingelassen hat …

Gaby Hauptmanns neuer, herzerfrischend frecher Roman über gute Freundinnen und die Erkenntnis, dass ein Mann doch nicht wie jeder andere ist!

05/2364/01/L

Karin B. Holmqvist

Villa mit Herz

Roman. Aus dem Schwedischen von Holger Wolandt und Lotta Rüegger. 224 Seiten.
Piper Taschenbuch

Soll das schon alles gewesen sein?, fragt sich Bonita. Ihr Alltag mit der alten Mutter in der Villa am Stadtrand ist nicht gerade abwechslungsreich. Doch dann wird alles anders: Doris zieht wieder ins Nachbarhaus – Doris, mit der Bonita früher eng befreundet war und die dann der Kleinstadt für Mann und Karriere den Rücken kehrte. Seitdem haben sich die beiden aus den Augen verloren. Um so erstaunter ist Bonita, als sie ihre alte Freundin Doris wiedertrifft: Deren Ehe ist längst in die Brüche gegangen, und auch ihren Arbeitsplatz hat sie verloren.

Liebevoll, warmherzig und mit viel Humor erzählt Karin B. Holmqvist, wie es Doris und Bonita gelingt, ihre alte Freundschaft wieder aufzufrischen und ganz neue Zukunftspläne für die alte Villa zu entwickeln.

05/2165/02/R